JN213032

鎌倉駅徒歩8分、また明日

越智月子
Tsukiko Ochi

幻冬舎

鎌倉駅徒歩8分、また明日

装画・表紙イラスト
花森安治
暮しの手帖編集部編
『美しいものを 花森安治のちいさな絵と言葉集』
(暮しの手帖社　2017年)より

装幀
長﨑 綾
(next door design)

Contents

第一章　おうちカフェ　まだまだ空室あり　香良　7
第二章　雨の日と月曜日は　美佐緒　27
第三章　左様なら　三樹子　65
第四章　月が本当にきれいですね　里子　113
第五章　ターン　ターン　ターン　千恵子　167
第六章　答えは風の中に　あゆみ　215
最終章　腐草為蛍――くされたるくさほたるとなる　香良　287
おうちカフェ　パスタレシピ　317

あれは何歳の頃だったのか。

キッチンで夕食の片づけをしていた父が振り向いた。

「誕生日に何が欲しい？」

そう訊かれて迷わず「お星さま」と答えた。

「うーん、そうか。よし、星を見つけに行こう」

父はあたしの手を取った。

はじめての夜のお出かけ。

あの頃、鎌倉の夜は今よりずっと暗かった。

月明かりで赤く浮かびあがる鳥居をくぐり、若宮のそばの池まで行った。

「うわぁ、ほんとにお星さまがいっぱい」

木には星座のように
池には流れ星のように
無数の光が瞬《またた》いていた。

「あれがホタルだよ。お尻にお星さまがついてるんだ」

「なんでみんなお星さまをつけてるの？」

「それはね」

きらめく星を見ながら父は言った。

「出会うためさ」

「誰に？」

「未来に」

難しくてよくわからなかった。

だけど、星のダンスを見ていたら、胸のあたりがじんわり温かくなってきた。

未来とやらはステキなものかもしれない。子供心にそう思えた。

第　一　章

おうちカフェ
まだまだ空室あり

香良

匂いたつ緑の庭で鳥たちが歌合戦を繰り広げている。ツピツピツピツピとシジュウカラが軽やかに歌えば、少し濁った声でツツピーツツピーとヤマガラが返す。巣作りのための縄張り争いなのか、それともたわいないお喋りなのか。

尾内香良《おうちから》はシンクの前に立ち、キッチン窓の木枠で切り取られた庭を眺めた。ここにきて紫陽花《あじさい》が大きく葉を広げ始めている。小さなギザギザがある卵形の葉はキユーピー人形の頭みたいな先っぽがかわいらしい。その瑞々しさに目が慣れてくると、あたりの緑がにわかに冴えわたってくる。エゴノキの丸みを帯びた葉の先には白い鈴のような花が揺れている。ツツピー　ツツピー　ツツピー　心なしかヤマガラの声が近くなった。そういえば、エゴノキの花は彼らの大好物だった。

ゆっくりと深呼吸した。五月の若葉たちだけが持つ健やかな匂いに包まれる。ペパーミントグリーンのペンキがはげかけたスツールに腰をおろす。父から譲り受けたライオンマークのニーミルを両足の間に挟み、ゆっくりとハンドルをまわす。ブラジル、グァテマラ、コスタリカ。三種類の豆がゴリ　ゴリ　ゴリと砕けていく。

ツピ　ツピ　ツピ
うん？　ミルのリズムにあわせたようにシジュウカラが鳴いた。

すぐにツツ　ツツピー　ツツピーとヤマガラもコーラスに加わった。あたしの名前も「カラ」。

同じカラ族のよしみで鳴いてくれているのかもしれない。

ゴリ　ゴリ　ゴリと声に出して豆を挽《ひ》いてみる。

ツピ　ツピ　ツピ
ツツ　ツツピー　ツツピー
ふと手が軽くなった。硬かった豆が粉になって混じりあった合図だ。粉受けの引き出しを開けるとベリーの酸味と甘みが溶けあった香りが立ちのぼってくる。粉をステンレスのドリッパーに移し、細長いそそぎ口のポットで一投目の湯を入れる。

蒸らしの間に鳥たちの二重奏を三小節ほど聴く。ブラジル、グァテマラ、コスタリカ。この豆たちが生まれ育った土地ではどんな鳥たちが囀《さえず》っていたのだろう。二投目の湯をそそぎ、三投目を入れ終えたときだった。

「香良〜、コーヒーまだぁ？」

リビングの先にあるテラスからやけに響く声が聴こえてきた。このカフェ兼シェアハウス「おうちカフェ」の共同経営者、林三樹子《はやしみきこ》だ。

「もうちょっとだからぁ」

鳥たちはあいかわらずお喋りを続けている。二年近く前、福井に住んでいた三樹子が離婚してこの家に押しかけて来た直後はテラスで何か口にするたび、ニーニー　シーシーと警戒音を発していたのに。いつの頃からだろう、共同経営者が発する大声にも動じなくなった。

琥珀色《こはくいろ》の雫《しずく》が落ちきった。サーバーをゆすり亡き父が教えてくれたおまじないを心の中で唱える。

美味しくなりますように。

青磁色《せいじいろ》、芥子色《からしいろ》、抹茶色《まっちゃいろ》のカップにコーヒーをそそぎ入れ、リビングを抜けて白格子の掃き出し窓の先へと向かう。

テラス席にいたふたりの女がほぼ同時に振り返った。

「来た、来た。きょうのコーヒーはどんな味かしら」

三つ並んだ席の左端に座る倉林《くらばやし》さんが「待ってました！」とばかりぷっくりとした手を伸ばす。

「きょうの天気にあわせてみました。初夏色ブレンドです」

うしろから抹茶色のカップを渡し、その隣に座る三樹子の前に芥子色のカップを置く。チーク材のカフェテーブルの上の枇杷《びわ》ゼリーは手つかずのままだ。

「あら、先に食べていてくれてよかったのに」

手前の席に腰をおろしながら言うと、倉林さんは笑顔で首を振った。

「そうはいかないわ。おうちカフェに来たらまずはこのコーヒーを飲まなくっちゃ。そして十時のおやつをいただく。これがあたしの朝のルーティンなんだもの」

ここに住んでいるんじゃないかと思うくらい毎日顔を出すお隣さん。父は「奥さまは魔女」のサマンサの隣に住んでいる住人のキャラクターにちなんで「グラディスさん」と呼んでいた。いつも庭でとれた果実やいただきもののお裾《すそ》分けをくれるので、挽きたての豆で淹れたコーヒーでもてなしていた。あたしもそれを引き継いだ。

「はは〜ん。さては倉林さん、香良のコーヒーに恋してますね」

三樹子が糸のような目をますます細くして笑うと、倉林さんは頬に手を当てて微笑《ほほえ》んだ。

「そうねぇ、たしかに恋かもね、このコーヒーを飲んだときのうっとり感は。はぁ、きょうもよいお味。春の中に夏の小さなカケラが混じってる。そんな感じ。美味しいわぁ。ほんと、ここのコーヒーを飲まなきゃあたしの朝は終わらない」

どれどれと三樹子もカップを傾ける。

「んまっ」

いつものように親指を立てる。

「あたしの舌が日に日に肥えてきてるのか、香良の技が進化しているのか、昨日よりきょう、きょうより明日。どんどん美味しくなっていくような気がする」

「どうしたのよ、三樹子。褒めてくれてもなんにも出ないよ」

細いが表情豊かな目がこちらを睨む。

「もう、やーねぇ、香良ったら。素直に感想を言っただけなのに。初夏の爽やかさが口いっぱい広がってほんと『んまっ』だよ。自分で飲んでみ」

「うん。じゃちょっとその前に……」

コットンワンピースのポケットからスマートフォンを取り出した。数日前から白い花をつけ始めたスイカズラを背に枇杷ゼリーとコーヒーを画角におさめる。

「あ〜ら、素敵に撮れてる」

倉林さんはスマートフォンをのぞき込む。

「これ、インスタに載せるの？」

「ええ。あたしセンスゼロで、いつも平凡な写真しか撮れないんですけど」

十ヶ月ほど前に三樹子に尻を叩かれ、「おうちカフェ」のインスタグラムへの投稿を始めた……といっても根が無精なせいか、毎日更新とはいかない。「きょうのコーヒー」と題して思いついたときにアップしている。同時期に「素豚狂子《すつとんきようこ》」の名で投稿を始めた住人の藤村里子《ふじむらさとこ》は、いまやインスタグラマーと呼んでもよいくらいのフォロワーを抱えている。それに比べれば、このおうちカフェの投稿を愉しみにしてくれている人は微々たるもの。それでも少しだけ、ここを訪れる人が増えた。「インスタを見て来ました」などと言われると、口もとが緩む。

「では、いただきます」

コーヒーをひと口含んだ。マカデミアナッツを想わす香ばしさ、金柑のようなほろ苦さに続いてほのかな甘さが広がっていく。美味しい。でも、あたしの腕というより、豆の力。若葉の香りの中、鳥の囀りを聴きながら、三つの国でとれた豆が響きあい、溶けあった結果だ。

「あ〜ら、こっちもまたまた美味しいわ〜」

枇杷ゼリーをぱくりと口にした倉林さんはリスみたいに頬を膨らませている。続けてほおばった三樹子も声をあげた。

「ほんとんまっ。コーヒーとすっごくあう」

「ハチミツたっぷりのレモンシロップと混ぜてみたんだ」

スプーンで掬《すく》って食べてみた。ぷるっとした食感とともに果肉が口の中ではじける。レモンシロップにして正解だった。枇杷の爽やかさを甘く引き出してくれる。

「さすが香良ちゃん。ほら、うちの枇杷の木、大きなモチノキの陰にあるでしょ。そのせいで、ひょろひょろっとして、どうも甘さが足りないのよ。それをこんなに上手にアレンジしてくれて。枇杷も幸せよねぇ。毎度毎度のことだけど、ありがたいわ〜」

いつもと変わらぬ口調。でも、何かが違う。倉林さんはゼリーを口に運ぶと、瑠璃色のコットンニットの袖口に目を落とした。結婚したての頃、ご主人に買ってもらったという時計のカットガラスが陽射しを受け、きらきらしている。

そうか。違和感の正体はワインレッドの眼鏡の奥の丸い目。さっきからせわしなく動いている。

❖ ❖ ❖

「あ、そこ」

三樹子が声をひそめてテラスのすぐ脇にある百日紅《さるすべり》を指さした。

「香良、そおっと振り向いてみ」

白っぽいつるつるの枝にヤマガラが止まっている。

「あれっ、さっきキッチンの前で鳴いていた子かな」

「こーんなに近くにいるのに全然平気なのね。ヤマガラは人懐っこいっていうけど」

そう言って倉林さんは丸い顔をヤマガラに近づけた。

「香良がヤマガラコーデだから、友達と思ってるんだよ」

三樹子に言われて視線を落とした。柿色のワンピースに薄墨色の麻のカーディガンは、なるほどヤマガラと同じ配色だ。

「その黒髪も離れた目もヤマガラそっくり。今さらだけど香良って、鳥みたいな顔してんね」

ヤマガラは一メートルと離れていない距離なのに、スマートフォンを向けても動じることはない。シャッターを押し終わるのを待ってくれていたかのように別の木へと移っていった。写真に残った姿を見る。下くちばしの曲線は笑顔そのもの。ファニーフェイスという言葉はこの鳥のためにある。

「香良ったら、なにニヤニヤしてんのよ」

「え〜、だってかわいいんだもん」

倉林さんもうなずいた。

「ほんとだわねぇ。『な〜に？』って顔して小首を傾げて、愛らしいわねぇ」

「でも、これ、『?』を意味するポーズじゃないんですって。鳥って目が離れすぎていて両目で同時にものを見れないんです。だから、こうやって首を傾げながら利き目で――」

つられて三樹子も同じポーズを取った。

「へぇ〜、こうやって利き目を使うわけね」

「そうなのね」

倉林さんまで小首を傾げてこちらを見る。

「香良ちゃんってホント物識《ものし》り。コーヒーだけじゃなくて鳥にも詳しいのね」

「実はあたしも最近知ったばっかりなんです。たまに鳥の写真をアップすると、いろいろ教えてくれる人がいるんです」

ずっと自分のことを陰気な人間だと思っていた。いや、今も陰気なのは変わらない。ただおうちカフェを、そしてインスタグラムを始めて気がついた。自分は人づきあいが苦手なくせに、その実、人とつながることを欲していた。

「そういえば、その鳥好きフォロワーさんのアカウント名が小島守《こじままもる》っていうんです。なのにあたしったら最初見たときに小鳥《ことり》守さんかと思っちゃって」

倉林さんがクスッと笑った。

「まぁまぁ。香良ちゃんったら、目にするもの、なんでも。島まで鳥に見えちゃうのね」

「名は体を表すってこのことだ！　って勝手に感動しちゃって。その人に『素敵なお名前ですねぇ。コトリマモルなんて素晴らしい』ってメッセージを送ったら、『すみません、コジマですが』って。多分すごく呆れられました。でも、その小島さんが切り取る鳥の姿を見ていると、本当に表情が豊かで。鳥なのに人間以上に人間らしいっていうか。毎日毎日いろんなことあるけど、がんばってるねぇって感じで、気になる存在になってきたというか」

「お〜、さては香良ちゃん」

三樹子があたしを「ちゃん」づけで呼ぶときはロクなことを言わない。

「コトリに恋してますな。それに――」

こちらを見てにやりと笑った。

「ますますそのコトリマモル氏のことが気になってきたんじゃないのぉ」

「もー、からかわないでよ、三樹子。あたしはただ写真が素敵だなあと思って。それにコトリじゃなくてコジマさんだってば」

「わかってるってば、冗談冗談。も～、すぐムキになるんだから」

少し湿り気を含んだ南風が頬に触れる。

「おっ」

三樹子は足もとに舞い落ちてきた柿色の葉っぱを拾った。

「葉脈が三つにわかれてる。ってことはこれ、クスノキの葉っぱだ。どこから飛んできたんだろ」

「あらま。あーた、葉っぱを見ただけでその木までわかるの？　香良ちゃんが鳥博士と思ったら、三樹子ちゃんは葉っぱ博士？」

「それそれ。あ、いえね、まだまだ博士には及びませんけど。わかるようになったんですよ。最近あたし落ち葉手帳をつけてるんです」

「落ち葉手帳？」

倉林さんはまた小首を傾げる。

「ほら、あたし、庭掃除の担当になってからというもの、レレレのおじさん並みに掃き掃除してるでしょ」

おうちカフェを始めた頃は食器洗いと風呂トイレの掃除担当だった三樹子だが、昨年の夏に庭掃除もしたいと自分から言い出した。

「最初はね、あー、冬でもないのになんでこんなに落ちてくるわけ？　レレレのレェ。こんなしんどい仕事、買って出なきゃよかったって腹立ってたんだけど、続けているうちに、なんかこう葉っぱひとつひとつに愛着がわいてきちゃって。この家、庭が広すぎてホントいろんな植物があるでしょ。落ちてくる葉っぱの色もかたちもそのときどきで全然違う。へぇ〜、常緑樹も散る前は色づくんだとか、へぇ〜、変わったかたちの葉脈だなとか。で、これ何の木の葉だろうと思うと、まったくわかんないんですよ、これが。住んでる家がこんなに緑に溢れてんのにアラフィフになっても名前ひとつ知らないなんて、人生すっごく損してる気分になっちゃってね。だから、気になる葉っぱがあったら拾って、スマホで調べて押し葉にして――」

「それが落ち葉日記？　まあぁ、洒落《しゃれ》てるわねぇ」

三樹子は拾ったクスノキの葉をくるくるとまわしてみせた。

「正確には落ち葉手帳ですけど、ま、日記みたいなもんです。でもって、心からそう思ったときの集中力ってすごいんです。昔、単語帳を作っても英単語をまったく覚えられなかったのに、今は頭にするする入っちゃう」

「ねぇ、三樹子、キャラ変わった？」

細い目がますます細くなってこちらを睨む。

「失礼しちゃうわね、香良ったら。『キャラ変』したんじゃなくて、本来あたしはそういうタイプなの。今まで余裕がなかっただけで、ようやく目覚めたんだってば。こうやって自然に囲まれて暮らす愉しさに」

「ふ～ん」

たしかにここに来て三樹子は心に余裕ができたようだ。少し前からこの近くの介護施設でアルバイトも始めた。親友の横顔を見た。染めなくなって久しい黒髪。白いものも何本か交じっているが、明るい茶色にしていたときよりもずっと艶やかだ。

「そうよね。こう言っちゃなんだけど、三樹子ちゃん、おうちカフェを始めて、ずい分と変わったわ。あ、もちろんね、最初に会ったときから、明るくって愉しい人であたしは大好きだったわよ。でも、なんていうの、人としての幅ができたっていうか。なんでもどーんと受け止めてくれる感じがしてよ」

そう言って倉林さんは両手を広げてみせた。

「そうなんですかね、文字通り横幅が増えて、三キロ太っちゃいましたけど。でも、まぁ、なんか前よりいろいろ楽かなぁ。だとしたら、このおうちカフェのおかげかも。そういえば、ここ」

三樹子はクスノキの葉のつけ根を指でさした。

「この葉脈の分岐点にちっちゃいコブみたいのがあるでしょ」

「どれどれ？」

眼鏡をはずし、倉林さんは落ち葉を見つめる。

「これってダニ部屋なんですって」

「ひえぇ、ダニ？」

倉林さんがのけぞると、三樹子は笑って手を横に振った。

「大丈夫ですって。ここに住んでるのは、フシダニっていうんです。あたしたちを噛んだりする悪いダニとは違う種類ですから。共生している理由は専門的でよくわかんないんですけど、クスノキとダニは、お互いウィンウィンの関係みたいで。でね、その話をネットで見ながら、あたしにとっておうちカフェはクスノキみたいな存在だなぁって」

「じゃあ、三樹子はダニってこと？」

「ちゃうちゃう。なはずないじゃん。香良ってば、あたしの言いたいことわかってるくせにわざとそういうこと言うし。そういや、トトロの住まいもクスノキだよね。ここは、あいにくクスノキはないんです。でも、あたしはおうちカフェに護《まも》られて暮らしてるなぁ……とかね、思うわけ」

「わかるわ、あーたのその気持ち。あたしも香良ちゃんのお父さんがおうちカフェを始めるずっと前――隣にお嫁に来た時分から、しょっちゅうここに来てるから」

倉林さんは庭をぐるりと見まわしながら言った。

「おうちカフェができてからはお父さんや香良ちゃんの淹れてくれるコーヒー飲みたさってのもあるわ。だけど、それだけじゃない。この家の空気がいいの。ここにいるだけで、不思議と気が休まるっていうか――」

倉林さんは「そうよね、やっぱり」と自分に言い聞かせるようにうなずくと、居住まいを正した。

「香良ちゃん、三樹子ちゃん。あたし、折り入って相談があるの」

「相談？」

あたしより先に三樹子が訊き返した。さっきからどこか落ち着きがなかったのはそのせいだったのか。

「その……ね、新しい住人についてなんていうか……」

去年の三月、最年長の加藤千恵子《かとうちえこ》をこのおうちカフェの住人として推薦してくれたのも倉林さんだ。あたしたちふたりに加えて、里子と道永《みちなが》あゆみ、そして柴犬のツン。昭和生まれの四人と一匹の共同生活にようやく慣れてきた頃だった。あのときも切り出すときは躊躇《ためら》いがちだった。でも、きょうの倉林さんはいちだんと歯切れが悪い。

「実はうちの美佐緒《みさお》が……」

倉林さんはフランスに住んでいる娘の名を出した。お隣さんで同世代。とはいえ、むこうは小学校から私立に通っていたこともあり接点があまりなかった。道で会っても挨拶をかわす程度で、ゆっくり話したことはない。その人柄はわからないが、背が高く母親とよく似た丸顔でくりくりとした目をしている。

「美佐緒さんって、フランスに住んでる？　あのパティシエの？」

三樹子の質問に倉林さんは伏し目がちにうなずく。

「そう。半分は正解だけど半分は――」

カップにわずかに残っていたコーヒーを飲み干して言った。

「フランスに住んでたってのは本当。でも、むこうでパティシエやっていたってのはウソ」

「へっ、ウソって？」

三樹子の口が「O」の字になった。

「そうなのよぉ。ウソも嘘。嘘八百だったのよぉ。もう聞いてちょうだい。あの子ったら、なんの連絡もなしに五日前に突然フランスから帰ってきて。アパルトマンも引き払ってきたっていうの。『きょうからまたうちで暮らすから』って。何よ、それ。もう訳がわかんないでしょ――」

堰《せき》を切ったかのように話し出した。

「――お菓子の専門学校に通っていたあの子が、日本で学ぶべきことは学び終えたから、次はフランスに行きたい。出世払いで必ず返すから、当面の生活費と学費を貸してくれって言い出して。そんなこんなでフランスに渡ったのが三年前。むこうの専門学校で学んでパティスリーで修業してるって話だったし、LINEでもちょくちょくやりとりをしてたから、こっちも安心してたの。戻ってきたら、鎌倉のどこかでお店を開いたりするのもいいわね、なんてお父さんと話したりして。ところがよ、実際はパティスリーはおろか専門学校もやめちゃって。こっちが渡したお金も使い果たして、しれっと戻ってきたの。もう詐欺よ、詐欺ぃ」

語尾が震えている。もともとゆっくり喋るタチではないが、きょうは一・五倍速。ここまでの早口は初めてだ。

「あの、倉林さん……。お気持ちはわかりますけど、どうか落ち着いてください。ハーブ水でも飲みます？」

「ありがとぉ。香良ちゃんはほんとに優しいのね。爪のアカをください」

「爪のアカ……ですか」

「うちのバカ娘に煎じて飲ませなきゃ。あ〜、もう腹が立つ」

倉林さんは唇を噛み、こぶしをぎゅっと握った。

「わかります、わかります、そりゃショックですよねぇ、腹も立ちますよぉ。あの、比べるのもなんだけど、うちのバカ息子も一緒に住んでた頃はしょっちゅうあたしに嘘八百ついて――」

三樹子は倉林さんの丸い背を撫でる。

「でもね、あーた。お宅のお坊ちゃんとうちの娘とは年が違うわ。美佐緒なんてもう四十五歳よ。ほんとなら親になってるような年で、あたしは孫の心配をしたいところなの。なのにあーた、この期《ご》に及んでまだこんな仕打ちを受けるなんて……。うちのお父さんももう怒り心頭で。普段はあの通りの人でしょ。めったなことじゃ怒らないいんだけど、一度怒りだすと怖いのなんのって。ここまで怒鳴り声、聴こえてこなかった？」

「いいえ、全然気づきませんでしたけど」

倉林さんがお喋りなぶん、ご主人はとても寡黙《かもく》だ。面長ですらっとしていて穏やかな雰囲気のあの人が大声で怒鳴るなんて。想像ができない。

「あの子が帰国してきた日なんてもう修羅よ、修羅。『行くところないから、お願いです。ここに置いて』ってすがる美佐緒に向かって大声で怒鳴りつけたの。少ない髪の毛を逆立てるみたいな形相で『知るか。そんな奴は、尼寺に行け』って。怒髪天《どはってん》を衝《つ》くって、まさにあの日のお父さんのことね」

「尼寺？」

三樹子とほぼ同時に訊き返した。

「シェークスピアよ。ハムレットがすり寄って来る恋人のオフェーリアに言い放つの。『尼寺に行け！』って」

「すごい、文学的！　さすが倉林パパ」

三樹子が感心したかのようにうなずくと、倉林さんは首を横に振った。

「あの人、怒ると不思議と文学的になるの。まったく、シェークスピアだかなんだか知らないけど、こっちはいい迷惑よ。美佐緒は美佐緒で泣きながら二階の部屋に駆けこんで三日間、出てこなかったの。それをドア越しにあたしが説得して――」

そういえば、先週の後半、珍しく倉林さんが顔を見せない日が続いた。

「それでね、図々しいのは百も二百も承知の上で――」

話がようやく本題に戻ったようだ。

「トイレ掃除でも掃き掃除でもなんでもさせるわ。だから一生のお願いです。美佐緒をこのおうちカフェに住まわせてください」

倉林さんは深く頭をさげた。

「そんな……倉林さん、顔をあげてください。大丈夫、部屋も空いていますから。ね、三樹子」

「そうですよ。さすが倉林さん、計《はか》ったように……じゃなくてグッドタイミングですよ。おととい香良が重い腰をあげて、断捨離したばかりなんですよ」

三樹子の言う通り、タイミングよく玄関脇にある書庫の本を片づけたばかりだった。新聞社の文化部にいた父の蔵書は文学、芸術、社会学と多岐にわたっていた。中でも自然に関するものが好きで表紙がボロボロになるまで読んでいた。段ボール数十箱に詰めた本の大部分は業者に引き取ってもらったが、父がソファに座りページをめくる姿が今も目に焼きついている『ウォールデン　森の生活』『園芸家12カ月』『センス・オブ・ワンダー』などは由比ガ浜にある古本屋まで自分で売りに行った。一年前なら手放せなかった。でも、なぜかふと思った。鎌倉を訪れる誰かにあらたにページをめくってほしいと。

「そうなんですよ。おうちカフェ、空室はまだまだありですよ。ただ――」

そこまで言うと、倉林さんは掌《てのひら》でこちらの言葉を制した。

「香良ちゃんの言いたいことはわかるわ。変だわよね、そりゃ」

うなずいていいものか迷っていると、倉林さんは言葉を続けた。

「隣に家があるのになんでわざわざここに？　って思うわよね。そりゃそうよ。でも、あの子、いつまでたっても甘ちゃんで、頭の中は十代っていうか。社会性とか協調性がゼロ。お父さんの怒りがおさまってうちに置いても、引きこもりになるだけ。ほら、ちょっと前に話題になった８０５０世帯ってあったじゃない。そうならないためには家から出すしかない。でも、どっか遠くでひとり暮らしさせてもまた同じことの繰り返しになりそうで。だったら、こちらにお世話になって、年相応の礼節みたいのを教えてもらえないかなって。……ダメかしら。ムシのいい話かしら？」

倉林さんは下からのぞき込むようにしてこちらを見ると、両手をあわせた。

「香良ったら、他ならぬ倉林さんのお願いよ。いいじゃない、ひとり増えたって」

三樹子もすがるような目でこちらを見る。

「三樹子ったら。あたし、ダメだなんて言ってないって」

そう言って倉林さんのほうに向きなおった。

「倉林さん、美佐緒さんのことは歓迎します。だけど、ここではそれぞれが心地よい距離感で共同生活してるだけで。何かを教えるとかじゃなくて、美佐緒さんに自由に過ごしてもらえれば、それでいいかなって」

「ありがとう」

倉林さんは眼鏡をあげて指で目頭を押さえた。

「なんて優しいの。神さま仏さま香良さまだわ」

「倉林さん……あの」

三樹子が自分を指さした。

「あらま、ごめんなさい。三樹子ちゃんもありがとう、本当に。不肖倉林房子《ふさこ》、この御恩は一生忘れません」

いつの間にか空の色が変わっていた。鉛色の雲が迫ってきている。

「さっきまで晴れていたのに、急に下り坂になってきたね」

三樹子の言葉にうなずきながら、倉林さんは時計を見た。

「まったくあの子ったら。野暮用《やぼよう》すませてここに来るって、あたしより先に家を出ていったのに。どこで何をしてんだか」

心地よさそうに囀っていた鳥たちがいっせいに飛び立った。

「いっつもこうなのよ。子供の頃からルーズで。約束の時間を守ったことがないの」

「気にしないでください。あたしも三樹子もきょうは時間たっぷりありますから」

「そうですよ。もうすぐサトちゃんとツンも帰ってくるだろうし」

離婚してうちに来て「ここでシェアハウスをしよう」と言った三樹子に始まり、里子、あゆみ、千恵子。みんな人には言えぬ事情を抱えていた。人が居場所を変えようと思い立つときは、それなりの理由がある。

美佐緒もただ「お金を使い果たした」だけではない、ような気がする。おそらく何か重い荷物を背負ってフランスから帰ってきたのだろう。三樹子の手もとにあったクスノキの葉っぱをつまんでくるくるとまわしていると、ふと思いついた。そうだ。新しい住人のためにウェルカムコーヒーを。何がいいだろう。ホンジュラスとブラジルの深煎りブレンドが浮かんできた。

「あれ、雨」

百日紅の葉にぽつりぽつりと雨粒が落ちてきた。

三樹子がテラスから手を伸ばす。

「そんな激しく降りそうな感じじゃないよね。どうする？　中に移る？　それともここで待ってようか」

「ここにいよう。雨を見ながら」

「ああ、もうどこで何やってんだか、あの子は」

倉林さんは大きなため息をつき、ぷっくりとした指でＬＩＮＥを打ち始めた。

第　二　章

雨の日と月曜日は

美佐緒

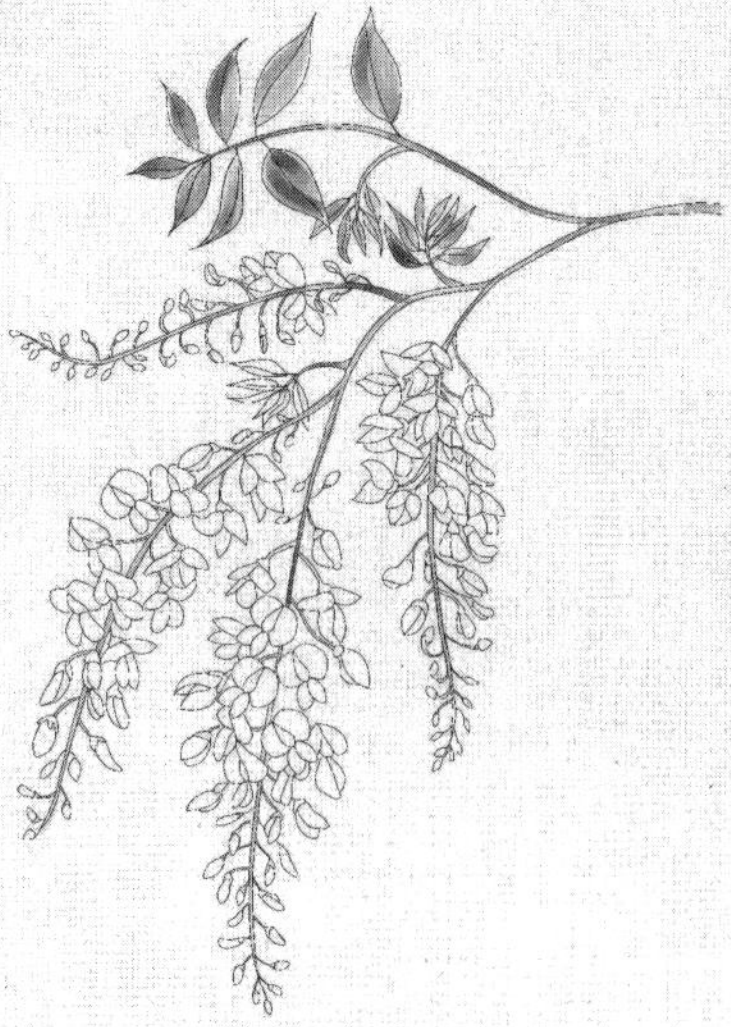

寿福寺《じゅふくじ》の境内を抜け、今小路に出た。すぐ脇を横須賀線の青い電車が通り過ぎていく。倉林美佐緒はデイパックからスマートフォンを取り出し時刻を見た。母との約束の時間はすでに過ぎている。

「まったくあの子ときたら、いったいどこで何をしてるんだか。あ〜、もう」とかなんとか。ざっくりしているようで、時間にはめちゃくちゃ厳しい母だ。今頃きっとおうちカフェの住人を前に愚《ぐ》痴《ち》っているに違いない。マズい、おおいにマズい。わかっちゃいるが、おうちカフェとは反対の方向へと足が進んでしまう。嫌味なほど青い空に綿菓子みたいな雲が浮かんでいる。五月ってこんなに夏っぽかったっけ？　三年ぶりに帰ってきた日本は季節が早まわしになっている。

頭のすぐ上を黒い物体が横切った……と思ったら、長い羽の向きを変え、もう一度、目の前を飛び去っていった。ツバメか。たしか渡り鳥だよね。どこからやって来たんだろう。フィリピン？　ベトナム？　子育てをするときは、里帰り出産みたいに昔馴染みの場所を選ぶって聞いたことがある。そういえば、小町通りの店の軒先にもいくつか巣ができていた。戻る場所があるっていいよなぁ。それに比べて、ニースから帰ってきたあたしは……。五日前の夜のことを思い出すと、心臓がバクバクしてくる。

「出てけっ！」

怒りに満ちた父の大声が耳の奥に蘇ってきた。

「そう言われても、ここはあたしのうちなんだけど」

あまりの剣幕に涙が出そうになったけど、なんとか言い返した。

「うるさいっ。おまえなんか娘でもなんでもない」

「じゃあたしって何？　どこに行けって言うのよ」

「尼寺に行け！」

コメカミあたりの血管がキレるんじゃないかっていうくらい真っ赤な顔。大豆の粒みたいな小さな目は血走っていた。あー。立ち止まって息を整えた。それでも身体が震えてくる。恐怖からではない。怒りで。なんであそこまでキレられなきゃいけないんだ。

ニースへ旅立ったときは、一人前のパティシエになるまで絶対に日本に帰らないと心に誓った。いわゆる故郷に錦を飾るまでってやつだ。フランス人のイケメン夫を引き連れて凱旋帰国するはずだった。でも、どこでどう間違ったのか。何ひとつうまくいかなかった。仕事も恋も人間関係も……。すべて途中棄権して鎌倉に舞い戻った。

体重は六キロ減った。日本にいたときは何度ダイエットに挑戦してもダメだったのに、萎《しお》れたナスみたいな体型になってしまった。そんな娘を前にしたら、何も訊かずに優しく迎え入れる。それが親ってもんじゃない？　なのに、さんざん怒鳴り散らしたあげく「尼寺に行け！」って。なんで尼寺？　スマートフォンで「鎌倉　尼寺」を検索した。最初に出てきたのが「英勝寺」だった。

別に父の言葉に従ったわけじゃない。でも、おうちカフェには行きたくない。そう思ったら勝手に足が向いていた。ニースで買ったレペットの赤いフラットシューズを見ながら、すたすた歩く。

26・5センチのデカ足はフランスサイズ41になんとかおさまった。買った当初は履くだけでウキウキしたのに、かかとの減りとともにあたしの心もすり減った。

顔をあげると英勝寺の総門が見えてきた。脇に「入り口この先六十メートル」と手書きの紙が貼ってある。

母との約束の時間からどんどん時が過ぎていく。でも、心の準備ができてないっていうか、まったく気がすすまない。

「おうちカフェの入居条件は昭和生まれであること。みんなひとりでがんばって生きてるの。そりゃ中にはクセの強い人もいるけどね。みんな根はとっても優しいんだから。あーたもそこに行ってね、これからの自分について考えてみない？」

この数日間、説得され続けた。あんまりしつこいんで嫌んなって「わかった。わかったってば」と二度もうなずいてしまった。でも、やっぱり無理。なんでこの年になって実家の隣のシェアハウスで暮らさなきゃいけないんだ？　もしかして父が言う尼寺って、おうちカフェのこと？

英勝寺の白い通用門に着いた。門扉には緑の葉っぱに包まれたレモン色の花の文様がついている。なんだか見覚えがあるようなないような。脇にかかった木製の箱には〈花だより〉と書かれている。木札が三つ。白フジ、ツツジ、紫ラン。

寺の中からウグイスの声が聴こえてきた。ケキョケキョケキョケキョ……といつもより長い。これって求婚してんだよね。どこかでメスがその声を聴いて、品定めしているのだろう。いいな、選べる立場にあるって。ウグイスは婚活、さっきのツバメは子育て。どっちも無縁のあたしは、ひとり尼寺へ。

中に入るとすぐに桃色のツツジが出迎えてくれた。脇にある水仙と釣がね草が混じったみたいなのが紫ランなのかな。鎌倉は街を歩けば花にあたるって感じで、いたるところに花が咲いているのに、名前はあんまり知らない。

寺務所で拝観料を払う。白フジはどこですか？　とたずねようとしたら、あった、あそこだ。境内の奥が白、白、白。足がフジ棚に引き寄せられていく。

おっと。段差でつまずきそうになった。体勢を戻したところで、少し湿った風が吹いてきた。スカートの裾がカップケーキみたいに膨らむ。あたりは静まりかえっている。数えきれないほどの花房がゆらりゆらり揺れている。フジというか、ぶどうだよね、これ。白いぶどう……あれ、この感じ、デジャヴ。なんだか不思議と懐かしい。いいな、白一色って。この〝ぶどう棚〟を見られただけでも来た甲斐がある。

大きく伸びをして、隣の竹林へと向かった。あたりまえだけど、竹、竹、竹、竹。

昔、国語の時間に習った詩の一節が浮かんでくる。作者は誰だっけ。光る地面に竹が生え、竹、竹、竹が生え——。呟きながら足を踏み入れた。

境内は誰もいない。自分の足音とカサカサという葉の囁《ささや》きしか聴こえてこない。竹の葉の天井から射し込む初夏の陽がスポットライトのように地面を照らす。

それにしても、どうしてあたしは、おうちカフェに住みたくないんだろう。大正時代に建った洋館は、新建材で作った倉林邸とは比べものにならないくらい素敵な造りらしい。家賃は六万円。まかないつきで土曜はカレーの日。家主の香良が淹れるハンドドリップコーヒーも一日最低三杯は飲めるとか。

「あーたも一度はあそこのコーヒーを飲むべき。もう絶品なんだから。それにね、なんといってもねぇ、香良ちゃんがいい子なのよぉ」

……あたしの足がおうちカフェを拒否《きょひ》る原因のひとつは尾内香良。学年はあたしよりふたつ上。学校が違ったから、たまに道で会えば挨拶する程度で長く言葉をかわしたこともない。見た目はなんていうか、ふわっとしてマシュマロみたい。まぁ、フツーの人といえばフツーの人。でも、母に言わせればスペシャルなんだとか。まずコーヒーを淹れるのが抜群にうまい。お菓子作りもプロ級。

「香良ちゃん、そんじょそこらのパティシエよりも才能あるのよぉ」

そういうこと、言う？　やな感じ。まぁ、よくよく考えてみると、嫌なのは香良じゃない。母に香良と比較されることなのかも。

「香良ちゃんはね、小さい頃にお母さんが家を出ていっちゃったのよ。だけど、文句ひとつ言わずお父さんのお手伝いをして、お勉強もできて。それに比べてあーたは」

何千回言われたことか。出来損ないのひとり娘としてはおおいに傷ついてきた。これであたしがおうちカフェに馴染んだりしたら、母は神に祈るようなポーズでこう言うに違いない。

「ありがたいわぁ。もうすべて香良ちゃんのおかげ」

ああ、やっぱり行きたくない。竹林の出口にさしかかったけれど、もうひとまわりすることにした。じっくりと竹の節が作る模様を見ながら歩いていると、林の中が暗くなってきた。葉の隙間から見える空が蒟蒻色《こんにゃくいろ》へと変わっていく。ぽつり、ぽつりと水滴が肩を濡らす。さっきまであんなに晴れていたのに、どういうこと？

Sometimes I'd like to quit　ときどきすべて投げ出したくなる
Nothing ever seems to fit　何ひとつうまくいってないみたい
Hanging around, nothing to do but frown　所在なくうろうろとして不機嫌で
Rainy days and Mondays always get me down　雨の日と月曜日はいつも気が滅入る

カーペンターズの歌が頭の中を流れ始めた。

雨で月曜日だから約束に遅れたの……なんて言い訳、母に通用するわけない。でも、もう少しここにいたい。雨は苦手なはずなのに、不思議と今はそんなに落ち込んでいない。竹林の中にいると、なんだか護られている感じがするからかな。

竹はまっすぐに何の迷いもなく天に向かって伸びている。あたしもどうせデカいんだから、こんなふうに堂々としていたい。今は誇れるものが何もない。四十代半ばになっても先が全然見えない。でも、いつかなんとか……。

ライ～ン♪　とデイパックの中で通知音が鳴った。

〈どこほっつき歩いてるの？〉

そろそろタイムアップ。竹林を抜け、みかん色の花の前を通りかかった。今が盛り。垂《しだ》れる枝に

咲いた花がふわふわ揺れている。これなんていう花だっけ？　エディブルフラワー（食用花）だっけ？　うん？　なんかこの感じ、またデジャヴ？……違う。たしかにずっと昔、同じことを思った。


「お父さん、この花、みかん色だね。食べられるの？」

「花はどうかな。実はジャムにしたら美味しいよ」

大豆の粒みたいな父の目がふにゃりと笑った。

「みぃちゃんはほんとに食べものが好きだね。このお寺、気に入った？」

「うんっ。食べたいお花いっぱいあるし。ここにいるとすごく愉しくなる」

「そうかそうか。好きな場所があるのはいいことだ。この愉しい感じを大切にするんだよ。もしも大きくなって嫌なことがあったら、ここに来てもう一度、愉しい感じを思い出してごらん」


尼寺に行け。父の言った尼寺ってやっぱりここのこと？

〈ごめん、今向かってる〉

ようやく母へ返信できた……と思った次の瞬間、おばちゃんの頭から湯気が吹きでる怒りスタンプが届いた。行かなきゃ。

寺務所の近くでコーヒー色のプードルがうろうろしている。

「あんた、ここの子？」

首と耳につけたピンクのリボンがかわいらしい。

「そういや、おうちカフェにも犬が一匹いるんだよね。ねぇ、人づきあいがダメだとしても、そのワンちゃんとは仲良くなれるかなぁ」

犬はただこっちを見上げている。

「わかんないよね、そんなの。このままじゃ濡れちゃうよ。あんたも早くおうちの中に入って。じゃあね」

手を振って英勝寺を出た。

あれ、あたし、なんだかちょっとだけ心が軽くなっている。

❖　❖　❖

小さな雨粒がシャツの袖を濡らす。蒟蒻色だった空は少しだけ青みがかってきた。空気がしっとりとしている。ニースのからっとした空気とは全然違う。あれはあれでよかったな。意味わかんないくらい澄みきった青。青の中の青。鬱々としたときは今履いているフラットシューズで海辺を散歩した。ビーチ向きじゃない薄くて硬い真っ平らなソール。白い玉石の上を歩くとゴロゴロして足ツボ並みの苦行だった。でも、その痛さが妙に心地よかった。

寿福寺の正面を通り、高い木に覆われた暗い小径《こみち》を抜ける。我が家のモチノキが見えてくる。祖父母がまだ元気だった頃に植えた木だ。あそこを曲がれば、おうちカフェだ。

ニースにいた頃、4LDKのアパルトマンでコロカッション（ルームシェア）をしていた。あたし以外は韓国人女性がふたり。どちらもひとまわり以上、年下だった。片言の英語と身振り手振りでなんとか会話をした。当たり障りのないことばかりで深い話はできなかったし、友達にもなれなかった。でも、自分にはあれくらいの距離感がちょうどよかった。そうだ。またあの感じでいこう。自室にこもって、同居人となるべく顔をあわせない。まかない飯は興味津々だけど、たまに遠慮したりの距離感で……そう自分に言い聞かせているうちに、〈おうちカフェ〉と書かれた看板の前まで来た。

そおっと木戸を押す。

「あ〜、やっとご到着ね」

甲高い母の声で出迎えられた。笑顔をつくってみたが、うまく笑えているかどうか。敷石の先にあるレンガを敷きつめたテラス。真ん中のテーブルに母が陣取っている。右隣にいる平安顔の色白女が母の話によく出てくる三樹子？　左隣は間違いない、香良だ。むかいの席で振り返ったのは西《せ》郷《ご》どんそっくりのショートカットの女。足もとに柴犬がいる。カップ片手に母は能天気な笑みを浮かべ、おいでおいでをしている。あたしもその輪の中に加われと？　罰ゲームみたいな第一関門。いきなり住人とテラスでお茶をする羽目になるなんて。逃げたい。でも、行くしかない。敷石を跳ぶようにして行き、ひとまず頭をさげる。

「雨は大丈夫でした？」

香良が笑顔で言った。こうして顔をあわせるのは何年ぶりだろう。記憶の中よりもさらにふわふわっとしている。こんなに小柄だったっけ？　そう思うのはあたしがデカくなったから？

「はい。ぽつりぽつりだったから、あんまり濡れずに。前の用事が長引いてしまって、すっかりお待たせしてしまいました。倉林美佐緒です。不束者《ふつつかもの》ですが、どうぞよろしくお願いします」

意外とスムースに自己紹介できた。

ワン！　柴犬が足もとに寄ってきた。張りつめていたものがちょっとだけほぐれた。

「改めまして尾内香良です。こちらこそよろしくお願いします。どうぞ座ってください」

なんかこの人の声ってオレンジシャーベットみたい。爽やかにすっと溶けていく。黙って母の隣に腰をおろした。

「美佐緒さんのこと、ついさっきお母さんからうかがったばかりなんです」

「すみません、ほんとに突然のことで」

頭をさげると、香良は手を横に振った。

「とんでもないです。タイミングよくひと部屋、空けたところだったんです。だから、いつからでも——」

「そうなのよぉ」

香良が話し終わらないうちに母が割り込んできた。

「こんな図々しいお願いなのに、みんな笑顔で『いいですよ』って。もう嬉しくって涙が出ちゃうわ。美佐緒、せっかくだから、きょうから住まわせてもらったらどう？　身のまわりのものは……隣だもの、あとで取りに来ればいいわよぉ」

「え、でも——」

またもや雨が降ってきた。も〜、さっき止んだと思ったら。降るのか降らないのかはっきりしてほしい。

「全然オッケーですよ」

今度は母の隣の色白女が身を乗り出してきた。身体はあたしのほうが大きいけれど、肩幅の広さはいい勝負だ。

「あ、まずは自己紹介しなくちゃだわ。あたくし、林三樹子です。バツ一でこちらの共同経営者。って言っても、香良の〝心友枠〟なんですけどね。香良が断捨離したお部屋はパパが使っていた書庫なんです。今は椅子だけ残してスッカラカン。思い立ったが吉日って言うじゃない。きょうからどうぞどうぞ」

なんなの、このウェルカムモードは。ちょっと待ってよ。そりゃ遅れてきたあたしが悪い。にしても、あたし抜きで話が進みすぎ。母を横目で見ると、満足げにうなずいた。は？　きょうは一緒に行って母娘で頭をさげてって話だったよね？　目で抗議したのにスルーされた。

「……きょうから。ほんとにいいんですか」

香良に訴えるように言った。お願い、空気読んで。あたしの戸惑いに気がついて。

「ええ。美佐緒さんさえよければ、いつでも。あ、そうだ、あたし、コーヒーを淹れてきますね」

そう言って腰をあげ、家の中へ消えていった。

ちぇっ、逃げられちゃった。フツー、家を決めるときって部屋を見てからじゃないか。尼寺行きを命じられたあたしにはその権利もないってこと？　いつもの五倍はハイテンションな母の二重顎を横目で睨む。

思えば、フランスに行くきっかけを作ったのもこの人だった。女子大を出たあと、ニートときどきバイトでだらだらと暮らしていた。さすがにこのままじゃマズいかなと思い始めた頃、母が製菓の専門学校の入学案内を持ってきた。「あーた、食べるのが人の何倍も好きでしょ。せっかくならお菓子の勉強をしてみたら？」。いつまでも親の脛をかじっているわけにはいかない。手に職をつけるには今行動に移したほうがいいのかも。そう思い、言う通りにした。しばらくして、パティシエが主人公の韓国ドラマを観た。その中の「自作のチョコは自作の箱に入れることにしています。チョコの箱は人生と同じなんです」というセリフが心に刺さった。人生は与えられるものではなく、自分で何を選ぶかによって変わるんだ。行くなら、今しかないとフランスへ旅立った。だけど……。

うん？　くすぐったい。柴犬が足首のあたりに鼻を寄せている。

「こら、ツン」

西郷どんに似た女が言った。目もとが上野公園の銅像にそっくりだけど、小柄だからか威圧感がない。

「すみません、うちの犬が。あ、あたし、藤村里子です。さっき散歩から帰ったところで。この子はツン。昔は人見知りだったんだけど、ここに住むようになってから、だいぶフレンドリーになってきて。おうちカフェに来る人たちに擦り寄るんですよ」

「全然大丈夫です。むしろウェルカム。犬は大好きですから」

昔、うちでもレトリバーを飼っていた。マロンちゃん、妹みたいに可愛かったな。

「ツンっていうのね。よろしく」

りりしい瞳がこちらを見上げた。

「目がツンとしてるからツン？」

「正解。さすがわかってらっしゃる。それに比べて、ここにいる失礼なおばさんは、初対面でいきなり、あたしが西郷どんに似てるから、愛犬の名前も真似てツンにしたんですかだって」

里子は三樹子を横目で睨んだ。

「ちょっとぉ、サトちゃんったら何十年前のこと蒸し返してるの？」

「ほんの一年八ヶ月前ですけど」

「いや、まぁそうだけどさ、もう水に流してよ」

そこまで言うとこちらに向きなおった。「あたしたち、最初は衝突することも多かったけどいまやミキティとサトちゃんと呼びあう仲になったんですよ。ね、そうでしょ」

「はいはいはいはい。あたしもね、ツンと一緒で人見知りだったけど、このミキティに鍛えられてずい分と変わりました」

これで満足？　とばかりに三樹子を見てから里子は言葉を続けた。

「あたしたちのことはさておき。話を戻すと、住人はあとふたり。美佐緒さんは千恵子さんのことはご存じかな」

「もちろん！」

あたしより先に母が返事をし、こちらを見て微笑んだ。

「ほら。お父さんの上司だった加藤さんの奥さま。何度かうちにいらしたこともあるから、あーたも知ってるでしょ。人生経験が豊富でなんでもよくご存じで。いまやおうちカフェの知恵袋なんだから」

加藤さん……。ああ、あの上生菓子みたいな品のいいおばさんか。

「はい。何度かお会いしたことがあります」

「そう、じゃあ、話が早い」

三樹子が笑顔で言った。

「千恵子さんは今、二階堂のハーブ教室に行っているんですよ。三時過ぎには帰ってくるはず。あとはあゆみちゃん。おうちカフェ最年少の三十八歳。材木座にある香良の叔父さんのコーヒー屋さんで働いているベッピンさん。香良の次にコーヒー淹れるのがうまいんですよ」

「あら、三樹子。今はもうあゆみちゃんのほうが上手よ」

香良がリビングからコーヒーを運んできた。

「どうぞ」

枇杷ゼリーが目の前に置かれた。うわっ、美味しそう。食べものを見ると、気持ちがぐっとほぐれる。

「これお母さんからいただいた枇杷で作ったんです」

ゼリーの傍らにカップが置かれた。この青。ニースの空と海が浮かんでくる。

「あらぁ、きれいな色ねぇ」

母がうっとりとした目でカップを見つめた。

「このおうちカフェはね、それぞれ専用カップがあるんですよ」

三樹子が芥子色のカップを持ちあげて微笑んだ。言われてみれば、母は抹茶色、里子は何色っていうんだろ、十割蕎麦みたいな風合いのカップでコーヒーを飲んでいる。

あたし専用のカップ……。こうして、あれよあれよという間にここの住人になっていく。でも、この青のグラデーションはいいな。ぽってりとした丸みが心地よい。

「素敵なカップを選んでいただいてありがとうございます。この色、大好きです」

コーヒーをひと口、飲んでみた。苦みは少ない。ダークチョコレートのような甘みとコクがすーっと広がっていく。イジけたあたしを優しく包み込んでくれるような、これぞウェルカムコーヒー。

枇杷ゼリーをスプーンで掬う。ぷるんとした弾力が指まで伝わってきそうだ。美味しい。いいなぁ、ゼリーって。軽やかな酸味と優しい甘さが溶けあう。モチノキの陰でひっそりと育ったうちの枇杷がこんなにイケてる味になるなんて。たしかに香良はあたしより、ずっと腕がいい。

近くで鳥が鳴いている。

「あら、ヤマガラが戻ってきた」

香良が嬉しそうに言った。いつの間にか陽射しも戻ってきた。ヤマガラを探すふりをして、庭を見まわす。濡れた土の匂いがする。木々や草花はシャワーを浴びたあとみたいに生き生きとしている。百日紅の木のすぐそばではローズマリーの葉に残った雫がきらめいている。

「しっかし」

三樹子があたしと母の顔を見比べながら言った。

「美佐緒さん、お母さんにそっくりですね。特に目もとが」

身体は母の一・五倍だけど、たしかに目は相似形かもしれない。あと二重顎も。性格も似ているんだろうか。あたしはこんなに押しが強くないと思いたい。

「あら、あーた、なんでそんな嫌そうな顔してるの？」

母が不満そうにこちらを見る。無視してカップを傾ける。それにしても、このコーヒー、軽やかだけど、味に奥行きがある。

「美佐緒さんってすごく美味しそうにコーヒー飲むのね。あたしもまた欲しくなっちゃった。香良ちゃ〜ん、おかわりお願い」

三樹子が芥子色のカップを指さした。

「はいはい」

「ミキティのわがままついでに、あたしもお願いしていい？」

里子も蕎麦色のカップを差し出した。香良は座ったまま、ふたりのカップをトレイに載せると、立ちあがろうとした。

えっ？

香良の顔がぐにゃっとゆがんだ。

「痛っ」

あげかけた腰に手を当てて、そのままゆっくりと元の姿勢に戻ろうとしている。

「いたたたたっ」

「やだ、香良ちゃん、大丈夫？」

母が香良の顔をのぞき込む。

「え、ええ。ちょっとひねったのかな、急に痛みが」

「ひねったっていうより、あーた、それ魔女のひと突きじゃない？」

「魔女の……ひと突き？」

三樹子が首を傾げる。

「ぎっくり腰のことだよ。大丈夫、香良ちゃん？　病院行ったほうがよくない？」

里子も心配そうに太い眉を寄せて香良を見る。

「たしかに魔女の杖でひと突きされたみたい。おととい、断捨離して張りきりすぎたのかな。痛いといっても、こうして喋れているから、病院に行くほどではないと思うけど」

おそるおそる腰を撫でる香良を横目に三樹子が言った。

「ほんとに病院行かなくていいの？　もう若くないんだから、こういうときは休むがいちばん。部屋で横になってなよ」

「でも、せっかく美佐緒さんが仲間入りしたんだから、ウェルカムディナーを作りたいのよ」

母は顔の前で手を横に振った。

「まぁ、まぁ。お気持ちだけでありがたいわ。香良ちゃん、どうか無理せずに」

今度は三樹子が手を横に振る。

「いやいやいや。美佐緒さんがおうちカフェのメンバーになった記念すべき日ですから。誰か代打でやったらどうかな」

「そうだねぇ」

里子は腕ぐみした。

「あたし『素豚狂子』って名で食べもののブログやレビューを書いてるんだけど、批評は一人前、料理は半人前なんです。ミキティも主婦歴長いわりには、料理の腕はいまいちだし。ここはおうちカフェの重鎮、千恵子さんにオフクロの味をお願いするしかないかな」

母は両手を押し出すようにして言った。

「無理にお願いして、美佐緒を住まわせてもらうんだから。ウェルカムディナーなんて滅相もない。そうでしょ、美佐緒」

「うん、まぁ……」

そうだ！

フライパンの上でポップコーンがはじけるみたいに閃《ひらめ》いた。

「あの、もしよければ、きょうのディナー、あたしに作らせてもらえませんか」

みんながいっせいにこちらを見た。三樹子はポカンと口をあけている。

「ウェルカムディナーじゃなくて、『よろしくお願いしますディナー』ってことで」

我ながら、いいネーミング。この枇杷ゼリーのせい？　コーヒーのせい？　それとも……。どういうわけか、むくむくと料理欲が湧いてきた。

「あらま。いいんじゃない、それは。グッドよ、グッド、グッドアイディアよ」

母の顔が輝いた。あたしにこんな笑顔を見せるのは帰国以来、初めてだ。

「でも、本当にいいんですか」

申し訳なさそうに香良がこちらを見る。

「いいんです。ていうか、作りたいんです。作らせてください」

香良が魔女に腰をひと突きされたとしたら、あたしは崖っぷちで魔女に背中をひと押しされた。おうちカフェ、この輪の中へ入っていくのは気が重い。でも、今飛び込まなきゃ、一生入っていけない気がする。

❖ ❖ ❖

「魔女のひと突き&ひと押し」騒動のあと、みんなでダイニングへと移った。香良は母と三樹子に両脇を支えられるようにして腰をおろした。ちょっとでも姿勢を変えると激痛が走るようで、「いたっ、いたたたた」と顔をゆがめていた。急遽《きゅうきょ》まかない担当になった里子が早めのランチを用意してくれた。メニューはカレースープとバゲット。「器によそっただけで、これ香良ちゃんの作りおきだけどね」と里子が舌を出すと、香良は「おとといの残りでごめんなさい」と恐縮していた。

なんのなんの、三日目のカレーにトマト風味をくわえたスープはコクといい、酸味といい、絶品だった。おうちカフェでは毎日、こんな美味しい食事が出るんだ。これで家賃は六万円。おトクすぎる。でも、舌が肥えたみんなに、あたしの思いつきパスタは受け入れられるだろうか。昔から何かの拍子にスイッチが入るとノリで行動しがちだったけど、また先走りすぎたか。自ら、名乗りを上げた代打、果たしてうまくいくんだろうか。

図々しくもご相伴に与った母は「美佐緒を何とぞよろしくお願いしますねぇ」という言葉を残し上機嫌で家へと帰っていった。香良は腰をかばいながら自室に戻り、三樹子は昼風呂に入っている。ツンがテラスのそばのソファの下で寛いでいる間、里子におうちカフェを案内してもらうことにした。

「美佐緒さんのお部屋はすぐそこですよ」

リビングを出た里子は玄関の左隣にあるコーヒー色のドアを指さした。書庫だったというから、納戸みたいな部屋を想像していたけれど、入り口からして風格がある。

「お愉しみは最後にして、まずは二階から」

里子について階段をあがる。

「この家は二階にもトイレと洗面台があるんです」

里子が言った。あたしたちの身長差は階段一段分。里子が小さすぎるのか、こちらが大きすぎるのか、もちろん後者だ。あたしがステップを踏むたびミシミシと軋む。

「そこがミキティの部屋」

階段をのぼり終えたところで里子が向かって右のドアを指さした。

「もともとは香良ちゃんが使ってたんだけど、例の調子で強引にミキティが居座ったの。大きな格子窓と天窓がすっごく素敵なんですよ。あとでミキティに見せてもらうといいんじゃない？」

「そうですね」

「でね、正面のこのドアのむこうがあゆみちゃんのスペース。波模様の窓ガラスが渋くて作りつけの机もあるんです。あたしもこの前、聞いたばかりなんだけど、香良ちゃんの叔父さんが昔使っていたんだって。あ、その叔父さんってのはさっき話に出てきた、あゆみちゃんが働いている焙煎所を経営していて。ご縁だよねぇ」

「みんな、お互いの部屋を行き来したりするんですか」

「う〜ん、あたしはここに住んで二年近くになるけど、誰かの部屋に遊びに行ったのは数えるほどかな。ちなみに、そこの和室は共用スペースなんですよ」

里子はあゆみの部屋の隣の襖《ふすま》を開いた。青々とした畳の匂いがする。なぜか羊羹《ようかん》が食べたくなる。いいな、二階なのに縁側がある。大きな格子窓の先で若葉が揺らいでいる。この景色を見ながら……そうなると、水羊羹のほうがあうな。

「あそこから見えるのは空と庭の木々だけ。これって都心から引っ越してきた身にはすっごく贅沢。秋になると紅葉《こうよう》がきれいなんだ。今の季節は鳥の囀りを聴きながらの昼寝が最高。大の字になってウトウトってして、ふっと目が覚めると、隣でミキティがイビキかいてるなんてこともしょっちゅうでね」

そう言って里子はくくっと笑った。三樹子とはいいコンビなんだな。なんだか柿ピーみたい。どっちが柿の種でどっちがピーナッツなのか、どっちもある意味刺激的。あたしがこの柿ピーコンビに交じって昼寝する日はくるんだろうか。

「それで……と。そっちの奥が千恵子さんのお部屋。で、こっちがあたしの城。そうだ、せっかくだから見ます？」

返事をする前に里子はドアを開けた。

「すごくすっきりしてますね」

和室と同じくらい広々としていて、格子窓のそばにコの字形のローテーブル、よもぎ色のザブトンが置かれている。テレビはない。目につく電化製品といえばノートパソコンぐらいだ。

「あたしね、持たない女なんです。もともとはすごく欲深で欲しがり始めると際限がないっていうか。家電とか服とかバンバン買って『もっと、もっと』となっちゃう。でも、あるとき気がついたの。いくらモノを買っても幸せにはなれないって。それで無限ループを断ち切るために、どんどん捨てていったんです。だからここに住み始めたときも荷物は最小限だったの」

これがいま流行りのミニマリスト？　そういえば、よもぎ色のスウェットシャツにジーンズ。この人、服装もめちゃくちゃシンプルだ。

「寝るときは？」

「フローリング専用の敷きマット。今はそこのクローゼットの下に入れてあります。ここに来てずっと寝袋で過ごしてたんだけど、この先も末永くお世話になりそうだなと思って〝清水《きよみず》ジャンプ〟でいいマットレス買っちゃった」

胡桃色《くるみいろ》の床も磨きあげられている。格子窓にはレトロな磨《す》りガラスがはめ込まれていて修道女の部屋みたいだ。まさに尼寺。さっきから、ここで暮らすために実家から何と何を持ってくればいいか、頭の片隅で考えていた。いっそ何も持ってこないのもありかもしれない。

「じゃ、下に行きましょ」

里子について階段をおりた。

「こっちの金色の取っ手がトイレ。で、銀色のほうがバスルームです」

つや消しの銀の取っ手のドアには「OCCUPIED《使用中》」の札がかかっている。

「今、ミキティが入っているから、あとでのぞいてね。まったくあの人は、昼に長風呂なんだよね。みんなそれぞれ好きな時間帯に入ってるんだけど、不思議とかぶらない。あたしは深夜シャワーで済ませる派かな」

あたしもシャワー派。昔から温泉以外、お湯に浸かるのは苦手だ。バスタブで自分の身体を見ると、ふやけた餅みたいで嫌んなる。

「そっちが香良ちゃんが今、使っている部屋。もとはお父さんが使ってたんだって。古いレコードとかアンティークの机とか、ＴＨＥ洋館って感じ。それに青サギのステンドグラスがかっこいいんだよ。いつか見せてもらうといい。というわけで玄関を挟んで、こちらがきょうから美佐緒さんの部屋になります」

そう言って里子はドアを開けた。

「広いんですねぇ」

もっと狭い空間を想像していた。横長の部屋には大きな格子窓がひとつ。ゆらゆらガラスのむこうにモッコウバラが見える。入って右手にはかぎ形に本棚が設《しつら》えられている。

「香良ちゃんが空っぽにしてくれたおかげだね。クローゼットを置くなら、やっぱりここかな」

里子は部屋の真ん中にあるロッキングチェアに腰をおろし、ドアの左側の壁を指さした。

「あたし、そんなに服を持ってないんで、小さなハンガーラックとかでもいいかもしれません」

「それ、いいかも。しかし、この漆喰《しっくい》の壁とか寄木細工の床、いいよね。本がなくなったらなくなったで、妙に落ち着くな」

「書庫だったときは里子さんもよくここに来てたんですか」

「そう」

里子はロッキングチェアを揺らしながら言った。

「ここにあった本は基本、自由に読んでよかったから。でも、あたしの場合、お目当てはこの椅子。子供の頃、憧れてたんだよねぇ。こういうレトロな部屋で椅子に揺られながら編みものをする人の絵って外国の絵本によくあるじゃない。結局、編みものは上手にならなかったけど、何もしなくてもね、いいの。これに座ってボーッと揺られているのがいいんだ。なにか大きなものに抱かれている感じがしてね」

椅子フェチなのか、この人は。ついさっき、モノを持たないと言ってたくせに。こんなにロッキングチェアについて熱く語る人、初めて見た。

「あの、なんでしたら、この椅子、持っていかれます？　あたしがこの部屋に住んだら、これまでみたいにちょくちょく座れなくなっちゃいますよ」

里子は白い歯を見せて笑った。

「ありがとう。でも、もうじゅうぶん座ったから。それより美佐緒さん。そんなに気を遣わなくても大丈夫だから」

「……あたし、気を遣ってるように見えます？」

というより様子見しているだけだけど。

「うん、神経をすり減らしてる感じ。まぁ、最初は仕方ないけどね」

コメカミあたりに白髪が目立つ里子の横顔を見た。化粧っけのない頬にはシミソバカスがある。でも、すごく自然な感じ。あたしより、七、八歳は上なのかな。そっちこそいろいろ気遣ってくれている。

「シェアハウスって共同生活だと身構えるとしんどいよね。無理してみんなにあわせようとか、いい人でいようとか思っているとすぐに息切れしちゃうから、フツーにしてればいいんじゃないかなって、なんだか先輩面《づら》しちゃったけど」

そう言ってニッと笑う。

「『倚《よ》りかかるとすればそれは椅子の背もたれだけ』。前にここで読んだ詩集の中にあった一行。ま、そういう感じで」

里子はすっと腰をあげ、出ていった。座っていたロッキングチェアが揺れ続けている。そっと腰をおろしてみたら、座面が少し温かくなっていた。

◆ ◆ ◆

窓からは柔らかな風が入ってくる。夕食を作る時間になっても空はまだ明るい。初めて足を踏み入れたおうちカフェのキッチンは無垢材でまとめられていた。カウンターには電気ポットとコーヒーミル以外、余計なものはない。窓の脇にある棚の上段にはスパイス、下段にはコーヒー豆が入ったキャニスターが並んでいる。他人の家のキッチンってなんだか持ち主の聖域みたいな気がして使いづらい。でも、ここはとてもオープンな感じ。新参者のあたしも受け入れてくれる感じがする。シンクの高さもちょうどいい。

フライパンの中でトマトがぐつぐつと騒ぎ出した。甘酸っぱい匂いが立ちのぼってくる。中火にしてフライパンを揺すりながら水分を蒸発させるようにして煮詰めていく。

そろそろかな。トロトロになったトマトをスプーンで掬って口に運ぶ。美味しい。仲良く綱引きをしている甘さと酸っぱさがすっと沁みていく。

「スーゴ ディ ポモドーロ（トマトソース）を作るときは、時短はダメ。最低でも二十分は煮込むこと。眠っているトマト本来の甘みと酸味が目覚めるのをゆっくりと待つんだ。知ってた？ イタリアって州の数だけスーゴ（ソース）があるんだよ。もっと細かく言えば家庭ごとに違う。オリーブオイルとにんにくと塩を入れて、トマトをひたすら煮込むやり方はマンマ直伝なんだ」

ほんのり甘いカフェオレみたいな声が耳の奥で蘇ってくる。身のまわりにある限られた食材の美味しさを最大限に引き出すイタリア料理の精神――クチーナ ポーヴェラを教えてくれたのはマルコだった。テラスから海が見える〝親愛なるシェフ〟のアパルトマンが恋しくなってきた。

フライパンの隣で寸胴鍋《ずんどうなべ》の湯が沸騰している。六人分のショートパスタを入れる。茹で時間は十八分。

「パスタの量が多いときは早めに鍋からあげること。フライパンの中でスーゴと絡めている間にちょうどいい硬さになるからね」

最後に会ってから、二ヶ月が過ぎようとしている。あたしが今、一万キロ近く離れた鎌倉でみんなのためにパスタを作っているなんて知ったら、どんな顔をするだろうか。会いたい。でも、会えない。

❖ ❖ ❖

マルコと知りあったのはまだ日本にいた四年前。留学前にある程度までフランス語を習得したかったあたしは、語学学習サイトで教師を探していた。オンライン講師一覧をスクロールしていて〈国境より愛を込めて ポッソ ファーレ（やればできる）〉というコピーに手が止まった。習いたいのはフランス語なのになんでイタリア語？ プロフィール写真を見ると、グレーがかった緑の瞳の男が笑っていた。父親が日仏ハーフ、母親がイタリア人で日仏伊のトリリンガルだった。選んだのは、もちろん顔が好みだったから。すっとした鼻筋。ラムネのビー玉みたいにくりくりした瞳。見るからに優しそうだった。最初はヴァーチャルな教師と生徒の関係だったけれど、あたしがニースに行ってからは現地コーディネイトをしてくれた。ヤシの木が並ぶ海辺のカフェで初めて会ったとき、彼は流暢な日本語で言った。

「実際に会ってみると、思っていたよりずっと大きいんだね」

開口一番、コンプレックスを突かれたショックをあたしは隠せなかったのだろう。マルコは慌てて言葉を足した。

「なぜ、そんな悲しそうな顔をするの？　僕は大柄の女性が好み。だって、かわいいし、一緒にいて安心するし」

後にも先にもあんなに嬉しい言葉を貰ったことはない。

ふたりで肩を並べると、あたしのほうが五、六センチ高かった。体格も勝っていた。いわゆるノミのカップル。でも、異国の地だと、不思議と堂々としていられた。

パティシエの専門学校のカマラード ド クラス（クラスメイト）は、中国や東南アジアから来た人も多かった。みんなあたしよりずっと若かったけれど、技術も知識もレベルが違いすぎた。将来、どんなパティスリーを開きたいのか、そこでどんな菓子を作りたいのか、目を輝かせて話していた。それに比べてあたしときたら……。思いつきとノリだけでやってきて、何ひとつビジョンが描けなかった。お菓子作りは嫌いじゃない。でも、いったい何がしたいのか。どうしたら仕事として食べていけるようになるのか。いくら考えても、答えが出なかった。

マルコといるときだけは心安らいだ。家から電車で二十分あまり。週に一、二度、イタリアとの国境近くにあるマルコの家まで行った。1LDKの小さな部屋。国境を越えるまでもなく、そこはイタリアだった。海色にペイントしたアンティークの椅子。浜辺で拾ってきた貝や不揃いの石。壁にはカラフルなフルーツや海産物が描かれたマヨリカ焼きの絵皿が飾ってあった。小さなテラスからの眺めは最高だった。テラコッタ色の屋根のむこうに広がる海。潮風に吹かれながらマルコが作ってくれたパスタをご馳走になった。マルコは食べることが好きだった。ただ空腹を満たすだけじゃない。そこには愛があった。じっくりと素材の美味しさを引き出したパスタを前に「いただきます」と長いまつ毛を伏せて手をあわせた。まるで祈りを捧げるみたいに。

「どうしてマルコはそんなに丁寧に『いただきます』を言うの?」

「どうしてミサはそんなに適当な『いただきます』なの? 僕は四分の一、日本人だけど、子供の頃からいつもこうやって食べていた。だって、命をいただいているんだから。肉や魚はもちろんのこと、野菜やハーブにだって命がある。僕らは彼らの生を自分の体内に取り込むことでこうして生きていられるんだよ。食事を前にすると祈らずにはいられない」

それまで、あたしにとってトマトや卵やチーズやハーブはただの材料だった。ただ食欲にまかせ、作っては食べていた。でも、マルコにとってはそのひとつひとつがかけがえのない命の結晶。だからこそ美味しさを最大限に引き出す。そうして、その使命を全うさせれば生きものたちも報われる。あたしはマルコにフランス語やパスタの料理法だけでなく食べものとの向きあい方も教わった。

最後に会ったのはニースの街がミモザの花で彩られる時期だった。麺棒でパスタの生地を伸ばしながらマルコは言った。

「マンマのパスタはいつもシンプル。具材は多くても三つ。噛むたびに、食材同士が出会って変化を起こし、それぞれの味が際立ってくるんだ。陽射しをたっぷり浴びて育った小麦の美味しさを味わうためにも、パスタはこうやって自分で打ったほうがいい。自分が作ったものを大切な人たちが笑顔で食べてくれる。これ以上の幸せってある？　ミサも一緒にやってみようよ」

マルコがあたしの背後にまわった。うしろから抱きかかえられるようにして、ふたりで麺棒を動かした。小麦と卵が混じりあい、絡みあい、ひとつになっていく。

「そう、ゆっくりと。力を入れすぎないで」

マルコが顔を前に突き出してきた。息が頬にかかるほど近かった。小麦粉で白くなった手が澄んだ光を浴びてとてもきれいだった。

「マルコのお母さんってどんな人？」

「ミサみたいに大きくて朗らかな人だよ」

その答えを聞いて、大丈夫、受け入れてもらえると思った。

「あたしもマルコのお母さんに会いたいな」

手の動きが止まり、マルコはあたしの背後から隣へと場所を移した。

「ごめん、マンマに紹介はできない。僕はミサのことは大好きだ。でも、家族にはなれない。……婚約者がいるんだ」

頭が真っ白になった。

「やだ、こっちこそごめん、変なこと言っちゃって」

笑顔をつくろうとしたけれど、語尾が震えてしまった。

婚約者ってどこに住んでいるの？　どうして今まで教えてくれなかったの？　あたしなんて恋愛の対象外すぎて教える気も起きなかった？　でも、じゃあなんで家に招いてくれたの？

訊きたいことはたくさんあった。でも、何を訊いたところで、あたしはただの女友達でしかなかった。なのに、あたしったら勝手に妄想しちゃって、ひとり相撲もいいところ。あ〜、どすこい、どすこい。

澄みわたる空が一転、かき曇り、バケツをひっくり返したような雨が降り出した。テラスに出てテーブルにかけてあったクロスを急いで片づけた。マルコはパスタ生地を伸ばす手を止めてあたしに微笑みかけていた。

帰ろう。もうここにいちゃいけない。このままい続けたら、また会いたくなる。会えば……こんなに素敵なんだもん。あたしはストーカーになってしまう。

三百六十五日中、三百日は晴れと言われるニースで大雨が降ったあの日、あたしの中ですべてが終わった。

✿　✿　✿

ピピピッとタイマーが鳴った。ショートパスタが茹であがった。水気を切り、スーゴが入ったフライパンに移していると、あゆみが傍らにやってきた。

「なにかお手伝いできることありますか」

一時間ほど前のことだ。あゆみが仕事から帰ってきた。「ご挨拶が遅れまして。道永あゆみです」と言われ、その美しさに驚いた。抜けるように白い肌に切れ長の目。ライラック色のマカロンが頭に浮かんだ。

「ありがとうございます。もうすぐ出来あがるので、運ぶのを手伝ってもらえますか」

年下とはいえ、こんなきれいな人を顎で使っていいものか。

「わかりました。じゃあ、いつでも呼んでください」

そう言って踵《きびす》を返しかけたあゆみが、フライパンの中をのぞき込む。

「そのギザギザのパスタ、初めて見ました。筒形だけどペンネ……とはまた違うんですよね」

「リガトーニっていうんですよ。リガーレ（ｒｉｇａｒｅ）って線を引くっていう意味なんだけど、このギザギザのおかげで味が沁み込みやすいんです」

「ギザギザしたところに沁み込むってなんだかいいな。美味しそう」

フライパンの中ではリガトーニがスーゴと絡みはじめている。六人分のパスタが入っているので相当重い。熱々のパスタにモッツァレラチーズとバジルを散らす。素材が出会い、味が溶けあう。あたしがいちばん好きな瞬間。

◆ ◆ ◆

「お待たせしました」

出来たてのパスタを食卓に並べた。

「うわぁ。超美味しそうなんですけど」

最初に声をあげたのは出窓を背にして座る三樹子だった。

「このギザギザのマカロニみたいのなに？」

「三樹子さん、それリガトーニっていうんですよ」

あたしの隣に腰をおろしたあゆみが言った。

「さすがあゆみちゃん、物識りねぇ」

「違うの、さっき、あたしも美佐緒さんに教えてもらったばかりなんです」

なーんだと三樹子は笑う。

「盛りつけもすごくきれい。白いお皿にトマトの赤とバジルの緑。イタリアンカラーになっている。もしかしてこれ、うちで採れたバジルかしら」

香良が訊いてきた。数時間ほど横になっていたからか腰の痛みもだいぶとれたみたいだ。

「そうなんです。たくさん使わせていただきました。この家のバジル、地植えだからかな。すっごく香りが濃くって」

「ここで採れるバジルはとっても質がいいの。バジルソルトにしても美味しいんですよ」

ななめ前の席に座る千恵子が微笑んだ。品のいい物腰と穏やかな話しぶりは変わらないけれど、ひさしぶりに会うと上生菓子というより葛餅みたい。昔よりずっと親しみやすさを覚える。

「千恵子さんはいろんなハーブの使い方を教えてくれるから、美佐緒さんも教わるといいよ。というか、みなさん、そろそろ食べよっせ」

「はいはい。隣にいても伝わってくるよ。さっきからミキティがウズウズしてる」

里子が横目で三樹子を見て笑う。

「だって、ほんと美味しそうなんだもん。では、不肖三樹子が」

三樹子は咳払いした。

「美佐緒さん、ウェルカムおうちカフェ！　そして素晴らしいディナーありがとうございます。では感謝を込めて」

三樹子の目配せでみんないっせいに手をあわせ「いただきます」と声を揃えた。マルコが好きだった食前の挨拶。トマトににんにく、たまねぎ、バジル、オリーブ……たくさんの命よ、ありがとう。そして、おうちカフェのみなさん、ヴォナペティート（召しあがれ）。

「うんまっ。何これ？　このトマト、美味しすぎる」

三樹子が親指を立てた。細い目が三日月の形になっている。

「ほんとだ。すっごく甘い。これ隠し味は何？」

里子の質問に首を横に振った。

「特にありません。トマト、オリーブオイル、たまねぎ、にんにく、天然塩。それからモッツァレラチーズで作ったリガトーニ　コン　ポモドーロです」

あたしは食材たちの命の祝祭の橋渡し役でしかない。

「めちゃくちゃ深い味。軽やかなんだけど、甘さや酸味、ほのかな苦みが幾重にも重なっていく感じ。トマトとバジルとモッツァレラチーズ。このイタリアンカラーのかけ算おそるべしだね」

合いの手のように「ワワン」とテーブルの下から鳴き声がした。

「あたしの感動が伝わってるのかな、ツンも興味津々みたい」

里子が笑った。

「あたしは里子さんみたいに的確な表現はできないけど、とっても美味しいです。美佐緒さん、本当に申し訳ないけど、もう一日、明日の晩御飯もお願いしていいですか」

香良がこちらを見る。

「もちろんです。なんなら、毎日でも」

「ありがとう。でも、まかないはあたしの担当ですから」

ここは素直に引きさがるべきなのかもしれない。でも、湧きあがる気持ちが抑えきれない。不思議な感覚だった。きょう初めてテーブルを囲んだのに、この先もずっとこの人たちのためにパスタを作りたい。木の香りがするキッチンに立って寸胴鍋でパスタを茹でる自分の姿がありありと浮かんでくる。

「自分が作ったものを大切な人たちが笑顔で食べてくれる。これ以上の幸せってある?」。マルコの言葉が今になってわかった。

「じゃあ、せめて週に一日だけでも作らせてください。そうだ！　月曜日はパスタの日にしませんか」

すごい勢いでリガトーニを食べていた三樹子が顔をあげた。

「いいね、それ、大賛成。あ、別に香良のまかないに不満があるわけじゃないよ。でも、共同経営者としては心配なんだよね。毎日のまかないに買いものに家のメンテナンス、あれやこれやで香良は働きすぎ。きょうの魔女のひと突き騒動だって、ちょっと身体を休めなさいっていうお告げなのかもよ。それに……」

赤いリガトーニをフォークで刺して頰のあたりに掲げた。

「ボーノ、ボーノ。これ美味しすぎ。おうちカフェの住人としては、美佐ちゃんのパスタ、もっと食べてみたい。だって異次元の美味しさなんだもん」

美佐ちゃん？　あたしのこと？　なんだかこそばゆい。自分の作ったものを家族以外の人に褒められたのは小学校の図工の時間以来のことだ。

「あら、雨？　きょうは本当に降ったり止んだりね」

千恵子が窓の外を見た。

マルコとの最後の晩餐は十三日の金曜日ではなく、十三日の月曜日だった。あれ以来、雨の日と月曜日がもっと苦手になった。でも……。今この食卓を囲む人たちの「いただきます」と笑顔がまた見られるのだったら、憂鬱な心にも光が射す。決めた。月曜日にはとびきりのパスタを作ってみよう。大丈夫。ポッソ　ファーレ。

第三章

左様なら

三樹子

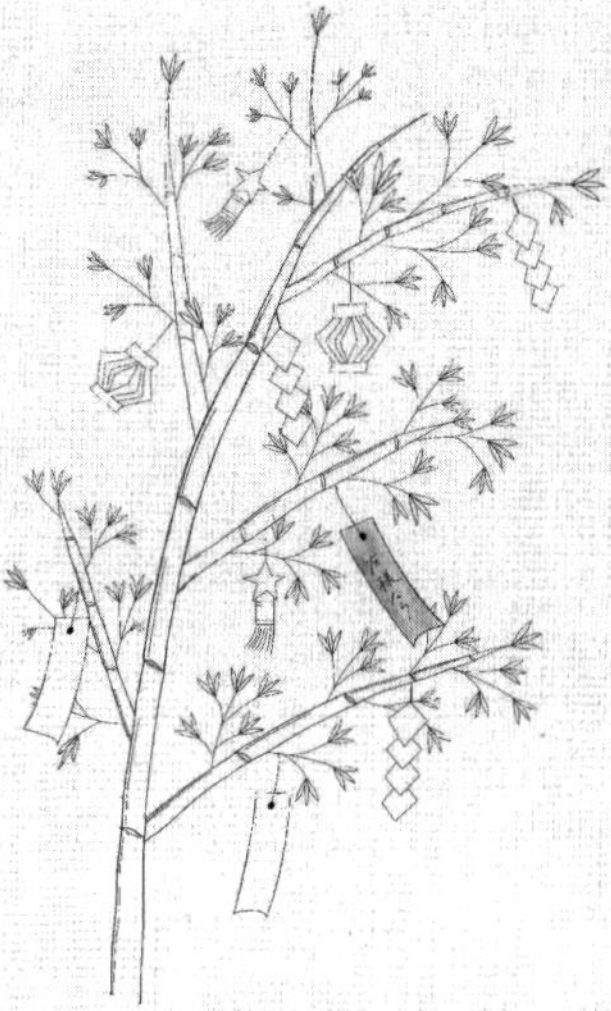

懐かしいメロディが大音量で流れてくる。これこれ。実家に帰るとうちのお母さんがよく口ずさんでいた。この曲が流行っていた頃は「古くさっ」って思ったけど、今聴くと、めちゃくちゃ沁みる。あたしは福井で新婚生活を送っていて……そうだよ、見合いで知りあった正和《まさかず》ともラブラブで浮かれていた。あ〜、人生が輝いてたなぁ。

林三樹子は足踏みをしながら、呼びかける。

「さぁ、みなさ〜ん。歌が始まったら、腕を振って、足を高くあげてぇ。椅子に座ってる人はそのままの姿勢で足踏みしてくださいねぇ」

♪ズン　ズンズン　ズンドコ

「はい、ここで手拍子　パパパ〜ン。また腕を振ってぇ――」

♪ズン　ズンズン　ズンドコ

背後に流れる氷川きよしの声にかき消されないように声を張りあげて歌う。「三樹子の地声ってすごく大きいけど、艶もあるよね」。香良にも褒められるこの声量、マイクがなくても二十畳のホールなら余裕で響きわたる。

「はい、両腕をあげて大きく左右に振ってみましょう」

♪風に吹かれて　花が散る〜

♪雨に濡れても　花が散る～
観客はデイサービス（通所介護）施設〈ぐるりの杜《もり》〉の面々。要介護1～5の認定を受けた高齢者たちだ。男女十数人が歌にあわせて一緒に身体を揺らしている。
「はい、ここで手拍子　パパパパ～ン」
リズムにあわせて「ミ・キ・コ」とうしろのほうから声援があがった。材木座に住む山下《やました》さんだ。シルバーグレーの髪にピンクのラコステのポロシャツがよく似合っている。「僕があと五歳若かったら、プロポーズしたのに」っていつも言ってくれる八十三歳の元プレイボーイ。毎週金曜日のこの時間をすごく愉しみにしてくれていて、〈ぐるりの杜〉演芸担当としては嬉しいかぎりだ。投げキッスのひとつも送りたくなったが、ここは業務遂行。ズンドコ節にあわせて左右に身体を揺らしながら、腕を振る。
「はい、間奏の間、もう一度足踏みしてぇ。次も行っちゃうよ～」
ちょっと息が切れてきたが、まだまだ歌える。「三百六十五歩のマーチ」「上を向いて歩こう」についで三曲目。リアルタイムで聴いていたこともあって、この「きよしのズンドコ節」は感情移入してしまう。
♪西の空見て　呼んでみる
♪遠くやさしいお母さん
♪ズン　ズンズン　ズンドコ
♪ズン　ズンズン　ズンドコ

♪ヘイッ
右手を高らかにあげた。拍手が巻き起こる。職員さんたちも手を叩いてくれている。やだ、なんだか〈三樹子 オン ステージ〉みたい。

「ありがとうございますぅ」

深く頭をさげた。一見すると簡単な振りつけ。とはいえ、こうやってフルバージョンで歌いながら動くと、それなりに汗ばんでくる。

「は〜い。お疲れさまでしたぁ。じゃあ、今度はみなさんに拍手ぅ〜」

「イエ〜イ」

ムードメーカーの山下さんの低音ボイスで、もう一度拍手が起こった。隣同士でハイタッチをする人たちもいる。南向きの窓から潮風が入ってくる。梅雨明けらしく、さらっとしている。これが千恵子の言っていた白南風《しらはえ》ってやつかな。

「三樹子さんたら本当に歌がお上手ねぇ」

首にかけたタオルで汗を拭いていると、前列でノリノリで踊っていた松江《まつえ》さんが寄ってきた。

「いやいやいや。ただ声がデカいだけですって」

「まぁ、ここでは謙遜はなしよ。三樹子さんはなんたってリズム感がある。動きがキビキビしてて若々しいわ」

「昔取った杵柄《きねづか》っていうか、若い頃、お立ち台で鍛えましたから」

ほんとはディスコなんて数えるほどしか行ったことがないが、昔からカラオケは大好きで踊りながら歌っていた。やっぱりこの「らくらくフィットネス」の指導は、あたしにうってつけだよな。

ふと見ると、松江さんの〝心友〟の竹子《たけこ》さんが椅子に座ったまま、顔をゆがめている。腰をあげようとしているが、なかなかうまくいかない。八十六歳。トレードマークの白髪ベリーショートは失礼ながらパンチパーマに見えてしまうのだが、ご本人曰く「大仏パーマ」。

「あら、手伝いますよ」

駆け寄って竹子さんの前に行き、中腰になった。

「やーねぇ。今朝、家ではスッと立てたのに」

もう一度、ひじ掛けをつかんで立ちあがろうとするが、竹子さんの腰は椅子に張りついたようにビクともしない。

「ムリして立とうとしないで。竹子さん、はい、座ったままでいいですから、お尻を前のほうにずらしてくださぁい」

「こうかしら？」

竹子さんはお尻を前方にそろそろとずらしてきた。

「そう、いい感じ。慌てずゆっくりでいいですからねぇ。じゃ、この辺でいったん止まってみましょうか。お尻はその位置のままでいいですよ。今度は前に伸びている足をうしろに引いてください。そうそう。次は腿《もも》と腿の間を開いて。あたしのこのふっとい脚が入るくらいに。そうそう、これくらいで大丈夫です。じゃ、ちょいと失礼して」

竹子さんのリバティ柄のパンツの間に右腿を入れ、その両肘を支えた。

「そのままでお辞儀をするようにして前に身体を倒してください」

「あら、でも、悪いわ、なんだか」

「大丈夫です。あたし伊達に肩幅がデカくないんですよ。もうね、身体ごと、こっちにばーんと預けちゃってください」

おそるおそる、だけどたしかな重量がかぶさってくる。

「よいっしょっと」

竹子さんを抱きかかえるようにして一緒に立ちあがった。

「ありがとねぇ。重たかったでしょ」

「なんのこれしき」

胸をポンと叩いてみせた。

この〈ぐるりの杜〉でお手伝いを始めて三ヶ月とちょっと。こうやって介添えをしていると、亡くなった母の顔がよぎる。要介護とまではいかなかったが、晩年は足腰が弱って椅子から立ちあがるたびに往生していた。福井に嫁いでからはめったに会えなかった。せめて里帰りしたときくらい優しくすればよかった。「もぉー、ちゃんと運動しないからよ」。手を貸さずに鬼のような言葉を浴びせていた自分が悔やまれる。

「じゃあ、今度は僕もお願いしようかな。三樹子ちゃんが相手だとしっかと抱きついたまま離れないかもしれないが」

「いやねぇ、山下さん、それってセクハラだわよ。ねぇ」

そう言いながら松江さんは竹子さんと目をあわせて笑う。

「おっと、こりゃ失敬」

山下さんは口の前でひとさし指を交差させ×を作ってみせた。言葉だけ聞くと、完全にアウト。でも、嫌らしくならないのが山下さんのいいところだ。やっぱりこの人、素敵だな。魅惑の低音ボイス。少し垂れた目に高いワシ鼻。昔、こんな顔したフランスの俳優がいた。あれなんて名前だったっけ？　あ〜、顔は思い浮かぶのに。あたしも最近、思い出せないことが多くなってきた。

「三樹子さんが来てくれるようになって、らくらくフィットネスが活気づいてきたわ。ノリノリでこっちまで愉しくなっちゃう。ねぇ、梅《うめ》ちゃんも早く来ればいいのに。きょうあたりメールでもしてみようかしら」

椅子の背を支えに立っている竹子さんのそばで松江さんは首を振る。

「あら、やめときましょ。この年になると、みんなそれぞれ事情があるものよ。昨日まで出来たことのやり方を忘れたり、頭が突然真っ白になったり、理由もなく何もかも億劫になったり……」

「そうねぇ、言われてみれば、そうかもねぇ。小さな親切、大きなお世話っていうしねぇ」

「ねぇぇ」

松江さんと竹子さんはそう言って何度もうなずきあう。たまただけど、このふたりに、「梅ちゃん」こと梅乃《うめの》さんが加わると松竹梅トリオになる。松江さん曰く「トリオのセンター」である梅乃さんは〈ぐるりの杜〉でも一番人気のご婦人だった。でも、ここにきて体調が優れないようでなかなか顔を見せてくれない。八十六歳と聞いて、お世辞ではなく「若いっ！」と感心してしまうこの松竹コンビも要介護1。体調にもムラがある。

◆　◆　◆

そもそもあたしがここでバイトすることになったきっかけも、松江さんの異変だった。

散歩帰りにスーパーに向かっていたときのことだ。並木の桜の花芽がほんの少し膨らみ始めた若宮大路《みやおおじ》を抜け海のほうへと歩いていると、「あの……」と淡い花柄のワンピースを着た小柄なおばあちゃんが話しかけてきた。

「家に帰りたいんですけど、道に迷ってしまったの。海は……どちらの方角かしら」

くっきりとした二重瞼の瞳が不安げにこっちを見ている。由比ガ浜までは十メートルと離れていなかった。

「まっすぐ行けば、由比ガ浜ですよ。ほら、すぐそこに鳥居が見えるでしょ。あそこをくぐれば海が見えてきます」

「そうなの。あら、海はこっちだったの？」

海の方向に帰りたいと言いながら、海を背に歩いてきたおばあちゃん。その小さな背中を見ていると放っておけなくなった。

「近くまでお送りしますよ」

「あら、お言葉に甘えていいのかしら？　ご親切に助かります。ありがとう。……家族には内緒だけど、たまーに、こういうことがあるんですよ。頭の中が真っ白になっちゃう。……あら、たまにじゃないかもしれない。この前もこんなことがあったような気もしてきた。なんだかよくわからない。すぐ忘れちゃう」

なんと返事をしたらいいかわからず、「そうなんですねぇ」と相づちを打ちながら歩いていると、突然おばあちゃんが立ち止まった。

「ここよ。ここを右に曲がるの」

そう言って脇道に入っていく。

「あった。あたしの家はあそこです」

おばあちゃんが指さしたのは若草色の古いマンションだった。敷地の前には〈ぐるりの杜〉と書かれたマイクロバスが止まっていた。インターフォンを押すと、肌艶のいい小肥《こぶと》りの女が出てきた。

「あら、松江さん。きょうはお休みだと思ってた。今、みんなでちょうどアートを始めるとこよ。おかえりなさい」

ここではこの手の「迷子」も珍しくないのだろう。

女はおおらかにおばあちゃんを迎え入れた。

「そうなのよ。きょうはいろいろあって、お友達を連れてきたの」

「そうだったんですか」

五十代前半ぐらいだろうか。女はこちらを見て微笑んだ。

「所長の緑川《みどりかわ》と申します。せっかくだから、少し見学してみませんか」

え？　自分は送ってきただけだと言おうとしたが、やめた。ま、いっか。「お友達」と紹介されたんだし、これも何かの縁かもしれない。安心しきった顔で部屋に入っていく松江さんに続いた。

入ってすぐのホールは二十畳ほどの広さだった。フローリングの先には小麦色の琉球畳が敷かれている。陽当たりもいい。昼寝に最適のスペースだ。中央のテーブルでは五、六人の高齢者がひじ掛け椅子に座っていた。色紙を折ったり、切ったりしている。

「今は〝陽だまりアート〟の時間なんです。と言ってもね、やりたい人だけ。きょうのテーマは『桃の節句』。おひな様の絵を描いたり、ぼんぼりや桃の花を折ってみたり。お手本を見ながらでも、オリジナルでも。みなさん、ご自由にやっていらっしゃるんですよ」

ドア付近に並んで立っていた緑川所長が言った。松江さんは腰かけて、隣のパンチパーマのおばあちゃんと愉しそうに話している。さっき道で会ったときとはまるで違う。安心しきっている。うまく言えないけど、この空気感、なんだかおうちカフェと似ている。

「真ん中にいる制服を着ている方が職員さんですか」

「はい。介護士です」

「あの……ここで働くには、やっぱり資格とかいるんですか」

「介護士や機能訓練指導員、生活相談員……介護施設を開くためには、定められた人員が必要なんですよ。でも、それとは別にお手伝いをしていただける方はいつでも募集しています」

その瞬間、自分の中で閃くものがあった。いや、閃くっていうよりビビッと思い立つ感じ。この前、「思い立った」のはおうちカフェでシェアハウスを開くときだった。ビビッは突然やってくる。それまでは、まさか自分が鎌倉で香良と一緒にシェアハウスをするなんて考えてもいなかった。でも、結果オーライだった。ここでの暮らしであたしは生き直せた。だから今回も直感に従って間違いない。

「あのぅ、ほんの三十分前までは介護施設にまったく興味もなかったあたしが、いきなりこんなこと言うのもなんですが。実際、何の資格もないし、お役に立てるかどうかわからないんです。だけど、決めたんです。ここでバイトさせてもらえますか」

緑川所長はアーモンド形の目をしばたたかせた。

「えっ、あなたが？　いいんですか。ご存じとは思いますが、この業種は報酬も安いですよ」

「ええ。思い立ったが吉日っていうか、なんかビビッときちゃって」

これまでさんざん毒を吐いてきた人間だ。介護なんて柄じゃない。時給が安いのも百も承知だ。〈ぐるりの杜〉のみんなと一緒に愉しく時間を過ごせれば、それでいいと思った。

「あの、ちなみにどうして『ぐるり』なんですか」

「身体が思うように動かなくなったり、もの忘れがひどくなったりして老化することを『壊れていく』ととらえる人がいるけれど、あたしはそうは思いません。壊れるんじゃなくて、戻っていくだけ。人生をぐるりと一巡してまた赤ちゃんのような無垢な存在に還《かえ》っていく。だから『ぐるり』なんです」

緑川所長のその言葉で、ますます、この〈ぐるりの杜〉のファンになった。

❖ ❖ ❖

介護職員さんが折り畳みの机を運んできた。手慣れた様子でセッティングしている間、移動の介助をしたり、お喋りをしたりするのも大事な仕事だ。

「きょうのアートのお題はなぁに」

竹子さんが訊いてきたので、テラスに飾ったばかりの笹を指さした。

「さて、七月といえば？」

「そりゃ七夕。彦星と織姫のランデブーだ」

山下さんがカットインしてきた。

「ピンポ〜ン。あら、山下さん、きょうは両手に花ね」

松江さん、山下さんが並んで座っているところに竹子さんが腰をおろそうとしていた。

「お嬢さま、手を貸しましょうか」

山下さんの言葉に竹子さんは小さく肩をあげて首を振る。

「いいえ、結構よ」

ゆっくりと腰をおろして、ひと息つき、竹子さんは拡大コピー版の「七夕飾りのつくり方」を手にした。

「あたしでもこの三角飾りならできそうねぇ。三角を作ってつなげるだけだもの」

そう言ってハサミを握り、前に置かれた箱から黄色と青の色紙をとった。

「僕はしばらく様子見だな」

脳梗塞の後遺症で右手に軽い麻痺がある山下さんは、ハサミをあまり握りたがらない。

「じゃあ、あたしは……と。織姫と彦星がランデブーできるように天の川にしようっと」

箱の中から、あらかじめ四つに折ってある青い色紙を取り出し、線にそって切り込みを入れていく。

「できました。じゃ〜ん」

ゆっくり紙を開くと、蛇腹状の天の川ができた。「おおっ」と小さな歓声があがる。

「いいな、それ。手のリハビリにもなるし。いっちょやってみるか。しかし、どの色にするかな。Blue or silver. That is the question」

色とりどりの紙を前に迷う山下さんを横目に松江さんが言った。

「魔除けの五色は青、赤、黄、白、……あら、あとは何色だったかしら。でもね、まぁ、好きな色を選ぶのがいちばんね」

松江さんは笹色の短冊を取ると、紫のペンで何か書き始めた。

「うわぁ、さすが松江さん。笹色に紫。きれいな色あわせですね」

「お、いいね、僕も短冊にするか」

山下さんは、天の川はもうどうでもよくなったようだ。さっと青い紙と銀色のペンを取った。かすかに震える手で願いごとを書くと、こちらに見せた。

〈初恋のあの子が元気でいられますように　海の若大将〉

「よっ、山下さん。色男の面目躍如だ」

山下さんはこちらにウインクした。

「まぁね。七夕ときたら、やっぱりランデブーだろ。ね、お嬢さんは何をお願いしたの？」

そう言って松江さんの手もとをのぞく。

「見る？　いいわよ。どっちにしろ署名入りであすこの笹に飾るんだから」

松江さんは短冊をテーブルの中央に差し出してきた。

「すげえな。達筆すぎて読めないよ。三樹子ちゃん、読んでよ」

「ほんとに、すごい達筆」

目を細め、流れるような字を拾っていった。

「えーと〈笑って左様《さよう》なら出来ますように〉。左様ならって書いてある。そうか、〈さようなら〉ってこういう漢字なんだ。わ〜、ひとつ勉強になりました」

「そうなのよ。〈左様なら〉は〈さようなら〉の語源なの。時間がなかったり、もう会いたくないと思ったり、別れの理由はさまざまだけど、そのときが来たら、ジタバタせずに〈左様なら〉と受け入れていきたいっていつも願っているの。あたしたち、あとどれくらいもつかわからないしね。ここも――」

そう言って松江さんはひとさし指で自分の側頭部を軽く叩いた。

「でも、この先、何が起きても〈笑顔で左様なら〉だけは忘れないでいたいわ」

素敵な願いごとだな。

作りたての天の川を大きく広げて、松江さんに見せた。

◆ ◆ ◆

潮風が頬を撫でていく。〈ぐるりの杜〉から徒歩五分で由比ガ浜に着く。天気がいい日は仕事帰りに海に寄ってひと休みするのが、最近のお決まりコースだ。きょうも海日和《びより》。波に乗るサーファーのむこうに大島がくっきりと浮かんでいる。七月になったばかりの浜辺にそれほど人はいない。

波打ち際からそう遠くないところに腰をおろす。

いや、しかし。海って、どうしてこんなに落ち着くんだろう。

離婚して鎌倉へ。おうちカフェを始めた当初は嫌なことがあるたびに海に来た。

「なんにも考えなくていい。しんどいときはね、ただ、波の音を聴くんだ。鎌倉の海はいつだって優しいよ」

昔、香良のパパに教えてもらったように、波の音を聴きながら、悪態をつき、心を鎮めてきた。名づけて、浜辺セラピー。寄せては返す波をしばらく眺めていると、自分の悩みなんてたいしたことないっていう気分になってくる。

頭の上でトンビが輪をかいている。

陽の入りまでにはまだだいぶ時間がある。鏡のように空を映す海はきらめいている。黒いランニングパンツをはいた外国人が波打ち際を走っている。上半身裸。肩のタトゥーに見覚えがある。この前見たときは青だった髪が緑に変わっている。レッド ホット チリ ペッパーズのフリーに背格好がかなり似ている。まさかお忍びで来てないよね？

手に何か硬い感触があった。ドロップ形のガラスだ。シーグラスっていうんだっけ？　砂から掘り起こして透かして見た。波に揉まれて角が取れ、曇りガラスみたいな青。なんともいえぬ風情がある。そういえば、あゆみが海の漂流物をコレクションしていた。帰ったらあげようかな。

さっきフリー似の外国人が走っていった場所をおじいさんとラブラドールがゆっくりと歩いていく。犬がおじいさんに歩調をあわせているのか。それとも犬も老いているのか。

あ、次も犬連れ。柴犬だ。カップルでやってきた。リードを持っているのは、よもぎ色のTシャツを着た……。

えっ、マジで？　里子だ。しかも、隣に男。しかもしかも、めっちゃイケメン。きりりと涼しげな目。すっとした鼻。土方歳三《ひじかたとしぞう》似の男が西郷どん似の里子と歩いている。維新かよ。

里子は男に向かって喋っている。数メートル離れたところで見ているあたしの存在にも気づかないくらい夢中になって。男は静かにうなずいている。ぐんぐん先を行くでもなく、遅れるでもなく、ふたりに歩調をあわせているツン。なんかいいな、あのふたりと一匹、絵になる感じ。何何何？　あのイケメン、どこの誰？　いつ見つけた？　どうやって仲良くなった？　おばちゃん的5W1Hが頭を駆け巡る。いやでも、ダメダメダメ、ここはそおっと見守らなきゃ。てか、そっと消えよう。

腰をあげ、国道134号へと続く階段をあがった。

もう一度、振り返ろうかと思ったが、やめておいた。あの里子がねぇ。あ〜、あたしとしたことが。そういえば、最近きれいになった……なんてことすら気づかなかった。ほんといつの間に？

塩顔男とソース顔女。これって、うちとは逆だな。別れた夫、正和が頭に浮かんできた。あの人はソース顔で、あたしはもろ塩顔だし。まぁ、だからなんだって話なんだけど……。

階段をのぼりきったところで、デイパックの中からLINEの通知音が聴こえてきた。誰だろ、こんな時間に。香良かな？　帰りになんか買ってきてとか？

は？

〈元気か？〉

正和だった。どういうこと？　あたしが既読をつけた途端、またもやメッセージが届いた。

〈日曜日、所用で東京に行く。翌日、鎌倉に行きたいが、ひさしぶりに会わないか。話がある〉

不整脈かも？　ってくらい心臓が早打ちしている。「ひさしぶり」ってどの口が言う？　離婚してから一度も連絡を寄こさなかったくせに。

スマートフォン片手にしばらくその場に立ち尽くした。滑川《なめりがわ》交差点では信号待ちの車が数珠《じゅず》つなぎになっている。どうする、三樹子？　いや、どうしたい、三樹子？　自分に問いかけてみたが、答えなんか浮かんでこない。信号が変わった。

◆ ◆ ◆

若宮大路の鳥居の手前を左に曲がった。小町通りを横切り、横須賀線の踏み切りを渡る。ご近所の庭木を眺めながら歩いていると、青い花と目があった。紫陽花を小さくしたみたいな感じ。ルリマツリだ。

軽い湿り気を含んだ風が頬をかすめていく。由比ガ浜で吹いていたのとは違う山風だ。北に山、南に海がある鎌倉は、一日の中で風の向きがコロコロ変わる。匂いも感触も変わってくると気づいたのはつい最近のことだ。

福井にいた頃は、人との関わりがすべてだった。さして広くもない家の中で行き詰まった関係にうんざりしていて、まわりの自然にまで目がいかなかった。逃げるようにこの土地に来てもうすぐ二年。別れた夫、捨ててきた土地にはなんの未練もないはずだ。なのに勝手に指が動いて〈わかった〉と返信してしまった。パンツのポケットの上からスマートフォンを触る。

うん？　おうちカフェの青い木戸から、芥子色のサマーニットを着た女が出てきた。カフェの常連客ではない。〈ぐるりの杜〉に来ている人たちよりは、ひとまわり、いやもっと若いか。やけに姿勢がよく、颯爽《さっそう》としている。紫ともピンクともいえない不思議な色のショートカットが似合っている。

「ごきげんよう」

すれ違いざま、女がこちらを見て微笑んだ。

「ごきげんよう」

こんな言葉、四十七年生きてきて初めて使った。バレないように優雅に微笑み返し。たかが挨拶、されど挨拶。今のでちょっとだけ気持ちが軽くなった。深呼吸して青い木戸を押し開けた。入ってすぐのところに並んでいる紫陽花はだんだんと色が抜けてきている。テラスで香良と千恵子が話している。

「あら、三樹子、おかえり」

香良がこちらを見て手を振る。

「おかえりなさい」

香良に「ただいま」と応える前に、千恵子も微笑んでくれた。

福井の家では誰も「おかえり」なんて言ってくれなかった。だけど、ここでは「ただいま」と「おかえり」が日に何度も行き交う。

「さっき木戸から出てきた人、初めてのお客さん？」

「あの人はね」と千恵子が愉しそうにうなずいた。

「和泉田《いずみだ》ゆきさん。魔女の先生なの。あたしがいつもおうちカフェの話をしているから、わざわざ二階堂から来てくださったの」

ここで言う「魔女」は、二階堂のハーブ教室「魔女の庭」の略。でも、年齢不詳すぎてある意味、魔女みたいな人だった。

「千恵子さんのハーブ教室の先生なんだぁ。ちょっとすれ違っただけだけど、素敵なオーラが出まくってました」

「でしょ」

千恵子は自分が褒められたかのように微笑む。

「ゆき先生って、おいくつだと思う？」

「う～ん、七十歳くらい？」

やっぱり当てられなかったわねと言わんばかりに千恵子はゆっくりと首を横に振る。香良も隣でニヤニヤしている。

「正解は……八十二歳」

「マジですか？」

「ええ、あたしより八歳年上よ」

そう言う千恵子だって、七十四歳には見えない。おうちカフェで暮らし始めたときはやつれて見えたが、グレーがかった髪も肌もツヤツヤしていてあの頃よりずっと若々しく見える。魔女の庭か。いったいどんなハーブの魔法を使えば、時間を逆まわしできるんだろう。

「いやぁー、びっくり。ほんとに魔女ですね」

香良もうなずく。

「あたしもさっきご本人から年齢を聞いて、驚いちゃった。お話ししていると、さらに若々しい人よ。それにしても、三樹子ってほんと鼻がきくね。今ちょうど千恵子さんとふたりでおやつを食べようかって話していたとこなんだよ」

「あたしはツン並みに鼻がいいからね。きょうのおやつはなぁに」

「見てからのお愉しみ」

そう言い残して香良はキッチンへと行った。むかいに腰をおろすと、千恵子は母親みたいな笑みを浮かべこちらを見た。

「お仕事、お疲れさま。きょうも充実していたようね」

「ええ、〈ぐるりの杜〉でひと仕事……っていっても、歌って踊っただけですけどね。みんなノリで喜んでくれるから、あたしもやりがいを感じてます。千恵子さんも魔女の庭、すごく愉しそうですね」

息子夫婦に家を追い出されるかたちで行くあてを失った千恵子がここに来たのは去年の三月。はじめの頃はぼんやりとひとりで庭を眺めていることも多かったが、半年前からハーブ教室に通い出した。倉林さんに誘われたのがきっかけだった。

「ええ、おかげさまで」

千恵子はテラスで風に揺れるハーブを見ながら言った。

「『魔女の庭』のいいところは、あたしなんかでも知っている身近なハーブについて教えてくれるところ。ローズマリー、バジル、ミント、ディル……、ハーブたちの力を教えてもらえるの。それにゆき先生と知りあって、もうひとつのお愉しみも教えてもらえて――」

「もうひとつのお愉しみって?」

千恵子は小さく肩をあげ、ふふっと笑った。

「ヒ・ミ・ツ」

「やだ、教えてくれないんですかぁ」

「たいしたことじゃないのよ。でも、あえて秘密にしようかなって思ってるの。あたしたち、同じ屋根の下で暮らしているじゃない。毎日、寝食をともにしてお互いの事情——いいことも悪いこともわりと知っている。この距離感はとっても気に入っているの。でも、その一方でそれぞれがポケットに入るくらいの小さな秘密を持っていてもいいんじゃないかなぁって」

「ポケットの中の秘密ですか」

いい言葉だな。

「そう、悲しい秘密じゃなくて、愉しい秘密。そうやって、自分の中に豊かさを隠しておくと、こういうお喋りの時間もより愉しくなるんじゃないかなって。そんな気がしているの」

男と浜辺を歩いていた里子のことが頭をよぎった。家に帰ってきたら、あのイケメンは誰なのか根ほり葉ほり訊くつもりだった。でも……おうちカフェのみんなは、それぞれの時間を生き始めている。聞かぬが花なのかもしれない。

ジジジ　ジジジ

「あれ？　シジュウカラの鳴き方が変わりましたね」

ツピツピツピといつものお喋りが地鳴きに変わった。

「シジュウカラって文法を操って鳴くそうね。あたしたちにはわからない秘密のお喋りをしているのかも」

千恵子と顔を見あわせて笑っていると、香良がおやつを運んできた。

「お待たせしました」

「おっ、アイスだ」

バニラアイスとともにガラスのポットに入ったコーヒーが置かれた。

「きょうのおやつはコーヒーアフォガート。エスプレッソをかけてもよかったんだけど、深煎りのマンデリンにしてみたの」

「三樹子ちゃん、マンデリンはあたしのリクエストなのよ。コーヒーは飲めるようになったけど、エスプレッソはまだまだハードル高くて」

「あら、あたしもエスプレッソより普通のコーヒーをかけるほうが好きなんです。溶けあい方がマイルドだから」

あたしの隣に座った香良が言った。

「どっちでもいいよ。アフォガートはコーヒーが熱々のうちにかけるのがミソだよ。早く食べよっせ。千恵子さん、じゃ図々しくもお先にいっただきます」

「どうぞどうぞ」

千恵子が差し出してくれたポットを傾け、アイスの山にかける。マンデリンの深く香ばしい香りが立ちあがってくる。たまらん。銀のスプーンで頂上を掬って口に運ぶ。

「んまっ」

左手の親指が自然に「いいねマーク」を作っていた。

「そういえば、さっき、ゆき先生から、ラベンダーカルピスを教わったの」

香良はコーヒーが描く川を崩さないようにアイスクリームを掬いながら言った。

「何それ?」

「ラベンダーティーを濃い目に淹れて、それをカルピスと混ぜるんですって」

「それさ、かき氷の上からかけるとめちゃくちゃ美味しそう。インスタ映えもしそうだし。氷の季節が今から愉しみ……あ」

そういや、ゆき先生の髪。

「どうしたの?」

香良が鳥みたいな顔で小首を傾げる。

「さっきね、ゆき先生とすれ違ったとき、髪の毛の色が素敵だなぁと思ったわけ。あの色、なんて表現していいかわからなかったけど。そうだ、ラベンダー色ってのが、ぴったりだと思って」

「素敵よね、あの髪。でも、あれ染めてないんですって。使っているうちに自然に色がつくシャンプー。それを愛用しているそうよ」

千恵子が言った。

「いいなぁ、あたしもラベンダー色にしたい。でも、地毛が黒いとまた違った色になるのかな。千恵子さん、ちなみにそれどこで買えるのかご存じですか」

「さぁ、ゆき先生はイギリスにいる親戚から送ってもらうって言ってたわ。あら」

千恵子は庭の木々をぐるりと眺めた。

シジュウカラの声に交じってピィー　チュリ　ジジ　ピィー　チュリ　ジジという声が聴こえてくる。

「うわぁ、いい声。香良、あれなんて鳥？」

「オオルリじゃないかな」

香良が小首を傾げながら言うと、「正解」とばかりに庭のどこかで鈴のような声がした。

「見て、あすこ」

小声で言って千恵子が椎の木を指さした。

「え、どれ？　どれ？」

細い指が指し示す方向を見ると、千恵子はさらに声をひそめた。

「あの玄関のほうに向かって伸びている枝のあたり」

いた！　と思った瞬間、青い鳥は飛び立ってしまった。でも、羽ばたく姿はしっかり目に焼きつけた。

「青い鳥、いいですねぇ。メーテルリンクじゃないけど、なんか幸せな気分になってくる。オオルリっていうだけあって、身体もそこそこ大きかったな」

「朋《とも》得たるかオホルリのこゑ我のこゑ　そんな感じかしら」

「さすが千恵子さん、素敵な句」

千恵子は少し照れたようにうなずいた。

「オオルリって山の中の鳥だと思ってたわ。このあたりでも見ることができるのね」

「たまーに気まぐれで飛んでくるんですよ。昔、あたしが生まれた日にもオオルリがやってきて綺麗な声で鳴いてたんですって。その声に感心した父が『生まれてくる子の名前は瑠璃子にしよう』って思ったけど、いざ赤ちゃんと対面したら、あまりの地味顔でやめにしたって。たしかに、素敵な名前だけど、あたしには華やかすぎる」

「そうね、瑠璃子より香良のほうがしっくりくる。もう四半世紀以上そう呼んでいるからかもしれないけど」

「自分でもそう思う。……あ、ちょっと待って」

香良はポケットからスマートフォンを取り出し、画面をのぞいた。何かを見てくすっと笑う。これこれ。最近よく見る光景だ。

「どうしたの？」

と訊きつつもだいたい察しがつく。

「オオルリの話をしていたら、こんな投稿が巡ってきた」

香良が嬉しそうにインスタグラムの投稿を見せてきた。さっき飛んでいった青い鳥が枝にとまっている。

「あ〜、それってまたコトリさん？」

「だからコジマさんだって」

香良は少し眉根を寄せた。

「わかってるって」

香良のフォロワーを「コトリさん」とからかうたびに、「コジマさん」と真面目に訂正する様子がかわいい。それにしてもこの横顔、この目つき。恋をしているな。香良も今、小さな秘密の時間を生きている。

「不思議ね。自分が思っていることがその瞬間、なんらかの形で現実になる。シンクロニシティっていうんでしょ。あたしも、ゆき先生とよくこういう偶然があって。お元気かしらと思うとLINEがきたり、二階堂以外の場所で偶然会ったり。それで気になって調べてみたら、これって『意味ある偶然』なんですって」

ひととき忘れていた正和のことがまた頭をもたげた。あたしも正和のことを考えた瞬間、LINEがきた。もしそれが意味ある偶然だとしたら……。何の意味？

皿に残ったアフォガートはすっかり溶けている。スプーンで掬った。マンデリンが溶け込んだバニラアイス。苦くて甘いのか、甘くて苦いのか。

❖
❖
❖

南側のステンドグラスの中でオオルリみたいな青い鳥がキラキラしている。そういえば今、香良が使っているパパの部屋のステンドグラスにも鶴だかサギだかがいる。鳥好き親子なんだね。作りつけの机の上に置いた化粧ボックスの蓋の裏には鏡がついている。どアップに映るように身を乗り出し、ブラシでパウダーおしろいをはたく。自然光の下《もと》で見る肌は年相応。毛穴も開いているし、シミが目立つ。ま、こんなもんか。福井にいた頃は、外出するとなれば、コンシーラーでシミを隠し、上からリキッドファンデーションをべっとり塗っていた。でも、鎌倉に来てから、あんまり化粧をしなくなった。なんでだろう。「女を捨てた」っていうより「鎧を捨てた」って感じ？　これまであたしは厚化粧をして何を護っていたんだろう。もう取り繕ったりせず、自然でいようと思うようになった。そのほうが楽だし。

透明リップを塗って、よし完成。鏡つきの蓋を閉じると、化粧ボックスは四角い箱となる。カレーに使うクローブみたいな渋い茶色。ツゲのまっすぐで細やかな木目がきれいで、撫で撫でしたくなる。う〜ん、この感触。使い込むほど愛着がわいてくる。香良が使っていたものをそのまま譲り受けたっていうか、強奪したんだけど、こういうものを日々使っていると、エイジングも悪くないって思えてくる。

さてと……。椅子の背にかけてあったトートバッグを肩にかけた。正和から突然のＬＩＮＥが来たのが先週の金曜日。土曜、日曜とずっとモヤモヤしていたけど、今朝起きたら、わりと平常心になっていた。ま、肚《はら》が据わったって感じだよね。そう自分に言い聞かせながらドアノブを押す。ところで今、何時？　スマートフォンを見ると待ちあわせの時間まではまだ一時間以上もある。

階段をおりて廊下の先のドアを開けた。ダイニングテーブルの前に紺色のエプロン姿の美佐緒がいた。何やら下ごしらえをしている。

「美佐ちゃん、チャヤオ！　そっか。きょうは月曜だからパスタの日だったね」

「そうなんです。だから朝からウキウキしちゃって」

美佐緒は笑顔でうなずくと、テーブルに置いたまな板の上で小麦粉をこねた。

「何それ、すっごい大きなまな板。こんなのうちにあったっけ？」

小麦粉の大きな塊と格闘しながら、美佐緒は少し肩をあげた。

「あ、これですか。麺棒とかと一緒にフランスから持ち帰ったんですよ。使い慣れているし、いろいろ思い出もあって」

トートバッグをダイニングチェアに置き、キッチンで手を洗った。

「で、きょうは何を作ってんの？　それってパスタになるんだよね？」

出窓を背に小麦粉をこねる美佐緒の隣に立った。背は頭ひとつ美佐緒のほうが高いけど、肩幅は同じくらいだ。

「おうちカフェのキッチンにも慣れてきたんで、ここらでパスタを打ってみようかなって。お店で売っている乾燥パスタも美味しいけど、手打ちだと、もちもち感が全然違うんですよ」

生地が美佐緒の手の中で瞬く間になめらかになっていく。見惚れてしまう手際のよさだ。

「おー、すごっ。さっきまでボソボソしてたのに急にツヤツヤしてきた。こんな短時間で、さすがプロだね、美佐ちゃんは」

「パスタに関しては『言うは難し、行うは易し』。家でも簡単にできるものも多いんです。もちろん時間はそれなりにかかりますよ。こうやって生地をこねて二十分くらい寝かせて、またこねての繰り返しですから」

「へぇ。こねあがったら、その塊を包丁でほそ〜く棒状に切るわけ？」

「そうです。でも、きょうはショートパスタにしようかなって」

「ショートパスタ？　ああ、ペンネとか……あとえっと、なんだっけ？　先週も食べた、あの蝶ネクタイみたいな……の」

「ファルファッレですね。きょう作るのはオレキエッテ。イタリアのプーリア州の伝統パスタなんです」

「オレキ……エッテ？」

美佐緒は親指を突き出して言った。

「この指を使って作るんです。生地は、まだこねている途中だけど、試しにやってみます？」

「おっ、いいの？　やってみたい。パスタ先生、よろしくお願いしますぅ」

美佐緒はこねかけの生地を少しちぎりとると、直径一センチぐらいの棒状にした。

「なんかそれ経費削減して作った千歳飴みたいだね」

「たしかにぃ。言われてみれば」

美佐緒はコロコロ笑った。

「母が言ってた通り、三樹子さんってほんと愉しい」

棒状になったパスタ生地を手でちぎっていく。

「こうやって親指を押しこんで平らにして、くるっと巻き込むみたいにすれば出来あがり」

生地の真ん中あたりにくぼみができた。小さな円盤、いや違う。そうだ。

「これ、耳みたい」

「そうなんです」

美佐緒は笑顔でうなずいた。

「オレキエッテって小さな耳って意味なんです」

へぇ、道理で。生地に親指を押しこんだ。意外と弾力がある。そのまま親指を支点に半回転させる。よしっ。でも美佐緒の手本に比べると、やっぱり不格好だ。

「う〜ん、なんか違う。これ間違った福耳みたいだね」

「いいじゃないですか、福耳。オレキエッテってこのくぼみにソースが絡みやすくて、薄いところと厚みのあるところで食感が違うのも魅力なんです。だから、不揃い大歓迎」

そう言って母親似の丸い瞳を輝かす。

もうひとつ、耳たぶを作ってみた。今度は薄すぎ。でも、これもまたひとつの「味」になるのか。

「で、この耳たぶ、どんなソースとあわせるの？」

「それはできてからのお愉しみ！　昨夜、ベッドに入ったら、急に降りてきたんです。『オレキエッテ　アッラ　ファミッリア　フェリーチェ』にぴったりの具材が。これだ！　ってまた飛び起きそうになっちゃった」

「え、オレキエッテ　アッラ　ファー……？」

発音が現地風すぎて聴きとれない。

「ファミッリア　フェリーチェ。おうちカフェ風オレキエッテぐらいの意味ですね」

「ファミッリアは家族よね。フェリーチェは?」

「幸せ。まぁ、だからあたしの意訳なんですけどね」

幸せな家族……それが美佐緒にとってのおうちカフェのイメージなのか。なんだか嬉しい。

「それにしても、美佐ちゃんのパスタ愛ってハンパないよね。どうしてそんなにパスタが好きなの?」

「うーん、なんでだろ」

美佐緒は手を止めてこちらを見た。

「ナポリにパスタ ディスペラートっていうのがあるんですよ。日本語にすると絶望パスタ」

「絶望? すごい、崖っぷちなネーミング」

「そう、でも、意味は逆説的というか。絶望しているときでも、希望を見出せるからその名がついたとか。唐辛子とにんにくと香味野菜。それだけなのにものすごく美味しい。どこを探しても何ひとつ希望が持てない、そんな最悪な日でも、食べれば一筋の光が射す。パスタってそういう力を持っている……なんてね。フランスにお菓子の勉強をしに行ったくせに、いちばん刺激を受けたのはお隣のイタリアの人が作るパスタだったんです。その人があたしのために打ってくれたパスタってほんとに美味しくて……。あ、これノロケじゃないですよ。しっかりフラれましたから」

そう言ってまた美佐緒はパスタ生地をこね始めた。耳たぶがほんのり紅《あか》くなっている。そっか、訊くのはここまでにしよう。美佐緒の横顔が秘密のひとときの甘さと苦さを物語っている。

シジュウカラの囀りを聴きながら、生地に親指を押しこんでいくことにした。柱時計をちらりと見た。そろそろ出かけないと。

「お、今できたのは『THE耳たぶ』って感じ。でも、残念。コツがつかめてきたと思ったらタイムアップ。あたしそろそろ出かけなきゃ」

六個のオレキエッテをまな板の端に並べた。

「せっかくだから、この子らも美佐ちゃんが作ったのと一緒に茹でてみて。ロシアンルーレットじゃないけど、食感が特別悪いのがあったら、ミキティ作だから」

美佐緒は笑いながら「了解」と言った。

「いってらっしゃい。そういえば、あの……」

「うん？」

「きょうの三樹子さん、なんだかきれい」

ちょっと待って。今度はこっちの耳たぶが紅くなりそうだ。

「やーね。そんなお世辞言っても、何にも出ないよ。てか、晩ごはんまでには帰ってくるんで、ボーノボーノなおうちカフェ風オレキエッテよろしくぅ」

「チャオチャオ！」と右手を振り、掃き出し窓の前に置いていた新しいスニーカーに足をいれた。

❖　❖　❖

横須賀線の電車が北鎌倉駅のホームに滑り込んだ。待ちあわせの時間まで、まだ十分以上ある。

ホームをゆっくり進んでいくと、駅のむこうに円覚寺山門前の池が見えてきた。今では見慣れた光景だ。

ホームから西口へと向かう。初めてこの駅に降りたのはいくつのときだったっけ？　えっと、あれは結婚して数ヶ月、最初に家出したときだから、二十七？　まだ自動改札機もなかった。でも、田舎の無人駅とは何かが違った。風情というか、風格というか。この前、知ったけど、ここは駅ができる前は円覚寺の一部だったんだとか。今、あたしが歩いているところは参道だったわけで、なるへそ、今なお残るありがた感もうなずける。

自動改札機を抜けた。待ちあわせの場所は左手の……。

マジか、もう来ている。

小津安二郎が贔屓《ひいき》にしていた、いなり寿司店「光泉」の前に正和が立っている。こっちを見て「やぁ」とばかりに軽く手をあげた。なんなの、この爽やかな笑顔は。白シャツにチャコールグレーのパンツ。それこそ小津映画に出てきそうな紳士。少し痩せた？　出会った頃の正和に舞い戻ったみたいだ。

別れた夫にどう挨拶したらいいものか。原節子みたいに優雅に頭をさげる……失敗。顎を突き出すみたいな変な感じになってしまった。

「ひさしぶり。早く着いたんだね」

「せや。小津の墓が円覚寺にあるでな。一度、墓に行きたくてての。ささっと参ってから、ここに来たんや」

懐かしいというかなんというか、コテコテの福井弁。どちらからともなく鎌倉街道沿いを南に向けて歩き出す。

「小津安二郎といえば、北鎌倉やもんね。『晩春』のロケ地もここやった」

話しかけながら、その横顔を盗み見る。間近で見ると、もみあげに白いものが目立つ。

「お墓の場所はすぐわかった？」

「いや、ちょっとわかりにくくてな。寺の人に訊いたわ」

小津映画は正和に薦められて何本か観たことがある。ちょうど息子の享志《あつし》がおなかにいた頃だ。正直言って、当時は眠くなるばかりであまり刺さらなかった。

「墓碑銘は『無』。それこそ映画に出てきそうな、すっきりとしたいい墓やった。ま、小津ファンでもなんでもない人から見れば、だからなんやって話だけど。しかし、不思議やなぁ。鎌倉はずっと憧れの地やった。そこに今、きみが住んどるとはな」

一緒に暮らしていた頃は「おまえ」だったのに「きみ」に格上げされている。だからなんやって話だけど……。

「コンニチハ」

むこうから、六十代前後の外国人カップルがやってきた。お揃いのニューバランスのスニーカーを履いている。夫婦かな。むこうから見たら、あたしたち、いったいどんな関係に見えるんだろう。

「そういや、『晩春』で原節子のおばさん役の杉村春子がお財布を拾うシーンがあったやろ。警察に届けなきゃって独りごとを言っておきながら、おまわりさんとすれ違うと知らん顔して小走りで去っていくところ、あの澄ました表情は笑ったなぁ。あれも北鎌倉がロケ地よね」

「あれは鶴岡八幡宮」

「そうだっけ？」

穏やかな横顔に戸惑ってしまう。昔はうろ覚えの話をすると、正和は「違うって」と頭ごなしに否定した。わざとらしいほど大きなため息のあと「なんでおまえはいつもそういい加減なんや」ときつい口調で責めたのに。

「で、これからどこ行くん？」

「小津が住んでいた家が浄智寺の近くにあるんや。そっちに行こうかと思っとるが、ええか」

傍らの線路を横須賀線の電車が横切っていく。

「あぁ、ええよ」

ええけど……。やっぱりなんですか。はるばる北鎌倉までやってきたのは小津ツアーのためだったんだね。あたしに会うのは「ついで」だったんですか。

そもそもあたし、この人に何を期待してたんだろ。「さあ、出てけ出てけ。おまえの面《つら》なんて金輪際、見たくない」。それが最後の言葉だったんだ。たった二年で何が変わるわけでもない。

道端のところどころに紫陽花が咲いている。青かった花が赤みを帯びて、淡い紫になったり、そうかと思えば緑がかっていたり。あれ、あたしってばフツーに紫陽花の色変《いろがわり》を愉しんでいる。ついさっきまで心臓がバクバクしていたのに正和の目的が小津ツアーとわかって開き直ったっていうか、余裕が出てきたっていうか。

見慣れた寺の前で足が止まった。

「ねぇ、小津がいた家に行く前にここに行こっせ」

正和も立ち止まり、参道の先にある藁ぶき屋根の山門を見上げた。

「これが東慶寺か。たしか鈴木大拙《だいせつ》の……」

「誰それ？」

「世界的な仏教哲学者だよ。禅の研究でも有名だ。その人がここに眠っているはずや。和辻哲郎、西田幾多郎《きたろう》、小林秀雄もここに墓があるんや」

寺の前にある案内板を読むと、正和があげた人々の名前が並んでいる。二十年近く連れ添ったが、知らなかった。この人、墓フェチだったのか。

「みんな教科書に出てたような人やな。それよか、ここ花のお寺として有名だよ」

本当はもうひとつ大きな意味を持つけどね……。

山門へと続く階段をのぼった。正和もあとに続く。両脇に咲く紫陽花が淡い光を受けて輝いている。背の高い正和にすぐに追いつかれた。

「味わいのある禅寺やな」

階段をのぼりきった。澄んだ空気があたりを包む。正和は振り返った。横須賀線の線路をはさんだ向かいの谷戸《やと》には円覚寺がそびえたつ。

「ええ景色やな」

ぽつりと言って正和は向き直ると、また歩き出した。

山門をくぐると、石畳の参道が延びている。すぐ先に小ぶりな仏さまが見えた。紫陽花に囲まれるようにして微笑んでいる。あたしの好きな仏さま。駆け寄って、正和に手招きした。

「これがこのお寺のシンボル、金仏さま。梅、ショウブ、金木犀、水仙……。どの季節に来ても、まわりに花が咲いてるんや」

正和は仏像より、あたしを不思議そうに見た。

「きみ、そんな花好きだったかの」

「それそれ。鎌倉に来て、いちばん変わったのはそこや。鎌倉には海もあるし山もある。花も木も鳥も。気がついたら、自然と大の仲良しになっとった。もちろん福井にもいい場所はいっぱいあったけどな、知ってての通り、それを愉しめる状態やなくて。あたし、生まれ変わった気がする」

「ほうか。そういや享志から聞いたよ。母さん、鎌倉暮らしを満喫しとるって。住んでいる家もええんやろ。うちの五百倍くらい洒落た洋館やって、言いよった」

「へぇ、あの子が、そんなこと言っとったか」

去年の六月、香良の誕生日パーティーを兼ねて、おうちカフェでガーデンパーティーをした。ダメ元で享志を呼んだら、意外と素直にやって来た。

「あんときは、あの子、いつもの通り、テンション低くって、おうちカフェのみんなが話しかけても『はぁ、はぁ』ってうなずくだけやったけど」

「態度に出せないところは、俺に似たのさ」

正和が笑った。なんだか、仏さまみたいな微笑み。初めてだ、こんな目で見つめられたのは。

「もう戻れんのかな、昔に」

「へっ？」

「幸せは待っているもんじゃなくって、やっぱり自分たちで創りだすもんだよ」

どうした？　急に。何言ってんの、この人。

「『晩春』で笠智衆が原節子に言う言葉だ。いちばん心に沁みたセリフのはずやのに、きみと暮らしていたときには幸せなんて考えもせんかった。子供をいい学校に入れるとか、いい暮らしをするとか、体裁ばかり気にしていつもイライラしとった。最低やな」

すぐに言葉が出てこなかった。

そう、あんたは最低だった。

「誰のおかげで暮らせとると思っとるんや」

「あんな勉強できん奴は愛せんわ」

「享志のアホはおまえに似たんや」

あんたに怒鳴られるたびに、あたしの中で何かが削りとられていった。家という小さな檻に閉じ込められているみたいで、ずっと息苦しかった。

どの口が「もう戻れんのかな」なんて言う？　返事なんてしない。してやるもんか。境内の奥に進んでいく。先日まで花をつけていたショウブの前を過ぎると、大きな杉の木が並ぶ谷戸の森が広がっている。

「すごいな」

正和がひとりごちた。すぐ脇の岩崖一面に紫の花が群生している。

「イワタバコっていうんや」

「タバコ属の花なんか」

「いや、葉っぱがタバコに似てるから、そういう名前なんや」

「変な感じやな。きみに花の名前を教えてもらうとは」

「昔は教えてもらってばっかりやったのにね。でもね、変わるんだよ、人は」

陽射しが強くなった。肉厚の葉の間で小さな花々が輝き始める。緑の空に広がる紫色の星みたい。しばらくふたりで岩崖の天の川を仰ぎ見ていた。

「なぁ。もう一度訊く。戻ってくれんか。離れてみて、きみの大切さが初めてわかった。恋愛ドラマのセリフみたいやが、それが今の俺の本心なんや」

たしかに陳腐なセリフだ。でも、あたしもその言葉を待ち望んでいた。

「あたし、いつも想像していた。あなたに『やり直せないか』って言われたら、その場で土下座してもらおうって。でも……」

「でも、なんや？」

「もうどうでもよくなった」

正和を横目で見た。長いまつ毛に縁どられたこのくっきりとした瞳が好きだった。でも、いつからか視線をあわせることもなくなった。

「このお寺。日本初の縁切寺やったんや。結婚生活に疲れ苦しんだ女たちのシェルターで、ここに駆け込めば婚家と縁が切れたんやって。もしも江戸時代だったら、あたしも越前から歩いてでもここに来て、飛び込んでいた。あなたにはわかんなかったかもしれんけど、それくらい追い詰められていた」

「わかっとる。だから、謝りたかった。土下座しろと言われたら、したっていい」

「……しなくていいよ。土下座してもらっても何も変わらないから。これまでもこれからも、あたしはどう転んだって、原節子みたいな妻にはなれないから」

福井にいた頃、あたしが幸せになれないのは正和のせいだと思っていた。原節子を思い描いてんだかなんだか知らないけど、あたしに理想を押しつけてくるのが、とにかくしんどかった。「優しく穏やかな母親」「ハイスペックな家」。がんばればがんばるほど、かけ離れていった。でも、鎌倉に来てわかった。誰よりもあたし自身が「家族のかたち」にとらわれていたんだと。幸せに生きていくためには、そんなことどうでもいいはずなのに。

「前に話していたよね。あなたが小津映画でいちばん好きなのは『東京物語』の紀子だって。貞淑で亡き夫の両親を思い遣《や》れる心根の良さに魅かれるって。でも、そうなのかな。あたしね、鎌倉に来て香良ともう一度、『東京物語』を観たんだ。そのとき気づいたんだ。紀子って単に優しいんじゃない、淋しいから優しいんだよ。夫に先立たれて身寄りもなくどうしていいかわからなかったから、家族みたいに義理の両親とつながりたかった。おうちカフェを始めてから気がついたんだ。崖っぷちで他人とつながりたいって思うと、素直になれる。差し出された手を握り、気遣えるようにもなる」

足もとのシダの緑の葉に紫のイワタバコの花が星屑みたいにへばりついている。そういえば〈ぐるりの杜〉で松江さんが書いていた短冊もこんな色合わせだった。——笑って左様なら出来ますように——流れるような美しい字で書かれた言葉。

「ほら見て、紫色の小さな花がきらきらしているじゃない。この花にはこの湿った岩肌がいちばん性にあってる。ここだから輝けるんだよ。やはり野に置け、れんげ草っていうけど、花も人も、いちばん穏やかでいられる場所ってあるんだと思う。あたしにとってのその場所は鎌倉のおうちカフェだった。〝やはりおうちカフェに置け、三樹子〟って、めちゃくちゃ語呂が悪いけど」

ははと笑ってみたが、正和はまっすぐにあたしを見た。

「他人なら気遣えるというなら、俺たちはいったん離婚して他人になったやないか。戻ってきて、気遣ってくれないか」

わかってないな、この人は。あたしはそんなことを言ってるんじゃない。

「それはできないかな。別に訊かれないから言わなかったけど、あたし小津映画の中で『お早よう』がいちばん好きなんだ。これも鎌倉に来て、香良と一緒に観たの。原節子は出てこないけど、いい映画だよ、一度観てみ。『お早よう』とか『いい天気だね』とか、なんてことないフツーの会話こそが『大事な無駄』だって教えてくれた。あたしは今、そういう一見なんてことないけれど実はとっても大事な時間をこの土地で過ごしている」

正和はしばらく黙ってイワタバコを見つめていた。

「わかった……行くか」

そう言って踵を返した。

「墓地はすぐそこだよ。鈴木なんたら先生の墓、参らんでええの？」

「ああ」

ふたり、来た道を戻った。階段を踏みしめながらおりたつもりだった。でも、あっという間に鎌倉街道まで出てしまった。

「これから浄智寺行くんでしょ。あたしはここで帰るよ。正和さんはこっち、あたしはあっち」

出会った頃のように呼び、彼を見上げた。

「せやな」

鼻の奥がツーンとしてきた。

「空はまだ全然明るいね」

「せやな」

「なんだか紫陽花色しとる」

「ほんとに紫陽花みたいやな」

「せやね」

こうして一緒に空を見上げ、大事な無駄話をする。あたしはこの人とそういう暮らしがしたかった。でも、どこかでボタンを掛け違えてしまった。ボタンの位置は戻せても、掛け違って失ったものは戻せない。

左様なら、ひとまず笑って別れよう。

「じゃあ」

そう切り出すと、二重瞼の大きな目がじっとあたしを見た。

「三樹子さん、いい顔するようになったな」

「なんや、それ。ここは縁切寺だよ。今頃、口説き文句を言っても遅いんやって」

精一杯おどけてみせた。

「せやな」

淋しそうに正和は笑った。

あたしはあたし。あんたはあんたの時間を生きよう。そうしていつかまた遊びに来てよ。そしたらあたしたち、いい友達になれるかもしれない。もしも、縁というものがあるなら、また会える。

今はただ笑って――

「さようなら」

手を振った。

◆ ◆ ◆

キッチンから磯の香りが漂ってくる。美佐緒が言ってたオレキエッテ アッラ ファミッリア フェ……ああ、思い出せない。たしかおうちカフェ風だったよな。香良のカレーも、美佐緒のパスタも、きょうはどんなものが食卓に並ぶんだろうとわくわくしながら待っているこの時間が愉しい。

「きょう、このテーブルで美佐ちゃんパスタを打ってたんだよ。イタリアのマンマみたいだった」

隣に座る里子に言った。

「手打ちパスタかぁ。家で食べるの、初めてかも」

「お待たせしましたぁ」

香良と美佐緒が皿を運んできて、テーブルに置いた。

「うわぁ、これか」

思わず声に出た。青い皿の中で小さな耳たぶオレキエッテと薄切りにしたサザエがバジルソースと絡んでいる。各皿にはそれぞれひとつずつサザエの殻。これがおうちカフェ風オレキエッテ！

「こんなパスタ、初めて。かたちもかわいい！」

両手をあわせて、あゆみが皿をのぞき込む。

「オレキエッテっていうんです。ちょっと塩辛いかもしれないから、お好みでオリーブオイルをかけて味変してみても」

美佐緒が黒い瓶に入ったオリーブオイルをテーブルに置いた。

「すごいね、これ、手打ちなんでしょう。それにこのオリーブオイル。めっちゃ美味しいんだよ、ロレンツォっていって……」

「サトちゃん、ウンチクはいいから。早く食べよっせ。じゃあ、みなさん、よろしいですか」

みんなを見まわして手をあわせた。三十八歳のあゆみから七十四歳の千恵子まで。美味しいものを前にすると、みんな揃って少女みたいな顔になる。

「いっただきまぁす」

フォークでオレキエッテとサザエとバジルを串刺しにし、ぱくりと食べた。

「うんまっ」

薄切りにしたサザエの食感、肝の濃厚な苦み、バジルのほのかな苦みのかけあわせ、そして全体を包み込む磯の香り。あ～、たまらない。

「ああ、なんて美味しいんだろう。美佐緒ちゃんの料理って盛りつけも素敵。このサザエの殻、なんだか現代建築みたいね」

そう言って、香良はサザエの殻を見つめる。

「そういえば、サザエってもともとは小さなおうちって意味だったんですって。古語で『ササ』は小さい、『エ』は家。このふたつが結びついたって聞いたことがあるわ」

おうちカフェの知恵袋、千恵子の言葉に大きくうなずいた。

「なるへそ。だから『サザエさん』の主人公はサザエなんだね」

「何それ？」

里子がフォーク片手に訊いてきた。

「小さな家の幸せな暮らし。その主人公はやっぱり『サザエ』って名前がしっくりくるってこと」

「言われてみたら、そうね。サザエさんの髪もサザエみたいだし」

あゆみが納得したように言った。

……うん？

「三樹子ちゃん、どうしたの？」

むかいに座る千恵子はあたしの表情の変化を見逃さない。

「いえね、今、パスタ食べていたら、ちょっと硬いのがあって、これ出かける前に、あたしが作ったやつだなって。半端モノだけど、これはこれであり、だよね」

サザエのコリコリ感と美佐緒のオレキエッテのもちもち感、そこにあたしの不器用オレキエッテのねっとり感が加わって不思議なハーモニーを奏でていく。

「あ、あたしもさっきアルデンテなの食べたよ。もしかして、それもミキティ作？　たしかに『これもあり』って思った。そういえば、どっかのシェフが言ってたけど、パスタってムラの美学なんだって」

「ムラって、なんとか村という、あのムラですか？」

美佐緒が訊ねると里子は首を横に振った。

「ビレッジじゃなくて、ムラがあるのムラ。たとえばね、このオレキエッテを同じ鍋で茹でても、均一な硬さには茹であがらない。でも、その不揃いな感じがソースとうまく絡まっていろんな食感を奏でる。そこが美味しくて愉しいってわけ」

「へぇ、不揃いのパスタたちですね。たしかに手打ちだと、ムラもできるけど、ひと口ひと口、違った味になって次のひと口が愉しみになるんですよ」

美佐緒はそう言ってオレキエッテを頬張る。満ち足りた横顔を眺めながら、香良が言った。

「ムラの美学。それってコーヒーにも通じるかも。豆のひとつひとつは不揃いだけど、だからこそ一杯一杯、ふたつと同じ味がない。それが美味しいし愉しいし嬉しい」

嬉しくまでなっちゃうところが香良っぽいな。薄切りの肝とオレキエッテを口に運んだ。今食卓を囲むみんなも、もとはちょっと訳ありな淋しい人たちばかり。でも、だからこそ、この大事な無駄話がいとおしい。

サザエの殻をフォークの背で叩く。コツンといい音がした。

第四章

月が本当にきれいですね

里子

ひんやりとした海風が頬を撫でていく。藤村里子はまくりあげていたスウェットの袖を元に戻した。寄せては返す穏やかな波の調べを聴きながら、なだらかに続く波打ち際を歩いていく。

翔太
まな

砂に描いた巨大な相合傘とぶつかった。ペンがわりに使ったのか、近くには流木が落ちていた。まなの「な」が波で洗われ消えかけている。令和版の相合傘は頭に♡がついている。うん？　少し先に朱鷺色《ときいろ》に光るものがあった。しゃがんで砂を払う。さくら貝が顔を出した。拾いあげてみると、二枚ちゃんとつながっている。ハート形に見えなくもない。

「ワン」

前を歩くツンが立ち止まり、こちらを見た。同時にリードを持つ男も足を止めた。どうした？　切れ長の目が問いかける。男とツンのもとに駆け寄り、握ったこぶしを開いて見せた。

「ほら見て、さくら貝。昔はこのあたりでも、この季節になるとたくさん打ちあげられてきたらしいけど、最近はめっきり少なくなったんだって。波にさらされながら欠けもせず、二枚ちゃんと揃っているのってすっごく珍しいんだよ」

男はさくら貝をちらりと見た。何も言わずにまた歩き出す。

「前に、同じシェアハウスに住んでいるあゆみちゃんの話をしたでしょ。材木座のコーヒー屋で働いている美人さん。彼女が、ここんとこビーチコーミングに凝っててさ。海に行くたびにいろんな漂流物を拾ってくるんだ。この前なんて、ひょうちゃんを拾ってきたんだよ。知ってる？　ひょうちゃんって崎陽軒の醬油入れ。ひょうたんの形をしてるんだけど、それが横山隆一が描いたレアもの。あ、横山隆一ってのはね、鎌倉に住んでた漫画家で――」

我ながら、どうでもいいことを喋っている。どうしてだろう。この男――イ・ムヒョクといると、なぜか饒舌《じょうぜつ》になってしまう。

秋空を映す海は薄群青色《うすぐんじょういろ》だ。むこうから緑の髪の外国人が走ってきた。この前、見たとき、髪はたしか青だった。秋空の下、上半身裸で素足。肩には髑髏《どくろ》のタトゥー。こちらには目もくれず前だけを見て走っている。

「今、走っていた人、前にも見たことあるよね」

ランニング男とすれ違ったあとに呟いた。ムヒョクはあたしの言葉など聴こえないかのように前へ進む。

「これから寒くなっても、あの姿で走るのかな。おうちカフェにも何人か目撃者がいて。『雰囲気がミュージシャンっぽいね。ベースとかやってそう』って、みんなで話してるんだ」

またもや返事はない。ムヒョクは早足で歩いていく。

「あのさ、ゆっくり歩いてこその散歩じゃない？　いつも何をそんなに急いでんの？」

彼はかすかに眉根にシワを寄せ、こちらを見た。

「……ゆっくり歩けないだけだ」

全然、返事になってない。

◆ ◆ ◆

ムヒョクと初めて会ったのは、由比ガ浜通りの道端にヒルガオが咲いていた頃だった。ツンとてもなくブラブラしながら、いつもは行かない路地に入ってみた。少し歩いたところに小さな古本屋があった。〈ヘッピッ〉緑に黄色い文字で書かれた看板には犬の絵とともに〈ペットOK〉とある。ゆらゆらガラスがはめ込まれた引き戸を開けた。八畳ほどのスペースは木製の本棚で囲まれていた。初夏の陽射しが窓際の棚にある「森のコーナー」を照らしている。そこで目が止まった。ヘンリー・D・ソローの『ウォールデン　森の生活』だ。奥のカウンターに座る店員に訊いた。目もとが涼しげで、肩幅の広い男だ。

「あ、あの、この本、何日か前にふわっとした女性が売りにきませんでした？　ちょっと目が離れてて中肉中背の――」

「さぁ。店番なんで」

男は吐き捨てるように言うと韓国焼酎のチャミスルをラッパ飲みした。仕事中に飲酒？　ちょっといい男だと思ったが、ひどい奴だ。男に背を向け、少し変色したページをめくった。あたしがいちばん好きな一節はたしか後半……これだ。

〈なぜ僕たちは、こうまで必死になって成功を急ぐのか。なぜ必死になって事業で成功しようとするのか。……どんなにゆっくりリズムを刻もうとも、どんなに遠くで鳴っていようと、自分に聞こえている音楽にあわせて歩めばいい〉

段落の最初に小さな☆印が鉛筆で描かれている。間違いない。たしかにあの部屋にあった本。

ずっと疲れていた。滋賀の実家を離れ、東京に養女にきた八歳の頃からがんばり続けてきたせいだ。医学部至上主義の養父母のもとを離れても、がんばり癖は直らなかった。自分がたいして能力がない人間だということはわかっていた。それがバレてしまうのが怖かった。いつも他人の目を気にして、「できる人」でなければと、がんじがらめになっていた。環境を変えて生き直そうと鎌倉に来て、おうちカフェに住み始め、この本に出会った。自然と共存しながらつかんだ安らぎの道。何度も読み返し、これからの生き方のヒントをもらった。その大切な一冊にたまたま入った古本屋で再会できるなんて。思ってもみなかった。

ささっと支払いをすませて帰ろうとしたときだった。男の切れ長の目がツンを捉えた。

「その犬……」

「な、なにか問題ですか。店の前の看板にペットOKって出てましたけど」

店員は首を横に振った。

「名前は？」

「え？　ツンですけど」

「そうか。コン、またおいで」

酔っぱらっているのか、この男。

「コンじゃなくてツン……」

店員はあたしの言葉など聴こえないかのように、ツンに微笑みかけた。

『森の生活』は手に入った。もう「ヘッピッ」に用はないはずだった。だけど、海へ散歩に出かけると、なぜか足が向いた。店員の態度は最悪で★☆☆☆☆だけど、あの優しい陽射しと静かに流れる時間と本のラインナップは★★★★★だった。それまで、古本の持つ湿った侘しい匂いが苦手だった。でも、「ヘッピッ」はなぜか優しく懐かしい匂いがした。

道端の紫陽花が色づき始めたある日、いつものようにツンと「ヘッピッ」に向かったが、引き戸に「本日定休日」とあった。踵を返して路地を歩いていると、むこうからチャミスルの緑の瓶を二本持った★☆☆☆☆の店員がやって来た。

「あ、あの、店に行ったんだけど」

目があったので、仕方なくそう言った。

「第二と第四水曜は定休日だ」

「そうですか。じゃ、また」

そのまま通り過ぎようとした。

「チョギヨ……」

店員が韓国語であたしを呼び止めた。

「……散歩行かないか」

は？　なんであたしと？　また酔っぱらっているのか。無視して通り過ぎようとした。

「クゥン」

ツンが店員の足にまとわりついていた。

「どこ行くつもり？」

「海」

仕方なく国道を渡り海岸におりた。平日の昼下がり。沖にサーファーの姿が見えるだけで、ほとんど人影はなかった。波打ち際をただ歩いた。ふたりと一匹の静かな時間。別れ際に、店員はようやく名乗った。そうしてぶっきらぼうに言った。

「また散歩に行くか」

「ワンッ」

あたしより先にツンが尻尾を振った。目を細めて笑っているみたいに見える。柴犬は警戒心が強い。保護犬だったツンは余計に人見知りだった。鎌倉へ来てだいぶ変わりはしたが、おうちカフェの住人以外にはなかなか懐かなかった。でも、ムヒョクにはすぐに打ちとけた。

❖　❖　❖

晩秋の陽は短い。海と空の間がかすかに杏色に染まり始めている。風が少し冷たくなってきた。ツンと歩くムヒョクは足を止め、珍しく自分から口を開いた。

「ちょっと座るか？」

「そうだね」

波打ち際から少し離れたところに腰をおろした。材木座海岸との境目に流れる滑川が海と交わるあたりで、ユリカモメの群れが羽を休めている。

ムヒョクは斜めがけしたバッグから韓国焼酎を取り出すと、ラッパ飲みした。喉仏が上下に大きく動く。

「好きだね、それ」

散歩のときは水筒のようにこの緑色の瓶を持ち歩いている。

「飲まずにはいられない？」

「だな」

横顔にその人の心の内が出ると聞いたことがある。韓国焼酎を飲むムヒョクはいつも淋しげだ。

「なんで？」

立ち入ったことは訊くまいと思ってきた。関係がこじれるのが嫌で質問には細心の注意を払っている。それでも……。

ムヒョクは海を見ながら言った。

「頭の中のノイズがちょっとだけ鎮まる」

そう言って傍らに寄り添うように座るツンの頭を撫でた。

「ふーん。あたしは海を見ていれば、だいたいのことは治まるけどな。海の風と波の音、これ以上の薬はないよ。大丈夫じゃなくても、大丈夫って思えてくるから」

ムヒョクは何も言わない。視線を元に戻した。あの波はどこから来てどこに消えていくのだろう。水平線のかなたを見つめていると、自分が海に溶けこんでいくような気がしてくる。

「今さらだけど、店の名前。ヘッピッって調べてみたら、陽射しって意味だった。あれ、名づけたの誰？」

「おじさん」

伯父は在日韓国人だと聞いたのは、つい最近のことだ。その伝手《つて》を頼ってムヒョクは鎌倉に来た。

「ふ〜ん。なんかさ、ヘッピッって、ＨＡＰＰＹとも似てるね。ほら、韓国の発音だと、ＨＡＰＰＹをハッピッっていうでしょ。ヘッピッ、ハッピッ。語呂もいい」

ヘッピッ、ハッピッ！　もう一度繰り返してみた。ムヒョクはくすりともしない。

「韓国語、喋らないの？」

「ああ」

「おじさんとも？」

「あの人はずっと日本に住んでいるから、日本語で話す」

「ふ〜ん。でもさ、せっかくだから教えてよ、韓国語」

「乗らないな」

いつもなら、ここで諦める。でも、なぜかきょうは譲れない。

「じゃあ、ふたつだけ。好きな言葉と嫌いな言葉。それだけでいいから」

切れ長の目がこちらを見た。

「韓国語に興味があるんだ。お願い」

韓国ドラマで見かけるように、手をすりあわせて拝んだ。ムヒョクはため息をついて言った。

「嫌いな言葉と好きな言葉、どっちが先だ？」

「じゃあ嫌いなほうから」

「パリパリ」

「どういう意味？」

「早く早く。韓国は競争社会で、いつも急げ、急げ。パリパリ、パリパリ、パリパリ、パリパリ。一日に何度も何度も。うんざり。だから、ここに逃げてきた」

ムヒョクは眉間に深いシワを寄せ、韓国焼酎をあおる。緑のガラスが陽を浴びて輝いている。

「じゃあ、好きな言葉は？」

「ユンスル」

「ユンスル？」

砂浜に指で〈윤슬〉と大きく書いた。

「どういう意味？」

「日本語にはうまく訳せない。あれ」

骨ばった長い指がさす先を見た。

水平線を染め始めた杏色が天上の群青色へとつながっていく。海面は落日を映し色ガラスのようにきらめいている。

「ユンスルってあのきらきらしている波のこと?」

ムヒョクは黙ってうなずいた。

「逃げ場は韓国以外ならどこでもよかった。何も考えられなかった。でも、子供の頃に日本で見たユンスルを思い出して、ここに辿りついた。あのユンスルは由比ガ浜だけのものだから」

その日本語は流暢だ。だけど、語られる言葉はジグソーパズルのピースみたい。その心の全容は見えてこない。

ムヒョクの肩越しに見える滑川が杏色に染まり始めている。いつの間にか、ユリカモメたちも飛び去った。

「カジャ(行こうか)」

ムヒョクは腰をあげた。最近になって気がついた。心のガードがゆるんだとき、ムヒョクは母国の言葉を使う。もっとこの人の韓国語が聴きたい。

「ほやね」

あたしも故郷の言葉で返事をしてリードを持った。

国道134号へと向かう階段をのぼっていると、どこからか夕焼け小焼けのメロディが聴こえてきた。家に帰る時間だ。ムヒョクはどこへ帰っていくのだろう。彼のことをまだ何も知らない。

✿ ✿ ✿

磨りガラスのむこうは月明かりでぽぉーっと光っている。風もない静かな夜だ。足もとではツンが寝息を立てている。ホットカーペットの上がすこぶる心地よいようで、安定の熟睡モード、ヘソ天スタイルだ。

あたしはといえば、迷いに迷って買った「点で支える」体圧分散性マットレスに横たわり、スマートフォンをのぞいている。開いているのは〈人とお酒のイイ関係〉。大手酒造メーカーのサイトのアルコール依存症のチェックリストで、イエスの数で依存傾向を測るものだ。ムヒョクのかわりに答えていく。

□食事をとる時間が不規則だ

ムヒョクの喉仏が頭をよぎった。会うたびに、あの喉の出っ張りが目立ってきている。あの様子だと、酒のアテしか食べてないんじゃないか。

□酒を飲まないと寝つけないことが多い

これも間違いなく「イエス」。なんたって仕事中に飲んでいる男だ。寝酒を飲まないはずはない。

□酒がきれると、冷や汗が出たり、手が震えたりする

どうだろう。冷や汗が出ているところも手が震えているところも見たことはない。でも、あたしと会うときはいつも韓国焼酎持参だ。あれがなくなるとどうなるか、わかりゃしない。

□酒をやめる必要性を感じたことがあるがやめられない
　あの調子じゃ、多分……ない。
□糖尿病、肝臓病と診断されたことがある
　これも……わからない。病歴はおろか、血液型も、そもそもムヒョクが何歳なのかも知らない。というか、あたしはムヒョクの何なのだろう。あの男の眼中にもないのに、勝手に心配してバカか。やーめた。ひとり勝手に気を揉むなんて、いくらヒマなあたしでも時間の無駄だ。

　スマートフォンを枕もとに置き、仰向けになった。組天井から吊り下げられたチューリップ形の照明が乳白色の光を放っている。縁取りの模様、あれは真鍮《しんちゅう》かな。隅々まで意匠が凝らされた空間。柔らかすぎず硬すぎずすっぽり身体を受け止めてくれる心地よいマット。足もとで寝息を立てる相棒。このうえ、何が必要か。あの無表情な横顔が浮かんできたので首を横に振った。いいや、今のあたしはじゅうぶん満ち足りている。

　階下からカタコトという音に交じってかすかな笑い声が聴こえてきた。声の主はふたり。三樹子と……あのちょっと低めの感じはあゆみだろう。ここに住み始めた当初は自分とツン以外の立てる音に神経を尖らせていた。どこからか聴こえてくるイビキ、階下での話し声、誰かが歩く音、ドアの開閉、風呂場やトイレの給排水音……。何もかもがストレスだった。でも、いつからだろう。ほとんどの音が暮らしの一部となって気にならなくなった。

　枕もとから振動が伝わってきた。スマートフォンを手にとると、ＬＩＮＥが届いていた。

〈かっちゃん～起きとる？〉

礼子《れいこ》からだ。実の両親も、養父母も亡くなり、いまやあたしを「かっちゃん」と呼ぶのはこの双子の妹だけだ。里親として、保護犬だったツンと暮らすようになってからは、戸籍上の「克子《かつこ》」ではなく「里子」と名乗るようになった。誰かに翻弄されるのではない、あたしが自分で決める人生を歩みたかったから。

〈起きとるよ〉

〈どうよ、その後、イケメン☆アジョシ《おじさん》とは？〉

案の定、この話題か。

〈どうもこうも……。だから言うてるやろ。ただの散歩友達やって〉

無駄とわかっているが一応、否定してみる。チャミスルの空き瓶が一本転がっているのが視界の端に映った。ムヒョクがいつも飲んでいるせいで、たまに自分でも寝酒に飲むようになった。きょうは一本ですんだが、二週間前の誕生日には深酒した。酔った勢いで礼子に電話をしたのが間違いだった。あれこれ喋ったせいで、ことあるごとに〈その後、どうよ〉と訊いてくる。

〈ほやから、さっさと散歩友達から卒業しろって言うてるやろ。あんなー、あんた、わかってるんか？　このチャンス逃してもうたら、もう一生、男と出会えんよ〉

〈わかってるって〉

〈いや、全然わかってへん。いい年してイケメンと出会えるなんて、雷にあたる確率より低いんやからー〉

礼子はバツ三だ。母のお腹の中でこちらの男運をすべて吸い取ったんじゃないかと思うくらい、男と出会い、恋をし、すぐ別れる。いつも失敗するくせに恋愛マスターの自負があるのか、LINEとは思えない長文でアドバイスを送りつけてくる。しかも、ものすごく早打ちで。きょうもきょうとて。

〈――出会ってもう半年近くやろ。何万キロ一緒に歩けば気がすむんや？　ボヤボヤしてたら、あんた還暦迎えるで〉

〈は？　あんた、自分の年、忘れたんか。うちら、まだ五十四やで〉

〈六年なんてあっという間やで。半歩でも前へ進まんと。きばりや〉

かなんなあ。そんなに焚きつけられても。あ〜、もう。うるさいなぁ。

パリパリ、パリパリ。

ムヒョクが嫌いだという韓国語が頭をよぎった。熱が冷めないうちに、一刻も早く、白黒はっきりつけろ云々。礼子の恋愛指南はいつもパリパリ、パリパリ。だから嫌になる。

階下からまた笑い声が聴こえてきた。今は遠くの片割れより、近くの他人。下へ行ってみんなと飲んだほうが気が休まりそうだ。

〈わかった〉

〈ほんまにわかったんか〉

〈ああ。進展あったら連絡するわ。ほな、おやすみぃ♪〉

進展なんて120％あるはずもない。柴犬が寝ている〝おやすみ〟スタンプを送って腰をあげた。

❖
❖
❖

音を立てないように階段をおりた。リビングのドアの隙間から筋状に光が伸びている。この季節、古い洋館の廊下はスウェット一枚だと冷える。自分を抱きかかえるようにしてくんでいた腕をほどき、ドアを引いた。

「あれ、美佐緒ちゃんもいたの？」

夜中のおうち飲みのメンツはてっきりふたりだと思っていたが、ダイニングチェアの上であぐらをかいている三樹子の隣にネルのパジャマ姿の美佐緒もいた。

「ええ、ついさっき加わったばかりなんです。トイレの帰り、明かりがついているからちらっと覗いたら、ふたりがいたんで」

美佐緒は琥珀色の液体がたっぷり入ったグラスを掲げて微笑んだ。

「さすがサトちゃん、鼻がきくねえ。美佐ちゃんが来たから、ちょうど今から乾杯しようかと思ってたんだ。ほら、寒いでしょ。突っ立ってないで、早くそこ座んなよ」

三樹子は、顎でむかいの席を指した。スッピンで眉頭しかないので能面みたいになっている。

「ごめんなさい。あたしたちの声、二階まで響いちゃった？」

腰をおろすと隣からあゆみが訊いてきた。色白の頬がすでに紅みを帯びている。

「ううん。ときどき笑い声がかすかに聴こえるくらい。なんか眠れないんで、せっかくならみんなと一杯やろうかなって」

「そう。ならよかった。実は、これ」

あゆみは目の前にあるデキャンタを指さした。

「三日ほど漬けておいたコーヒー焼酎。麦焼酎にエチオピアとブラジルのブレンドをあわせてみたんで夜中の試飲会してたの」

柱時計が十一時を打った。

「へぇ、コーヒー焼酎か。初めて飲むよ」

食べること、飲むことに関しては恐ろしく腰が軽い三樹子がキッチンからグラスと小さなフライパンを持ってきた。

「お客様、何になさいます？　お湯割り、炭酸割り、それともロック？　ミルクで割ってカルーアミルク風もありますわよ」

「じゃあ、三樹ママ、きょうはお湯割りお願いしますぅ」

「かしこまり〜。美佐ちゃん、乾杯するの、あと一分待ってねぇ」

三樹子の言葉と同時に、こちらも手をあわせて美佐緒に謝った。

「は〜い。いくらでも待ちますぅ」

美佐緒が笑顔でうなずいた次の瞬間にグラスが目の前に置かれた。三樹子がグラスを突き出して言った。

「うんじゃ、まぁ、改めまして——」

「コンベ」

しまった。韓国焼酎一本でもう酔ってんのか。三樹子より先に言葉が出てきてしまった。

「今のって、韓国語？」

あゆみが小首を傾げてこちらを見た。

「あ、いや深い意味はないけど」

……それ以上、言葉をつなげなくて、グラスを一気に傾けた。

「あ〜、これはイケる」

「ほんと？　よかったぁ。あたし、焼酎あまり飲まないから。コーヒーとの相性に自信がなかったんだけど」

あゆみは自作のコーヒー焼酎をひと口飲んで、「うん、いいかも」と嬉しそうにつけ加えた。

「あゆみちゃん、バリスタとして自信持っちゃって大丈夫だよ。辛口コメントで知られるこの素豚狂子のお墨つき。★★★★★だし。豆はエチオピアとブラジルだったよね。酸味と苦み、甘さ、コクとすっごくバランスがよくて、麦焼酎の香ばしさとよく馴染む。これはもう何杯でも飲めちゃいそう」

「さすがサトちゃん。うまいこと言う。あたしは、ミキティのひとつ覚えでいいねマーク作るしかできないけどさ」

親指を立てる三樹子の隣で美佐緒もコーヒー焼酎をくいっと飲んだ。

「ほんと美味しい。このフルーティーな酸味が、なんだかちょっとワインっぽくないですか？　パスタにすごくあいそう」

美佐緒の言葉に三樹子は二度うなずいた。

「それそれ。美佐ちゃんも目のつけ所が違う。やっぱ、コーヒー焼酎ときたら、イタリアンだよね。で、あたしもさ、アテはこれしかないって思ったわけさ」

小さなフライパンをこちらに見せた。

「おー、カマンベールチーズ。いいねぇ。これを……ミキティお得意のストーブで」

「そうなのよ、サトちゃん。この季節、これを使わない手はない」

三樹子は座ったまま身体の向きを変えると、傍らの石油ストーブにフライパンを載せた。

「焼いて香ばしくなったところでね、チビチビと。チーズがいい塩梅《あんばい》になるまではこっちを摘まみながら」

テーブルに置かれた皿には、干し柿とドライフルーツがのっている。

「うわぁ、干し柿、あたし大好きなんですよ」

美佐緒が早速ひとつ摘まんで言った。

「この柿、メイド イン 倉林邸だよ」

三樹子が言った。

「え、そうなんですか?」

「ほら、ちょっと前に倉林ママが市場カゴいっぱい、お裾分けしてくれたじゃない。あれをあゆみちゃんと香良がね」

あゆみが三樹子の言葉をひきとる。

「そうなの。香良さんと一緒に干し柿にしたの。物置きの脇の軒下だから、美佐緒さん、気づかなかったんですね。二週間ちょっと干してたから、ちょうど今が食べ頃。これが、思った以上にコーヒー焼酎とあうのよねぇ」

ひとつ摘まんで食べてみた。濃厚な甘さが舌に残っているうちにコーヒー焼酎を口に含む。たまらん。酸味とほどよい苦みがかすかな甘みと溶けあっていく。すでに半分ほどグラスを空けた美佐緒も恍惚とした表情を浮かべている。

「ヤバい、秋の夜長のおうち飲み。クセになりそう」

「いいんじゃないですか、美佐緒さん。こうしてみんなで飲むと、愉しいし。その都度、気が向いた人だけ」

「あゆみちゃんの言う通りや。秋の夜長って、夏とはまた違った風情っていうか。なんとなく人恋しくなるし。部屋でひとり、寝酒を飲むより、ここで飲んでるほうが、あったかいしな」

「おっ、サトちゃん、近江《おうみ》弁が出てきたね」

三樹子が里子を上目づかいで見る。

「……ってことはガードがゆるくなってきたね」

「なんなん？　ミキティ、その目は？　気持ちわるぅ」

思わず、身を引いた。

「ていうか、サトちゃん、ごめ～ん。あたしね、この四ヶ月、ずっと胸に秘めてたんだけど、やっぱ無理。……言ってもいいよね？」

今度は拝むポーズでこちらを見た。

「やから、なんなん？」

「だからぁ、見ちゃったわけよ、偶然、由比ガ浜で。サトちゃんが土方歳三似のイケメンと散歩しているとこ。ツンまで連れて。あたし、思わず『維新かよ』って突っ込んじゃった。誰なの、あのイケメンは？　あ〜、やっと訊けた」

ほうか、見られてたんか。……あれ、意外と落ち着いとるな、自分。まぁ、あれだけ散歩してりゃ、おうちカフェの住人に目撃されることもあるわな。

「えっ？　土方歳三？　元歴女としては聞き捨てなりません。土方っていったら、新選組一のイケメンじゃないですかぁ」

美佐緒もコーヒー焼酎が入ったグラスをぐっと握りしめた。

「え〜、羨ましい。里子さんったらいつの間に」

デキャンタのおかわりを持ってきたあゆみも席につくなり、こちらを見た。

「やからぁ、そんなんやないって。あの男とは、残念ながらカップルでもなんでもありません。ただの友達、散歩仲間」

コーヒー焼酎のおかわりを差し出しながら、三樹子が探るようにこちらを見る。

「ほんとかぁ？　サトちゃんが土方を見る目、あれ、絶対、恋する乙女やった」

だいぶ酔いがまわってきた。さっきから身体がふわふわしている。

「ちゃうって。あの人は行きつけの古本屋の店員さん。あたしよりツンに気があるみたいで、散歩に誘われただけ。韓国人でイ・ムヒョクっていうんやけど、これがありえんくらい無口で」

「あんまり日本語喋れないわけ？」

三樹子が身を乗り出してくる。

「いやペラペラ。やのに、日本語でも韓国語でもとにかく無口なんや。やから、あの人んこと、まだなんも知らん。好きとか嫌いとか、そういうレベルに行ってないんやって」

「お、いいとこだけど、ちょい待ち」

三樹子は片手をあげてストーブの上を見る。

「よし、いい塩梅になってきた。ほれ」

鍋敷きの上にフライパンを載せた。アルミホイルの中でカマンベールチーズがきつね色の焦げ目を見せている。三樹子が木べらで八等分に切り目を入れると、中からとろりとチーズが溢れてきた。

「うわぁ」と歓声があがる。

「待ちきれない。食べちゃっていいですか。あつっ」

美佐緒がまっさきに舌鼓を打った。

「美味しぃ〜。すごいマリアージュ。こんなに美味しいものを四人で食べちゃって。千恵子さんと香良さんになんだか悪いような……」

「美佐ちゃんったら優しいねぇ。大丈夫、大丈夫。次、コーヒー焼酎飲むときは、ふたりを呼ぶから。あゆみちゃん、また作ってね」

三樹子の言葉にあゆみも笑顔でうなずく。たしかに、これ、美味いわ。今度会ったら、ムヒョクにも教えてやろう。

「ていうかなぁ、ムヒョクってな、いっつも淋しそうなんよ。一緒にいてもな、韓国焼酎持参で。海辺に座ってこうラッパ飲みするんよ。そうするとな、緑色のガラス瓶が陽射しを受けて海面みたいに輝くんよ。ごくごくって飲み干す喉仏もなんか芸術的にきれいやけど、そこはかとなく哀しいんや。韓国焼酎っていろいろ種類あるんやけど、ムヒョクはな、チャミスルがお気に入りなんや。飲んだことあるけ？　これがガツンと辛口なんよ。それを表情変えずに。というかさ、あの人、ほんと飲んでばっかで、ちゃんと食べとるんやろか。訊いたところで、まともに答えんしな」

カマンベールにも手を出さず、気づくと、問わず語りに喋っていた。何やってんだろ、あたし。小娘みたいだ。

いや、でも、あたしは憧れていた。友達以上、家族未満の仲間にとりとめのない恋の話をすることに。あたしが本当に小娘だった頃、こんな話をできる相手はいなかった。親はもちろん、友達も。片割れの礼子にさえも自分の弱みは見せたくなかった。家を出てひとり暮らしを始めてからも、無邪気にふるまえる時間はなかった。いつも周囲に自分の心を隠して生きてきた。弱い人間に見られないように、愚かな人間だとバレないように、人に舐められないように、自分を護ることだけで精一杯だった。

「要するに、そのイケメン、アル中ってこと？」

三樹子が椅子の上で体育座りをして訊いてきた。

「さっきもスマホでアルコール依存症のテストをムヒョクになりきってやってみたんやけど、間違いなくあれはクロやね。で、あたしとしては、心配なんや、めっちゃ。ちゃんとご飯食べてるんかなぁとか、肝臓悪くならんかなぁとか。こんな感じで、ツマミ食べながら愉しく飲む酒ならええけどなぁ。とにかくあの人が心配……。気になって気になってしょうがない」

　頬づえをつきチーズを食べていた美佐緒がこちらを見た。

「あのぅ、里子さん。恋愛経験が少ないあたしが言うのもなんですけど、話を聞いていると、それじゅうぶん『サランヘヨ《ラブ》♡』ですよ」

「ほうかなぁ。そりゃ嫌いじゃないよ。でも、愛情っていえるんかなぁ、これ。なんていうか、憐れみというか、同情に近いような気がするんやけど」

　グラスを傾けた。ムヒョクは、頭の中のノイズを鎮めるために酒を飲むと言った。あたしは、ふだん鳴りを潜めている心の底の声を聴くために酒を飲む。

「そうだよ、サトちゃん。あたし別れたんだよね、きっぱり」

　へ？　三樹子の話は脈絡がなさすぎて、さっぱりわからない。

「誰と？」

「だから、その正和と。あ、離婚届は二年前に出してたけどさ。七月に鎌倉に来たんだよね、あの人。それで東慶寺に行って、きっちり片をつけたっていうか。で、何が言いたいかというとね、始まりも終わりも、ちゃんと言葉にして伝えたほうがいいってこと。別にこの年になって、好きですって告白しろって言ってんじゃないよ。直接的でなくても、そばにいるよ、ちゃんと見てるよって、言ったほうがいいって」

「あたしも三樹子さんに一票」

うぇーいと親指を立てる三樹子に微笑んで、あゆみが続ける。

「だって、そのムヒョクさん？　すごく淋しげなんでしょ。だったら、絶対、何か伝えるほうがいい。……そうだ、月夜の晩に『月がきれいだね』って言ってみるのはどうですか？」

なんで月？　訊き返す前に美佐緒が笑顔になった。

「あ、それＢＴＳ！」

「なんなん？　なんで月とＢＴＳ？」

「元ネタは夏目漱石らしいです」

美佐緒は解説を始めた。得意げに目を輝かす姿は母親にそっくりだ。

「昔、漱石が高校教師をしていた頃、生徒が『I LOVE YOU』を『我、君を愛す』と訳したら『日本人はそんな直接的な言い方をしない。月が綺麗ですねとでも訳しておきなさい』と言ったとか言わないとか。そのエピソードが韓国ドラマや小説に使われて、ＢＴＳのＶも日本公演のときに、アーミー（ファン）に愛のメッセージとして『月が綺麗ですねぇ』って呼びかけるんですよ」

「へぇ〜。いいじゃん、いいじゃん。サトちゃん、『月がきれいですね』を採用しなよ。これで決まりぃ〜」

三樹子がこちらに身を乗り出し、ダイニングテーブルごしにハイタッチしようとしてる。もうなんで？　仕方なく両手をあわせながらも、悪くはないな、漱石式「I LOVE YOU」、と思っている自分がいる。ヤバし。あ〜、もう完全に酔っぱらい。

「そうだ！」

美佐緒が丸い目をくりくりと動かした。

「いいこと思いついた。そのムヒョクさん、一度うちに呼んでみたらどうですか」

「え？　うちってこのおうちカフェ？　来るわけないわ、あの無愛想な男が」

「そうかな。でも、あたしパスタ作るんで。なんなら、あたしをダシに。パスタの修業中だからいろんな人に食べてもらいたいみたいとかなんとか言って」

「お〜、さすが倉林ジュニア！　いいじゃん、いいじゃん。だって、そのイケメン、ちゃんとご飯食べてないかもしれないいんでしょ」

イベント好きの三樹子が割り込んでくる。

「いいと思う、あたしも。それ、すごい、いいアイディア」

あゆみまで拍手している。

「なんなら、今度はチャミスルでコーヒー焼酎作ってもいいし」

「いや、あゆみちゃん、あいつには酒は出さんくてええから。コーヒー焼酎は、あたしたちの愉しみにしよう。でも……おうちパスタか。たしかに悪くないかもな」

「でしょう。そうだ、あたし韓国風パスタを作ります」

「美佐緒さん、韓国風ってキムチパスタ？　あ、それかタッカルビ風ですか？」

あゆみの質問に美佐緒は首を横に振った。

「うーん、それもいいけど。数秒前にちょっといいアイディアが降りてきちゃって」

「おー、美佐ちゃん、またパスタの神さまが降りてきた？　今度はなにぃ？」

三樹子が美佐緒の顔をのぞき込む。

「それはヒ・ミ・ツ」

このテーブルで、ムヒョクを交じえて食べる韓国風パスタ。実現してもしなくても、想像するだけで愉しくなってくる。手もとにあった干し柿のかけらとカマンベールチーズを口に入れ、コーヒー焼酎を流し込んだ。

「しかし、うまいよね。これ」

「ほんと、この組みあわせ、たまんない。あゆみちゃんのコーヒー焼酎、サイコー。やっぱりあたし、韓国風パスタのときコーヒーチャミスルも飲んでみたいな」

「いや、やからぁ美佐緒ちゃん、ええって。チャミスルは」

「いいじゃんいいじゃん。サトちゃん、韓国風パスタの日は特別ってことで。みんなで食べて飲んで盛りあがる愉しさ。ムショクに味わってもらわなきゃ」

「あのさ、ミキティ、ムショクやないよ」

「へ？」

細い目が「・」になった。その間抜けな顔に思わず吹き出してしまった。

「だから無職じゃなくてムヒョクやってば」

つられてみんなも笑い出した。この輪の中に入ったならば、あの淋しい横顔にも表情が生まれるだろうか。

❖ ❖ ❖

薄いうろこ雲が空を覆うように広がっている。

カッカッカッ

カッカッカッ

どこに潜んでいるのだろう。ジョウビタキが鳴いている。扇川沿いの小径を右折して、扇ガ谷《おうぎがやつ》と北鎌倉を結ぶ切通しに入った。ムヒョクとツンはあたしの半歩前をのぼっていく。

「亀ケ谷《かめがやつ》の草紅葉が見頃になってきたよ。散歩がてら、行ってみたら？」

昨日、香良に教えてもらった。たしかに紅葉狩りは魅力的だ。でも、ふたりと一匹の散歩道はユンスルを眺めるものと決まっている。海のない散歩なんて成立するのだろうか。答えが出せないまま、「たまには山にも行ってみない？」と口にしてみた。「アラッソ（わかった）」。ムヒョクはあっさり承諾した。

源頼朝の命で山を切り拓いて作った古道は当時の面影を今も残す。建長寺の大池に住んでいた亀があまりの坂のきつさに引き返したから「亀返り坂」。それが時代を経るうちに「亀ケ谷」になったという。なるほどそれなりの勾配だ。両脇の崖に生い茂る樹木で天色《あまいろ》の空が狭くなった。

カッカッカッ

カッカッカッ
火打ち石のような声が響きわたる。

坂道がさらにきつくなった。ムヒョクとツンは平気でスタスタのぼっていく。こちらの息遣いは少し荒くなってきた。晩秋の風がななめ上から吹きつけてくる。冬はすぐそこに来ている。かさかさと落ち葉を踏みしめながら進んでいくと、切り立つ崖の中に色褪せた赤い旗が見えてきた。岩肌に浮かびあがるように六体の地蔵が彫られている。風化が進み、顔や持ちものは判別できない。柿渋色と化した前掛けもほとんど原形をとどめていない。

「このお地蔵さん、なんで六体いるかっていうと、ほら、仏教で六道ってあるでしょ、あそこから来てるわけ。死んだあと、生前の行いによって行く先が地獄、餓鬼、畜生、修羅、人間、天の六道にわかれるんだけど、それぞれの世界で護ってくれるんだよ」

例のごとく、ムヒョクは反応しない。斜めがけしたバッグから韓国焼酎を出してラッパ飲みした。ツンも傍らで虚空を見つめている。人間には見えないものと交信をしているのだろうか。この場を立ち去ろうとしない。

「俺は……」

ムヒョクは六地蔵を見上げながら言った。

「何度生まれ変わっても、いつも修羅の中にいる」

険しい横顔だった。

この人はいったい何を耐え続けてきたのだろう。薄手のダウンジャケットの袖の下で拳を握りしめていた。あたしもおうちカフェで暮らし始める前まではムヒョクのように自分の境遇を呪っていた。どうして自分だけがこんなにも苦しいのか、この人生は何のための罰ゲームなのか、そればかり考えていて、そばにいる人のことなんて見向きもしなかった。大切なのは辛すぎる自分だけで、誰もが傷を抱えて生きていることに気づこうともしなかった。

「カジャ」

ムヒョクの国の言葉で言った。この世は修羅なのかもしれない。でも、生きてこそ見えてくるものもある。だから歩き続けるしかない。ひとりと一匹があたしのあとについて来る。風の向きが変わった。背中から吹きつけてくる。いにしえを生き抜いた男たちが道なき場所に作った切通し。岩を切り崩した痕跡を見ながら、自分のペースで坂をおりていく。

空がまた広くなってきた。坂はだんだんゆるやかになり、民家の石垣が目立つようになってくる。勾配の加減なのか、少し先に落ち葉の吹き溜まりになっている場所があった。色褪せた葉の上に赤や黄、紅茶色の葉が色を添えている。

振り返るとツンは道端を見つめている。紅く色づいた葉に薄桃色の金平糖のような花が散らばっているのを、愛おしそうに眺めている。一緒にいても同じものを見る必要はないのだ。ツンと散歩するようになって気がついた。

切通しも終わりに近づいてきた。石垣の一面を覆いつくすシダが東雲色《しののめいろ》に染まって、さわさわと揺れる。香良が言っていた草紅葉だ。シダは種を作らず胞子で増える。実を結ばないけれど……いや、実を結ばないからこそ、その紅葉は哀しく美しい。シダについての思いが喉まで出かかったが飲みこんだ。ムヒョクを前にすると、あたしはいつも喋りすぎる。そうすれば彼の虚ろな心を埋められると思い込んでいたけれど、結局、自分の感情を押しつけて共感してもらいたかっただけかもしれない。

❖
❖
❖

鎌倉から大船に向かう県道21号はいつも混んでいる。横須賀線の踏み切りを渡ってしばらく行くと、赤いポストが見えてきた。左に曲がり、浄智寺の参道に入る。鮮やかに色づいた裏山を背に杉木立が晩秋の陽を受けて光っている。

脇の小さな池には苔むした反橋《そりはし》がかけられている。鎌倉十井《じっせい》の「甘露ノ井」の先にある石段をあがっていく。ムヒョクは小さな瓦屋根がついた惣門の前で立ち止まると、「寶所在近」という扁額《へんがく》を見上げた。

「なんて読む？」

事前に調べておいてよかった。調べなきゃ、宝の旧字「寶」は読めなかった。

「ほうしょざいきん」

「どういう意味？」

「宝は探さなくても、すぐそばにあるってこと。メーテルリンクの幸福の青い鳥って知ってるでしょ？　あんな感じじゃないかな」

ムヒョクは腕ぐみして扁額を眺める。すぐそばに幸福が？　そんな馬鹿な……。納得がいかないといった面持ちだ。足もとでツンがウズウズしている。

「カジャ」

そう促して惣門をくぐった。並び立つ老杉の間から木漏れ日が射し込む。フヨッフヨッフィーフィーという鳴き声が空から降ってくるように聴こえてきた。

「なんの声だ？」

きょうのムヒョクはいつになく質問してくる。

「ウソだよ」

「ウソ？」

「鳴き声が口笛みたいでしょ。日本の古い言葉で口笛のことをオソって言ったんだけど、それがいつの間にかウソになったんだって。警戒心が強くてなかなか姿は見えないけど、灰色っぽくって、ホッペのあたりが染まりかけの紅葉みたいに紅い、かわいい鳥だよ」

あたしたちの会話が聴こえているのか。ウソはフヨッフヨッともう一度口笛を鳴らしてくれた。

「物識りなんだな」

苔むした石段を踏みしめるようにあがりながらムヒョクは言った。

「う～ん、そうでもない。実は友達の受け売りなんだ。もともと草木や鳥の名前って興味がなかったけど、鎌倉に来て詳しくなった。いいなぁって思うと知りたくなるもんでしょ」

「ずっとここに住んでいるんじゃないのか」

「二年とちょっとだよ。それまでは東京にいた」

ムヒョクと知りあって半年あまり。これまでどこに住んでいるのか詳しく訊かれたことさえなかった。

「そっちはどのくらい？」

木漏れ日に照らされる横顔はあいかわらず無表情だ。

「三年ちょっと……」

語尾を飲みこむように言う。

「じゃあ先輩だね」

返事はない。鐘つき堂を兼ねた唐風の山門、鐘楼門《しょうろうもん》をくぐる。

「うわぁ」

思わず声が出た。本尊を祀る「曇華殿《どんげでん》」のむかいに黄金色の絨毯《じゅうたん》が広がっている。空に伸びる大銀杏の枝々にも夥《おびただ》しい数の葉がきらめいている。落ち葉好きのツンは「キュウン」と鼻を鳴らしながらムヒョクをせかす。

「アラッソ（わかった）」

カシャカシャと落ち葉を踏む音が響く。ツンに引っ張られるムヒョクとともに大銀杏の下の木のベンチに腰をおろす。自由の身になった瞬間、ツンは天然のカーペットにダイブした。まとわりついた葉っぱを振り払ってはまたダイブを繰り返している。

「あれ、始まると無限ループ。ツンは落ち葉の、とりわけイチョウに目がないんだ」

木漏れ日の中、黄金色の葉っぱと溶けあうツンをムヒョクは目を細めて見つめた。

「コンも黄金色の絨毯が好きだった」

「コン？」

そういえば初めて会った日、ムヒョクはツンをそう呼んだ。

「ツンが店に来たとき、コンの生まれ変わりかと思った」

問わず語りに話し出したムヒョクは少し前かがみになり、手をくんだ。

「俺は……ずっと貧乏だった。だから人の十倍勉強していい大学を出て、財閥系の投資会社に入った。パリパリパリパリせかされるまま歯車のように働いて大金を手にすることが、あの国での成功だと思っていた。でも、違った」

そこまで話してムヒョクは大きく息を吐いた。灰色のスニーカーにイチョウの葉がはらりと舞い落ちた。

「一緒に暮らしていた女がいた。でも、女はいつの間にか壊れていた。コンは女のストレスのはけ口になってしまった。長期の出張から帰ってきたら、ネグレクトされ傷つき痩せ細ったコンが俺を待っていた。すぐに獣医のもとへ連れていったが、内臓破裂で数日ともたなかった。女は『あんたのかわりにコンが死んだ。あんたを愛していたのに、あんたはいつもパリパリ。あたしを見てくれない』と叫んでいた。たしかにその通り。俺がコンを殺したんだ」

ムヒョクは天色の空を仰ぎ見た。自分のことをこれほど長く話してくれたのは初めてのことだ。

胸が詰まった。……ひどい女だ。でも、女だけを責められない。もちろん寸暇を惜しんで働くことこそが幸せにつながると信じていたムヒョクのことも。

「そうだったんだ」

それ以上の言葉はかけられなかった。

黄金色の絨毯の上でツンは落ち葉とダンスしている。北風が通りすぎていった。木々が揺れる。パラパラと黄金色の葉が光りながら落ちてくる。空の冴えた青さがその輝きを際立たせる。地面に落ちるまで星のようにきらきら光る。そのとき、ツンが空に向かってジャンプした。

「あ、ツンが星を捕まえた！」

宙に舞う葉を見事にキャッチしたツンは得意げにこちらを見た。その瞬間、輝く戦利品を口から落としてしまった。何事もなかったように前脚で落ち葉をかき集めるツンを見て、ムヒョクはかすかに笑った。

過去から「今」に戻ってくれた。

「ツンもじゅうぶん遊んだし、そうだ。そこの本殿を覗いてみようか？」

ムヒョクは静かにうなずいた。

「曇に華と書いてなんと読む？」

「どんげ」

「どういう意味だ？」

「曇華って三千年に一度しか咲かない花。それくらいこの仏さまたちが一堂に会することは珍しいってこと」

本堂に安置されている三世仏は南北朝時代のもので、柵の外から拝むようになっている。一メートル前後の木造の如来たちが三体並んでいた。ムヒョクは黙ってそれぞれの顔を見比べている。

「左から、阿弥陀如来、釈迦如来、弥勒如来だよ。過去、現在、未来それぞれを護ってくれているんだって」

両脇の穏やかな表情の如来に比べ、現在を象徴する釈迦がいちばん険しい顔をしているかのように見える。

本堂脇にあるビャクシンの古木を見上げた。幾重にも捻じれながら、左右に幹が伸びている。木は生まれ落ちた場所から動けない。それでも光を求め、順応していく。

「カジャ」

何を感じ、何を考えたのか、ムヒョクが静かに言った。

紅、黄、橙《だいだい》、紅茶色……思い思いに色づいた木々に覆われた小径を進んでいく。コウヤマキの巨木が見えてきた。樹齢七百年とも言われる丁子色《ちょうじいろ》の木は仙人のような佇まいだ。突然、鳥たちのコーラスが始まった。茅葺の書院の前で紅い葉を揺らすハゼノキに数えきれないほどの鳥が止まっている。

「なんだ、あれ？」

「すごい。あたしも初めて見た。混群だよ。いろんな種類の鳥たちが秋冬を乗り切るために、ああやって寄りあって行動するんだよ」

混群のことは昨年の今頃、香良に教えてもらった。シジュウカラかエナガが音頭をとる季節限定のシェアリング。

「喧嘩にならないのか」

ムヒョクもツンもハゼノキに集う鳥たちから目を離さない。

「ならないんだって、それが。ほら、よく見て。同じ木でも鳥の種類によってとまる場所が違うでしょ。食べものの好みもビミョーに違うから、うまくいくらしいよ」

梢の先で食べものを探しているのはスズメの大きさにも満たないエナガ。その少し下には若竹色のメジロ。反対側の枝にはシジュウカラ、幹にはコゲラもいる。行動をともにしながらも、それぞれが穏やかでいられるよう境界線を守っている。

「陽が暮れるとみんなそれぞれの寝床に帰っていくんだよ」

なんだか、あたしが住んでるおうちカフェみたい……そう言おうと思った瞬間「トゥリリリリ」。エナガが出発の合図をした。鳥たちがいっせいに飛び立っていく。

落ち葉を踏みしめながら竹林を抜けると、山を掘ったやぐらの先に柿の木が見えてきた。葉も落ちきった木にわずかに残った実をメジロとシジュウカラがついばんでいる。

「さっきの群れの鳥たちか」

「そうだね。集団からちょっと離れて、甘いもの好きの鳥たちが自由行動してるんじゃないかな」

「自由行動か」

残り三分の一ほどになった柿の実に顔を突っ込んでいる二羽のメジロを見つめながら、ムヒョクは言った。

少し先で七福神と書かれた旗が揺れている。ヤブツバキの先の祠の中に布袋尊の石像が立っていた。足もとには供花といくつかのカップ酒が置かれている。

「ワンッ」

挨拶がわりにツンが鳴いた。ムヒョクもその福々しい笑顔を見上げる。

「布袋さまは、いつもこうやって笑ってるの。笑う門には福来るってやつだね」

笑顔の先の大きなひとさし指がこちらを向いている。

「この指はどこをさしてる？」

「さっき惣門で見たでしょ。あれと同じ」

「あれって？」

ムヒョクは切れ長の目を見開き、シジュウカラみたいに小首を傾げた。思わず微笑んでしまった。初めて見る、この人の素の表情だった。

「ほうしょざいきん。宝物は探さなくっても、あなたの中にあるんだってここでも教えてくれてるんだよ。その大っきなお腹をこうやって撫でると元気を貰えるらしい」

みんなが触るためにその福腹は黒光りし、ツルツルとしている。

「あたし、こう見えてけっこう神経質でさ。少し前までは他人が触ったものなんて近づきたくもなかった。でも、この布袋さまは例外。こうして撫でまわしちゃう」

あたしに続いて、筋張った手が布袋腹に近づき、ゆっくりと未来を探るように撫でまわした。

「ホウショザイキンか」

ムヒョクは斜めがけしたバッグから韓国焼酎を取り出し、布袋尊の前にそっと置いた。

◆
◆
◆

キッチンの小窓から見える紫陽花はコーヒー色からカフェオレ色に変わりつつある。真っ赤に染まったエゴノキではヤマガラが大好物の実をつついている。

木製スツールに座り、脚の間にはさんだライオンマークのミルのハンドルをゆっくりとまわす。

「思ったよりも重いんだね、このハンドル」

「そう？　最初は力の入れ加減がわからないかも。でも、すぐにコツがつかめるよ」

おうちカフェに移り住んで二年とちょっと。香良が愛用しているこの旧式のミルを使わせてもらうのは初めてのことだ。ウェルカムコーヒーは香良に淹れてもらったほうが美味しいに決まっているが、ムヒョクが飲むコーヒーはやはり自分で淹れてみたかった。リビングの先のテラスで待っている無口で無愛想な男にはどんなブレンドがあうのか。香良の知恵を借り、豆を挽くことにした。

「この音とこの感触、癖になりそう」

手の内でエチオピアとグァテマラの豆がゴリゴリと砕け混じりあっていく。香ばしい匂いが立ちあがってくる頃、ハンドルがふっと軽くなった。

「うまく挽けたみたいね」

香良が笑顔でうなずいた。セットしておいたステンレスのドリッパーにお湯を注ぎ込む。

「そう、いい感じ。ゆっくりと『の』の字を書きながら、まわし入れるといいよ」

香良が材木座でロースタリーを営む叔父から仕入れた豆は焙煎したてだ。琥珀色のコーヒードームの膨らみとともに木の実を想わす香りに包まれる。

「さすが香良ちゃんセレクト。今の季節にぴったりだね」

「よかった。深煎りにしてもらうと、香りも深くなるよね」

ガラスのサーバーにコーヒーの雫が落ちきった。

「呪文はこのタイミング？」

「そう。サーバーを三回揺らしながら、心の中で『美味しくな〜れ』と唱えてみて」

言われた通り、年季の入ったサーバーを揺らす。美味しくな〜れ。美味しくな〜れ。スペシャルに美味しくな〜れ。香良があたしの横顔を見ながら、ふっと笑った。

「どうした？　あたし、ありえないくらい真剣な顔でもしてた？」

「ううん、そうじゃなくって」

香良は穏やかに続ける。

「子供の頃、父にこの呪文を教えてもらった頃はわからなかった。でも、あるとき、気づいたの。父が教えようとしたのは呪文そのものよりも、コーヒーを淹れる姿勢だったんだなって。呪文を唱えるくらい美味しく飲んでもらいたい、そう思う気持ちが特別なスパイスになるって」

「そっか。だから、人が豆から淹れてくれたコーヒーって美味しいんだ」

「うん。その人のためにどんな豆を使うか。その人のために費やす時間がすべて美味しさへとつながっていくんだよ」

自分専用の鈍色《にびいろ》のカップとセピア色のガラスのカップにコーヒーを注ぐ。このカップはさっき食器棚をのぞいて、ムヒョクのために選んだ。

「これからムヒョクさんが来るときは、そのカップで淹れるといいね。じゃあ、お食事まではまだ時間がたっぷりあるから、ふたりでゆっくり庭でも眺めたら」

「ありがとう」

ブナで出来たトレイにカップを載せ、テラスへと向かう。リビングの掃き出し窓の先に大きな背中が見える。

「お待たせ〜」

カフェテーブルにカップを置くと、ムヒョクは軽く頭をさげた。浄智寺で紅葉を見た日を境に何かが変わったような気がする。ふたりの間に流れていたぎこちない空気が少しだけ和らいだ。

「くうぅん」

足もとで見上げるツンに軽く微笑んで、ムヒョクはゆっくりとカップを傾ける。

「いい味だ」

目を閉じ、口の中で広がる世界を愉しんでいるように見える。この人、こんなにもまつ毛が長いんだ。今さらのように気づいた。ムヒョクの隣に座ってコーヒーを飲んでみた。深煎りのコクをベースにベリーの果実感、ダークチョコの甘み、ナッツの香ばしさが溶けあっている。カラフルでそれでいて包み込んでくれるような優しさがある。

庭を囲むように植えられている木々は、それぞれのグラデーションで色づいている。青い木戸の上をささっとリスが渡っていった。

「秋の空気、秋の匂い」

ムヒョクは独りごとのように言った。セピア色のカップを空に透かすようにして庭を眺めていたその視線が、庭の隅で止まった。

「あれは？」

物置きの脇につるしてある干し網を指さした。

「ああ、あれ？　カラスミってわかる？」

ムヒョクはうなずいた。

「あとで紹介するけど、千恵子さんって、おうちカフェのお母さんみたいな人がいて。近所のスーパーでボラの卵巣を見つけて買ってきてくれたの。酒漬けしたあと、ああやって二週間ばかり干すんだって。出来上がりが今から楽しみ」

「ここには暮らしがある」

「え？」

「ずっと忘れていた暮らしがな。そうだ、これ」

紙袋をこちらに差し出した。

「え、いいの？　見てもいい？」

ムヒョクはうなずく。袋の中には、透明な容器が三つ。ツンも前脚をあたしの膝にかけて袋の中をのぞく。取り出してみると、見慣れぬキムチが入っていた。

「何これ、アボカド？　こっちはトマトとこれは……」

「オリーブ。パスタっていうから、あうかと思って」

「へぇ、いろんなキムチがあるんだねぇ。こんなオシャレなのどこで売ってるの？」

「漬けた」

「誰が？」

ムヒョクは周囲を見まわしてにやりと笑った。

「他に誰かいるか、俺だ」

「すごい。デキる男だね」

「フツーだ」

ムヒョクは長い人さし指で頭をポリポリと掻いた。「その人のために費やす時間がすべて美味しさへとつながっていくんだよ」。コーヒーを淹れるとき、香良が言ったことが頭をよぎった。

◆　◆　◆

階段をあがり、短い廊下の先にある和室の襖を開けた。ツンはすばやく奥の縁側へと移動した。陽だまりの気配が残る彼の定位置だ。

真ん中に置いてある電気コタツに入ってスイッチを入れた。「そっちに座ったら？」とむかいを指さしたが、ムヒョクは入り口に立ったまま部屋を眺めると、ツンのそばに腰をおろした。格子窓のむこうで夕暮れの中に浮かびあがるようにマンサクの茜色の葉が揺れている。

「二階にある縁側は珍しい」

ムヒョクは独りごとのように呟いた。

「この洋館は大正時代に建ったんだって。あの時代あるあるの和洋折衷なんだけど、和室は思いっきり和室なんだよねぇ。このメリハリがいいなと思って」

ムヒョクはツンの隣で胡坐《あぐら》をかいたまま、身を乗り出し、ゆらゆらガラスをのぞき込む。

「このガラス、ヘッピッにもある」

幾何学模様《モロッカン》のコタツ布団から抜け出て、ムヒョクのそばに腰をおろした。

「今ではもう作られてないいんだよね。薄くて、風景が少し歪んで見えるのが味があっていいよね」

小さく波打つガラスを通すと紅色に染まり始めた空と紅葉がより味わい深く見える。

「ソウルでは……」

ムヒョクがぼそりと切り出した。

「タワーマンションの三十五階に住んでいた。窓からは街が一望できた。でも、景色を眺める余裕なんてなかった。高層階の住人たちはいつもパリパリ。一刻も早く上に行きたいのか、エレベーターに乗ると、みんな自分の住む階の番号を連打する。パリパリパリパリ。いちばん忙《せわ》しく連打していたのはこの俺かもしれない」

色づいた葉が揺れている。カタカタとガラスが音をたて始めた。

「鎌倉に来て、風が鳴くことを思い出した」

ムヒョクは仰向けになった。畳の上の大の字。その大きさには敵わないが、同じポーズで手足を広げてみる。天然木の組天井。今さらながら美しい。

「あたしも東京に住んでいた頃は、殺風景な生活だったな」

「サップウケイ？」

切れ長の目がこちらを見る。

「うん。色も匂いもない感じ。まぁ、よく考えてみたら、それってあたし自身の心の問題だったのかも。他人にどう見られているのか。そればかり気にして、どこにいても鎧をはずせなかった。でも、何もかも捨てて身軽になって鎌倉に来たら、忘れていた感覚を取り戻せた」

縁側にはみ出した足が少しひんやりとする。横目で見ると、ムヒョクは目を閉じ、和室の匂いを感じ取っている。あたしも目を閉じた。すきま風が運んでくる木々の気配、畳、天然木の天井、欄間、コタツ、床の間のツバキ……。そこかしこに暮らしの匂いがある。

どれくらい時間が経ったのだろうか。目を開けると、薄墨色に変わりゆく前の濃い茜色の陽が木々を照らしていた。

誰かが階段をあがってくる。トン、トン、トンというゆっくりとしたリズムのあとに木が軋む。三樹子の音だ。

「失礼いたしま〜す」

襖のむこうでノックのかわりに余所《よそ》行きの高い声がした。

ふたりでゆっくり起きあがった。突然手が伸びてきて、後頭部を撫でた。あたしのうしろ髪がハネていたようだ。早打ちする鼓動に気づかれぬように「どうぞ」と言うと、ひと呼吸おいて三樹子が襖を開けた。

「アンニョンハセヨ〜。あたくし林三樹子と申します。パスタがもうすぐ出来あがるんで、呼びにきました」

いつものダルダルの部屋着ではなく、きょうは小豆色のニットワンピースを着ている。糸のように細い目がやけに輝いて見える。

「どうも」

ムヒョクは軽く頭をさげて、立ちあがった。階下へおりていくと、ダイニングテーブルにはおうちカフェの住人たちが勢揃いしていた。ムヒョクがやって来たのは三時過ぎぐらいだが、みんな気を遣ってか、どこかに潜んで、ふたりと一匹の時間を作ってくれていた。

「はじめまして。イ・ムヒョクです」

ムヒョクは礼儀正しく挨拶をした。

「ようこそ。おうちカフェへ。尾内香良です。どうぞ、そちらにおかけください。里子さんはお隣にね」

香良は出窓の前のふたつ並んだ席を指し示した。ムヒョクとあたしが席につくと、その真ん中にツンがやってきた。

「こうやってふたりで並んでいると絵になるねぇ」

正面に座る三樹子がうっとりとした顔でムヒョクを見つめている。本当は西郷どんと土方の維新コンビとかなんとか言いたいのだろうが。

「ほんとにステキ。あの、あたし、道永あゆみです。香良さんの叔父さんの焙煎所で働いています。材木座の『DANS LE VENT《ドンルヴァン》』。あの、もしよかったら、今度里子さんと一緒にコーヒーを飲みにきてください」

三樹子の隣であゆみが微笑むと、ムヒョクは頭を掻きながらうなずいた。たまには材木座のユンスルを見に行くのもいいかもしれない。

テーブルの真ん中にはアボカド、オリーブ、トマトのキムチが並んでいる。ムヒョクの手土産を見ながら、千恵子が言った。

「はじめまして。加藤千恵子です。さっき香良ちゃんから聞いたんだけど、こちらのキムチ、ムヒョクさんがお漬けになったのね。あたしなんてキムチといえば白菜しか思い浮かばないけど、若い方は発想が違うわ。素晴らしい」

「ありがとうございます。ただ、思いついたものを漬けてるだけなんですが」

「思いつきなら、なお素晴らしいわ。あたしも漬けたり干したりするのが大好きなの。待っている時間が愉しくて」

「そうですね。さっき庭に干してあるカラスミを見て、よい暮らしだなと思いました」

穏やかな笑みを浮かべて話す姿は、あたしの知っているムヒョクとは別人のようだ。

「お待たせしました〜」

美佐緒がキッチンからパスタを運んできた。

「ムヒョクさん、はじめまして、倉林美佐緒です。思いつきで韓国風パスタを作ってみたんです。マシッケトゥセヨ（どうぞ、召し上がれ）」

「うわぁ、美味しそう」

あゆみが身を乗り出して言った。乳白色の皿に黄金色の豚肉と絡みあったパスタがうずたかく盛られている。てっぺんには細く刻んだ大葉……と思ったら、香りが違う。この鼻に抜ける爽やかな香りはえごまだ。よく見ると、細切りにした青唐辛子も入っている。ムヒョクも皿の中をのぞいている。

「美佐緒ちゃん、これって……」

「そう、サムギョプサルパスタです」

「ほう、サムギョプサルと来ましたか、さすが美佐ちゃん。あ〜、もう待ちきれない。冷めないうちに早く食べよっせ。あ、これあたしが前に住んでた福井の言葉です。それではみなさん」

「いただきます」。いつものように声と手をあわせて言った。ムヒョクが少し遅れて「いただきます」と言ったときには三樹子はフォークにパスタを巻きつけ口に入れていた。

「うまい、うますぎ。美佐ちゃん、天才すぎ」

右手の親指を立てて安定の「いいねマーク」を作ってみせた。

ムヒョクはなぜか腕まくりをして、フォークを持った。思っていた以上に逞しい腕に太く青い血管が伸びている。

「うん。うまいです、とっても」

そう言って三樹子のように親指を立てた。

「よかった」

美佐緒がはじけるように笑った。

心もち太めの麺、リングイネを巻いたフォークの先でサムギョプサルとえごまの細切りを絡め口に運んだ。たしかに親指を立てたくなる味だった。

「すごいね。イタリアンと韓国料理の美味しさが溶けあってる。甘みと辛みと香ばしさの掛けあわせも最高。美佐緒ちゃん、この最後にやってくるなんともいえない甘みは何？」

「なんだと思います？」

丸い目がいたずらっぽく笑った。

「うーん」

コチュジャンかなと思ったが、このパスタのツンと沁み渡る辛みは細く刻んで入れてある青唐辛子のものだ。溶けあっているのはもっと優しい甘さ。となると……。

「サムジャン？」

ムヒョクがためらいがちに言った。

「正解！　さすがムヒョクさん」

「サムジャンってなあに？」

テラスを背に座り、黙々とパスタを食べていた香良が美佐緒に訊ねた。

「味付け味噌のこと。ほら、お店でサムギョプサル食べるとき、甘辛い味噌が出てくるでしょ。にんにくやごま油、ナッツが入っているの」

「隠し味に韓国のお味噌。そうなのね。だから、このパスタ、ムヒョクさんの手作りキムチともあうのね」

千恵子はそう言ってオリーブのキムチをほおばった。

「パスタってコーヒーと似てるね。いろんなブレンドができる。どうかな、あうのかなという組みあわせも、びっくりするくらいしっくりくるよね」

香良の言う通り。パスタの懐の深さを感じる★★★★★の仕上がり……といつもなら、素豚狂子としてエラそうに星をつける。でも、みんなの美味しい表情を見ていると、星なんてどうでもいいと思えてきた。ムヒョクといるとき、そしてこのテーブルを囲むときのあたしは藤村里子だ。素豚狂子は封印しよう。

みんなの笑顔と香ばしい匂いに刺激されたのか、ツンはムヒョクの座る椅子に前脚をかけ、舌を出しペロペロしている。

「出た。ツン、安定のエア食い。それにしても、ムヒョクさんにほんとに懐いてるんだね」

三樹子の言葉にムヒョクは頭をポリポリと掻いた。

「ツン、諦めろ。もう皿には何も残ってない」。そう語りかけたあと、「美味しかったです。ごちそうさま」と言ってペコリと頭をさげた。

「あら、まだ終わっていませんよ。食後は、あたし特製のコーヒー焼酎。三日前に仕込んだんです。

もちろんチャミスルを使っています」

あゆみがにやりと笑って言った。

「それは……」

ムヒョクがきょう一番の笑顔を見せた。

「愉しみがすぎます」

左の頬に片エクボができることを初めて知った。

❖ ❖ ❖

時は瞬く間に過ぎる。気がつけば夜の九時をまわっていた。きょうのムヒョクはよく笑った。みんなのお喋りにうなずいたり、振られる話題にひと言ふた言返したりしながら、コーヒー焼酎を三杯飲んだ。

木戸の前までみんなが見送ってくれた。

「またパスタ食べに来てください」

美佐緒に続き、香良が言った。

「よろしければ、あたしのカレーも是非」

「おばあちゃんカレーでよければ、あたしも作りますよ」

千恵子は包み込むような笑顔だ。

「いらっしゃる三日前には教えてくださいね。今度はもっとコーヒー焼酎を仕込んでおきます」

あゆみの頬は紅く染まっている。

「ほんと絶対また来てくださいね〜」

三樹子にいたっては両手で♡マークを作っている。ムヒョクは片エクボを浮かべた。

「はい。また来ます。きょうは愉しかった。ありがとうございました」

月に照らされ青白く光る木戸を開けた。コーヒー焼酎で火照った頬に夜風が心地よい。家の前の小径を歩きながら、ムヒョクの口から初めて聞いた「愉しかった」を頭の中で繰り返した。

「あ」

ムヒョクがこちらを見て急に立ち止まった。その手が伸びてきた。あ、抱き寄せられる！　胸の鼓動が高鳴った。でも、手は肩で止まった。あたしのブルゾンについていた落ち葉を取り去り、ムヒョクはまた歩き出した。突き当たりを右に曲がる。外灯のない月明かりの道でカサカサと落ち葉を踏む音だけが聴こえる。

「韓国から逃げてきた。あの国にはいい思い出なんてひとつもないと思っていた。でも……」

「でも、何？」

ムヒョクは左の耳たぶを少しひっぱりながら、言葉をついだ。

「パスタを食べて思い出した。子供の頃、オモニが作ってくれたサムギョプサルを。うちは貧しかったけど、毎年誕生日だけはサムギョプサルをたくさん作ってくれた。特製サムジャンにはオモニがすり潰したクルミがたっぷり入っていた。さっき食べたパスタも同じ味がした。あれがあんなにうまかった理由がきょうわかった」

どうして？　と訊かずとも答えはわかった。食べてくれる人のために手間ひまかけて作る。それに勝るスパイスはない。

南の空にくっきりと黄金色の月が浮かんでいる。満ちるひとつ手前、十四番目の月に照らされたムヒョクの横顔を見ながら、思わず口にしていた。

「月がきれいだね」

これはあたしの告白だろうか。

いや違う。漱石式「I LOVE YOU」ではない。今こうしてムヒョクとツンと月を眺めることができて胸が一杯だった。ただそれを伝えたかった。

「今まで月のことなんて忘れていた。本当にきれいだ」

ムヒョクは天を仰ぎ見た。

第　五　章

ターン　ターン
ターン

千恵子

観音開きの窓の先で苔玉が揺れている。根を土で包み、まわりに苔を貼りつけて作る丸い土台には紅葉やトキワシノブなど和風の植物がよく似合うと思っていた。でも、「魔女の庭」では、フォックスリータイムと組みあわせている。ローズマリー、ミント、ラベンダー、タイム、ローリエ……。胡桃山を背にした庭はハーブと苔が美しく共存している。

加藤千恵子は十五畳ほどのリビングをそっと見まわした。本当に落ち着く場所だ。ウォールナット材の板間にイギリスやデンマークのヴィンテージ家具が馴染んでいる。薪ストーブがパチパチと音を立てる中、ほんのり甘く爽やかな植物の香りが漂ってくる。ユーカリと……ベルガモットだろうか？　ここに通い始めた頃は、何やらリラックスできる香りだとしか思わなかったが、今ではどんなハーブがルームフレグランスに使われているかおおかた察しがつくようになった。

オーク材のテーブルの前で背筋を伸ばし座っているゆき先生は、人さし指と親指で麻雀牌をつまんだ。中指を牌の右側に添わすと、そのまま右まわりに回転させ、指先で軽くツンとはじくように捨てた。何を捨てたかよりもトパーズ色のマニキュアに目がいく。

番が巡ってきた。いつものことだが、手牌はパッとしない。どう仕上げたらよいものか、見当がつかない。とりあえず竹マークが二本縦に並んだ「二索《リャンソー》」を人さし指と親指でつまんだ。ゆき先生のように中指を牌の右側に添わせようとしたが、短くしなびた指ではサマにならない。張りきって塗ってきた蜜柑色のマニキュアもこうして自然光のもとで見るとすすけて見える。

「チー」

牌を捨てた瞬間、右隣に座る恩田史恵《おんだふみえ》さんがハリのある声で言った。連続した数字のメンツ、順子《シュンツ》が揃ったという合図だ。一重瞼の目が得意げに笑った。ぷっくりとした指であたしが捨てた二索を拾い「二」「三」「四」と揃った竹マークを雀卓にさらした。

「おふみったら、ずい分早く鳴くのね。そんなにがっついて、どうすんのよ？」

軽口をたたくのは史恵さんの右隣に座る倉林さんだ。一年ほど前からこの教室に通っていて、〝放課後組〟のひとりでもある。その縁で、あたしもここに通うようになった。

❖
❖
❖

年が明けてしばらくしてからのことだった。おうちカフェのケヤキのそばで花をつけ始めた水仙を眺めていると、コーヒーを飲みに来ていた倉林さんがカップ片手にそばまで寄ってきた。

「千恵子さん、千恵子さん」

倉林さんが二度続けて名前を呼ぶときは何か企《たくら》みがあるときだ。

「前から思っていたんだけど、千恵子さんって草花がほんとにお好きよねぇ。実は、二階堂に、ちょっと素敵なハーブ教室があるのよ。レッスン料は月たったの千五百円！　火、水、木の午前十時からか、午後一時から。好きな日を選べばいいの。よかったら、ご一緒にいかが？」

「ハーブ？　まぁぁ、せっかくのお誘いだけど、あたしは和モノの植物のほうが好きなのよ」

そう言って首を横に振った。七十四歳にもなって、新しい習いごとをするのも億劫だった。大船に住む息子夫婦に家を追い出されて住むようになったおうちカフェでも、なかなか居場所が持てなかった。ようやく馴染んできた暮らしには満足している。これ以上、新しい人間関係を増やしたくなかった。でも、簡単に引きさがる倉林さんではない。

「まぁまぁ、そう言わず。ハーブ教室の先生がほんとに素敵なんだからぁ。もうあたしたちシルバー女子の星よ。気が乗らないなら、見学するだけでもいいの。ね、モノは試し。一度、行ってみない？」

この分だと、会うたびにしつこく誘われる。とりあえずビジターということで一度参加し、倉林さんの顔を立てることにした。

「よかったぁ。じゃあ、善は急げ。明日にでも行ってみない？」

倉林さんの勢いに圧《お》されて翌日、見学に行った。鎌倉の奥座敷と言われる二階堂を訪れるのはひさしぶりだった。バスを降り、二階堂川に沿って谷の奥へ向かった。しばらく歩いて一本横に入った静かな道沿いにテラコッタ色の三角屋根の古民家があった。木枠の引き戸を開けると、長身の女性が出てきた。

「あなたが加藤千恵子さん？　はじめまして、和泉田ゆきです」

心地よく低い静かな声だった。菫色《すみれいろ》の髪。墨色のコットンニット。バレエでもやっていたのだろうか。細身のジーンズをはいた脚は真っ直ぐに伸びていた。引き戸の横にかかった木製プレートを改めて見た。〈Witch's garden〉（魔女の庭）と書かれている。中世ヨーロッパではハーブの知識が豊富な女性が町の診療所で治療にあたっていた。一方で聖職者たちからは目障りな存在「魔女」として迫害された。その汚名をあえて教室の名に冠する女性の第一印象は「善良な魔女」。凛とした風情ある年齢不詳の女性だった。

その日のレッスンはハーブの花束「タッジーマッジー」の作り方で、ハーブティーを飲みながらミント、レモンバーム、フェンネル、ディルなどの効能について教えてもらった。横道に逸れながらも、レッスン内容は充実していた。何より、ゆき先生のキビキビとした立ち居振る舞いに惹かれた。この年になったら、身綺麗にしてあとは自然に枯れていけばいいと思っていた。でも、ゆき先生を見ていると欲のようなものが出てきた。こういう人に週一回でも会って刺激を受ければ、自分も残りの人生を健やかに、もっと彩りを持って過ごせるんじゃないだろうか。ビジターと言わず、ここに通ってもいいかな。そう思い、帰り仕度を始めたときだった。

「あれ、もう帰っちゃうの？　千恵子さんは放課後組と聞いているわ」

「放課後組？」

「そう、お愉しみはこれからよ」

悪戯っぽく笑うと、ゆき先生はウインクをした。そのうしろで倉林さんたちがテーブルの上にグリーンのマットを敷いている。なるほどそういうことだったのか。夫が生きていた頃、何度か倉林さんの家で麻雀をしたことがあったのを思い出した。

「倉林さんったら、あたしのこと麻雀の人数あわせのために誘ったの？」

「あらま、バレちゃった？　そうなのぉ。実はメンバーのひとりが介護施設に入っちゃって。植物に興味もあって、麻雀ができる……そうなると、真っ先に千恵子さんのことが頭に浮かんじゃったってわけ」

ずい分、熱心に勧誘してくると思ったら……。一杯食わされた。でも、笑って許せるほどに、いや、むしろ感謝したいくらいに、ハーブクッキーを賭けた麻雀は愉しかった。

❖　❖　❖

次に順番がまわってきたときはどれを捨てようか、手牌を睨んでいると、キッチンから角野《すみの》玲子《れいこ》さんがハーブティーを運んできた。

「みなさん、ゲームは進んでいる？」

御年七十五。名は体を表すのか、ホームベース形の角ばった輪郭。肌艶がよいせいか、若々しく見える。ただ今、放課後組見習い？　でみんなのゲームを見ながら覚えていきたいそうだ。麻雀の腕はまだまだだが、ハーブの調合はお手のもの。みんなが行き詰まってきた頃合いを見計らって、いつもその場にぴったりのハーブティーを淹れてくれる。キッチンの食器棚にはゆき先生が集めてきたロイヤルコペンハーゲンの器が並んでいる。きょうはイヤーマグだ。玲子さんは三つのカップをテーブルの傍らに置き、ゆき先生には専用カップを渡した。

「あらま、ラッキィ。これ、美佐緒の生まれ年じゃないの」

そう言って倉林さんは黄色いフルーツのモチーフが描かれたカップに手を伸ばした。紺色の木の枝の中に「１９７６」と数字が浮かんでいる。

「やーねぇ、倉林さん。他のふたりを差し置いて。それぞれ違う絵柄なんだから選ぶ愉しさを独占しちゃダメでしょ」

ゆき先生が笑いながらたしなめると、倉林さんはぺろりと舌を出した。

「あら、やだ。あたくしったら、ごめんあそばしませね」

「なーにがごめんあそばしませよ。ぶちゃこったら、昔から自分勝手なんだからぁ」

倉林さんとは短大時代からのつきあいだという史恵さんは旧友を昔のあだ名で呼ぶ。名前の「房子」がなまって「ぶちゃこ」になったらしい。

ふたりのやりとりを微笑みながら見ていたゆき先生は長い指で頬をさした。

「あたしはこれしているから、お茶はもう少ししてからいただくわ」

十分ほど前からシートマスクをしているので喋りにくそうだ。

「史恵さん、千恵子さん、好きな年代を選んで」

反射的に息子の草太《そうた》の生まれ年を探したがなかった。なくてもいい。あたしを捨てた親不孝者だ。

「史恵さん、どうぞお先に」

「あら、千恵子さん、いいの？　じゃああたしはこちらで」

史恵さんは野菊の中に「１９７９」と書かれたカップを手にした。

残ったカップはサイケデリックな模様に白抜きで「1978」と書かれている。この年は何があったんだっけ？　家事や育児に忙しかった時期で何も覚えていない。

「じゃあ、ゲームは始まったばかりだけど、ちょいと休憩！」

そう言って倉林さんは愛娘の生まれ年のカップを傾けた。

「うん、美味しい！　このスーッと感がいいわ」

「きょうはローズマリーにほんの少しレモングラスとユーカリをブレンドしてみたの」

テーブル脇のレザーのソファに座った玲子さんが説明してくれた。ひと口飲んでみた。かすかにクセのある清涼感が胸もとをおりていく。

「ローズマリーはリフレッシュ効果が高くて、集中力も出てくるの。古代ギリシャでは学生たちがローズマリーの冠をかぶって勉強したそうよ。じゃあ、あたしもハーブブレイクしようかしら」

そう言ってゆき先生はシートマスクをはがした。市販のシートマスクをローズマリーの手作り化粧水に浸したものだ。思わず視線がその顔へと向かう。八十二歳のスッピン。二重の幅が広い大きな目の端には深いシワが刻まれている。頬にはソバカスもある。でも、艶やかでハリがある。

「あらま。前回だったかしら。先生がレッスンでおっしゃってた『ローズマリーは若返りのハーブ』ってほんとですね」

史恵さんの言葉にあわせるように、倉林さんも身を乗り出してきた。

「ほんと、ツルッツルのツヤッツヤ！　あたしも帰ったら早速そのパックしなくちゃだわ。ローズマリーってたしかロシアの女王さま、ジジだったかしら？　彼女が重宝したっていうじゃない？

ゆき先生、その女王さまにも負けない美しさだわ」

「倉林さん、それを言うなら、ロシアじゃなくてオーストリア＝ハンガリー帝国、エリザベート皇妃のことね。愛称はジジじゃなくてシシィよ。ちなみにヨイショしたって何も出ませんからね」

ゆき先生はパックしたての顔にシワを寄せて笑った。

「まったくぶちゃこは。昔からなんでも、うろ覚えなんだから。そういや、うろ覚えといえば、うろ覚えのこともうる覚えって言ってたでしょ」

「やめてよぉ、おふみ。あんたは肝心なことは忘れるくせに変なことだけ覚えてるんだから」

倉林さんは隣に座る史恵さんを肘で突いた。

「若返りのハーブティーを飲まなくても、ふたりは短大生のままね」

ゆき先生は目を細めると、カップを傾けた。愛用しているブルーフルーテッドのカップの持ち手には魔王の顔がついている。魔除けの意味があるらしい。繊細なブルーで彩られた魔王が護ってくれているのか。老いという魔も軽やかにかわしているように見える。

「それにしてもエリザベートって今でいう美容おたく？　アンチエイジングに命をかけててずっと若さを保ち続けたんだとか。その甲斐あって還暦過ぎて隣国ポーランドの二十歳年下の王子様にプロポーズされたって話。長く豊かな髪が自慢で、毎日三時間もかけて特製シャンプー使ったり、ブラッシングしたり。なんだか執念を感じるわ。あたしもそれくらいかけてマッサージしたら、この輪郭もなんとかなるかしら」

ソファに座っていた玲子さんがホームベースのように角ばったエラを引っ張りながら言った。

「ほんとエリザベートってすごいらしいですね。仔牛の生肉を使った美顔パックをしたり、オリーブオイルのお風呂に入ったり」

そう言いながら、頭をフル回転させた。あとは何があったかしら。その昔、皇妃エリザベートの美に対する執着について書かれた本を読んで、感心するやら呆れるやら……。でも、詳しい内容は忘れてしまった。

「ひやぁ〜、生肉ですって？　千恵子さん、エリザベートさんはパックのあと、それ、そのまま食べたのかしら」

倉林さんが丸い目をパチクリさせた。

「さぁ、あたしが読んだ本にはそこまで書いてなかったような。でも、ウエスト五十一センチの体型が崩れないようにダイエットにも励んでいたそうですよ。肉汁だけ卵白だけって液体だけを飲む日も多かったとか」

ゆき先生はカップを傾けながら首を横に振った。

「肉汁だけ？　すっごく不味《まず》そう。あたしはそんな無理してまで若返ろうとは思わない」

そこまで言うと、透き通った瞳でこちらを捉えた。

「ところで千恵子さん、さっきから何をそんなにじろじろ見てるの？　あたしのスッピン、そんなに面白い？」

「いえ、そんな」

咄嗟に首を横に大きく振っていた。

「むしろ見惚れていたんです。あたし、七十四歳にもなってこんなふうに年を重ねていきたいと思う先輩に出会えたことが嬉しくて。憧れます、ゆき先生みたいな生き方に」

ゆき先生は力が抜けたように笑った。

「やーね。憧れるなんて、小娘のすることよ」

「……すみません。年甲斐もないこと言ってしまって」

なんで自分は「憧れ」なんて言葉を使ってしまったのだろう。憧れとは違うのだ。ゆき先生というとなにか大きなものに護られているような気がしてくる。明日もまた健やかに生きていける力を貰っているような……。この思いをどうしてうまく言い表せないのだろう、もどかしさに唇を嚙みたくなる。

「別に謝ることないわ。でも千恵子さんったら、一生誰かに憧れているつもり？　いい加減、開き直って自分の好きなようにおやんなさいよ。さてと、そろそろゲームを再開しましょうか」

ゆき先生の言う通りだ。自己嫌悪。ため息が漏れそうになったが、手牌を睨んでいた倉林さんのほうが先に大きく息をついた。

「あ〜、嫌んなっちゃう。いざ現実に戻ると厳しいわぁ」

そう言いながら「八萬《パーマン》」を捨てた。麻雀は性格が出るというが、倉林さんの表情を見ていれば、なんとなく手牌も読めてくる。

「ロン！」

みんなが一斉にその手もとを見る。その涼やかな声に玲子さんまでソファから立ちあがった。ゆき先生は優雅に手牌を倒した。八萬を加えると、十四枚すべてが漢数字に萬の字が書かれた萬子《ワンズ》で染まっている。

「あらま、あたしの捨て牌で。ゆき先生ったら憎たらしい」

倉林さんは目をパチクリさせながら、ゆき先生とその手牌を見比べた。史恵さんも感心したように首を振る。

「へぇぇ。これが清一色《チンイーソー》って言うんですね。こうして見ると、壮観だわ。すごいっ。ゆき先生ってやっぱり〝持って〟ますよね」

玲子さんは自分で自分の言葉にうなずきながら、続けた。

「千恵子さんじゃないけど、あたしも憧れるわぁ。だってゆき先生いくつになってもお綺麗でその上、運までよくて」

「そうだわ、そうだわ。あたしも同感！」

倉林さんも大きくうなずいた。ゆき先生は口を一文字に結んで腕ぐみした。

「もう、よしてよ、倉林さんまで。あたし、運なんて少しもよくないわ。雨女だし、くじ運も弱いし。ただ、運の飼いならし方が少しうまいだけ」

「なんですか、運の飼いならし方って？」

史恵さんに先を越されてしまった。同じことを訊きたかった。

「質問に質問返しもなんだけど、みんなの好きな役満はなあに？」

「あたしは緑一色《リューイーソー》。だって、緑がずらーっと並ぶと綺麗じゃないですか」

「あら、そうなのぶちゃこ。あたしもよ。まぁ、この感じじゃ死ぬまでにお目にかかれるかどうかわかんないけど」

史恵さんは遠い目をして言った。

「あたしは字一色《ツーイーソー》。こう見えて漢字好きなんですよ。だから字牌がずらーっと並ぶと、なんだかロマンを感じちゃう。千恵子さんは？」

玲子さんにそう訊かれても、咄嗟に答えが浮かばない。いつも目の前に並ぶ手牌のことでいっぱいいっぱいで好きな役満なんて考えたこともなかった。

「すみません。思いつかないわ」

ゆき先生はこちらを見て言った。

「千恵子さん、いちいち謝らなくていいのよ。でも、好きな役があると、ゲームはもっと愉しくなるし、玲子さんの言うようにロマンを感じるわ。ちなみにあたしが好きな役満は国士無双《こくしむそう》よ」

「あらま、そうなんですか」

倉林さんが丸い目をしばたたかせながら言った。

「ゆき先生のことだから、もっと華やかな――そうねぇ、幻の役満、九連宝燈《チューレンパオトウ》なんかがお好きかと思ったわ」

「あらそう？　あたしは昔っから国士無双一筋よ。そこでさっきの質問の答え――運の飼いならし方につながるんだけど、国士無双って十三種類の幺九牌《ヤオチユウパイ》をすべて揃えればあがれるでしょ。英語じゃ thirteen orphans――捨てられた孤児たちって言うけど、いつもはまったく目立たないのに見捨てられたものたちがすべて集まると、大きな力になってご褒美をもらえる。そこにロマンを感じるわ。どんな辛い運命がめぐってきても、考え方次第でプラスに転じるものよ」

「なるほどねぇ」

倉林さんはゆき先生の言葉に文字通り、膝を打ちながらうなずいた。

「言われてみれば、国士無双ってロマンチックですね。バラバラのように見えても、打ち手の考え方次第で役満になるってことか。♪マイ　ベビベビ　バラバラ　バラバラ　バラバラ　バラバラ」

「なんなの、ぶちゃこったらいきなり」

史恵さんは口をあんぐりと開け、倉林さんを見た。

「やーね、おふみ忘れたの？　昔スパイダースが歌ってたじゃない。♪マイ　ベビベビ　バラバラって」

「そうだっけ？　あたしはタイガースに操を捧げてたから」

「そうなの？　史恵さん。あたしも♪バラバラ　バラバラは好きだったわ。って言ってもあたしはマチャアキやジュリーよりもショーケンが好きだったけど。さ、お喋りはこの辺にして、またゲームを始めましょう」

ゆき先生は牌を混ぜ始めた。そこにみんなの手が加わる。牌をかき混ぜる音が竹林の雀の鳴き声に似てるから麻雀と呼ばれるようになったと聞いたことがある。以前はジャラジャラと猥雑な感じがして好きじゃなかった。でも、ゆき先生の手にかかると本当に囀りに聴こえてくる。

鉛色の雲が空を覆っている。冷たい海風が首筋を滑っていった。咄嗟に前屈みになり菫色のストールを巻きなおした。手の甲が冷たい。本格的な冬が始まった。

「きょうはお昼を過ぎてからのほうが冷えるわね」

頭ひとつ背の高いゆき先生は、背筋を伸ばし歩いていく。寒風さえもさらりと受けとめるかのようだ。その姿を横目で見ながら、縮こまっていた背中をさりげなく元に戻した。

「ダメですねぇ。年を取ってくると、ちょっと冷たい風が吹いただけで泣きたくなってくるんです。あたしを苛めないでって」

人通りの少ない道に鈴のような笑い声が響いた。

「やーね。千恵子さんったら。あたしよりずっと若いのに、おばあさんみたい」

やや外股に歩くゆき先生はこちらを見る。最近気づいたのだが、その澄んだ瞳は黒というより胡桃色に近い。

「ゆき先生、おばあさんかどうかは年齢とは関係ないんです。気持ちです。あたしはその気持ちがダメ。もうずっと前から枯れているんです。だから、先生のように華がある人を見ると、素敵だなぁって。こんなに寒い日でも颯爽と歩いていてらっしゃって、ほんと見習いたいんです」

「やーね」

ゆき先生は呆れたように肩をすくめた。

「この前も言ったでしょ。憧れるとか、見習うとか、いい年しておよしなさい。あたしはそんな御大層な人間じゃないわ。ただ冬が好きなだけ。ねぇ、知ってる？『冬が来た』って詩」

「え、ああ、そういえば、どこかで聞いたような」

「きっぱりと冬が来た
八つ手の白い花も消え
公孫樹の木も箒になった――」

ゆき先生は「箒」となった民家の庭木を眺めながら続けた。

「――冬よ、あたしに来い、あたしに来い
あたしは冬の力、冬はあたしの餌食だ――」

人通りの少ない道によく通る声が鈴のように響く。思い出した、この詩は高村光太郎のものだ。ゆき先生は「僕」を「あたし」に代えて諳《そら》んじた。

「追い風よりも厳しい向かい風のほうが好き。この冷たさがいいのよ。そのほうが身が引き締まるから」

「そうなんですね。あたしは向かい風が吹くと立ち止まってしまう。もうどうしていいか、わからなくなるタイプですね」

「あたしは、まぁ、天邪鬼《あまのじやく》なんでしょうけどね。でも、冬には強くても、方向はからきしダメね。このスマホの道案内がどうにも苦手なのよ」

ゆき先生は立ち止まって、スマホを上下にひっくり返した。

「う〜ん、たしかこの辺だけど。おかしいわね。経路案内だと〈北に向かってその先を右〉って。あれ、位置情報をオンにしてなかったかしら？」

「魔女の庭」の放課後組のひとり、玲子さんからゆき先生のLINEに連絡があったのは昨日の朝のことだ。〈ドジって怪我をしちゃいました。今週はお休みします（涙）〉というメッセージとともに傷だらけでため息をつくスヌーピーのスタンプが押してあったという。玲子さんは五年前に夫に先立たれ、材木座でひとり暮らしをしている。不測の怪我で何かと不便だろうと、見舞いを思い立った先生に誘われて、ここまでやって来た。

「すみません。あたしもものすごく方向音痴で」

前もって場所を調べておけばよかった。こんなとき、道案内ができればいいのに。不甲斐なさで胸がいっぱいになる。

「いいのよ、あたしが誘ったんだし。あ、わかった。こういうことか」

ゆき先生はスマホをさらに半回転させてうなずいた。

「多分こっち。この先を右に曲がったところみたい。ずい分と海に近かったのね」

国道134号の先に空色鼠《そらいろねず》の空が見えてきた。ワンブロック手前の脇道を右に入って道なりに少し歩いたところに玲子さんが住むマンションがあった。小さなエレベーターで三階まであがった。向かった先は角部屋だった。インターフォンを押して出てきたのは、ひと目で玲子さんの親族とわかる、ホームベース形の輪郭の女性だ。

「母がいつもお世話になっております、娘の志穂《しほ》です。狭いところですが、どうぞおあがりになってください」

志穂さんについて、先生と短い廊下の先のリビングへと向かう。志穂さんがドアを開けてくれた。淡い緑を基調にした部屋はすっきりと片づいている。ダイニングテーブルを前に玲子さんが座っていた。背後の壁には、どこかで見たことのある日本画が額に入れて飾ってある。買い物かごを手に日傘をさした母、両手で黄色い傘を持ち上げている幼い娘、柴犬が一列に並んで歩いている絵だ。テーブルには絵の柔らかい色調にあう、萌黄色にところどころ山梔子色《くちなしいろ》が入ったパッチワークのクロスがかかっている。外は寒空だが、陽だまりのような温かさが漂っている。

「まぁまぁ、ゆき先生。千恵子さんまで。遠いところ、ありがとうございます。どうぞそちらに座ってください。かえってご心配おかけしちゃって」

千恵子の右隣に腰をおろしたゆき先生が玲子さんの顔をのぞき込んだ。右頬に大きな赤紫のアザができている。

「あら、痛そう。いったいどうしちゃったの？　『魔女の庭』皆勤賞の玲子さんがお休みだなんていうから、気が気じゃなかったんだから」

玲子さんは肩をすぼめた。

「それが……。ほんとお恥ずかしい。家を出た瞬間、段差もなんにもないところで足が絡まっちゃってあわわわわって。マズイッと思う間もなくアスファルトに直撃。咄嗟に手をついたらこの有様ですよ」

そう言って玲子さんは両手を開いてこちらに見せた。手首に近いところに大きなバンドエイドが貼ってある。

「実は膝も打っちゃって。スマホは無事だったからその場で近くに住んでるあの子に電話して——」

そう言ってカウンターキッチンの奥でお茶を淹れている娘の志穂さんを見た。

「車で整形外科に連れて行ってもらったら、足腰の骨は異常なしだったんでホッとしました。痛みもね、ほとんどないんです。ただ、顔がこれじゃねぇ。わかってはいるんですよ、あたしのことなんて誰も見やしないって。でも自意識過剰と言われても、やっぱり表を歩くのは憚《はばか》られて」

「そりゃそうですよ。顔にアザができたら……あたしだって表には出たくないわ。ほんと災難でしたねぇ」

もしも自分だったら、表を歩くどころかお見舞いに来られるのも嫌だ。押しかけて悪かったかしら……。

「千恵子さんったら、あなたがそんな暗い顔してどうするの？　でも、よかったわ、思ったより元気そうで。お薬はじゅうぶん足りてるでしょうけど、よかったらこちらも使ってくださいな」

ゆき先生は山葡萄のカゴバッグから若竹色の紙袋を取ると差し出した。

「あ、これってもしかして」

玲子さんの顔がぱっと明るくなった。

「ゆき先生、失礼して開けてもいいですか」

「もちろんよ」

袋から茶色い遮光瓶と丸い容器を取り出し、「うわぁ、ありがとうございます」と目を輝かせた。

「その精油、イモーテルとラベンダー、ユーカリをブレンドしてみたわ」

イモーテルはデイジーに似た黄色い花で、別名ヘリクリサム。生花の茎がカレーに似た匂いがするのでカレープラントとも呼ばれている。「魔女の庭」に通うようになって、初めてその存在を知った。

「洗面器に水を張って三〜六滴入れて、タオルを浸して絞ってから患部に当てて。それからこの容器の中は同じ成分のジェル。打ち身にはこれがいちばんよ」

ゆき先生の言葉にうなずきながら、玲子さんは遮光瓶のフタをあけた。

「ああ、もうこの匂いだけで腫れが引きそう。ありがとうございます」

「ほんとお大事にね。あたしが先に渡しちゃったけど、千恵子さんからもお土産があるそうよ」

ゆき先生が笑顔でこちらを見た。

「すみません。昨夜思いついて作ってみたの。あまり出来はよくないけど、よかったら寝室にでも置いてください」

ウィリアム・モリスのいちご泥棒柄の色紙で作った袋を玲子さんに差し出した。中には蜜蠟をベースにラベンダーとユーカリの精油で香りづけをしたプレートが入っている。

「まぁまぁ、ありがとうございます。あらっ、きれいなサシェ」

玲子さんは掌サイズのプレートを顔に近づけた。

「あ〜、癒される匂い。こういうのはやっぱり他人様《ひとさま》から貰ったほうが嬉しいわぁ、ありがとうございます。ほら、この年になるとすぐ目が覚めちゃうでしょ。でも、これ枕もとに置いてたら安眠できそう」

「寝室はそちら？」

ゆき先生は座ったまま振り返り、背後の引き戸を見て言った。

「ええ、六畳間にベッドだけあるんですけどね。天気のいい日は窓から海がよく見えて気持ちいいんです」

リビングのむこうに目をやった。空色鼠の海にウィンドサーフィンのボードがカラフルな帆を立てて並んでいる。それにしてもいい立地だ。いったいどのくらい出せばこんな部屋が手に入るのだろう。

「――あの、すみません。立ち入ったこと訊くようだけど、こちらの家は買われたんですか」

我ながら、不躾《ぶしつけ》な質問だと思う。でも、夫に先立たれ年齢も変わらぬ玲子さんの暮らしぶりがずっと気になっていた。

「そうなの、知りあいの伝手で相場よりずっと安く手に入れたの。夫と住んでいた二階堂の家はひとりで住むには広すぎて。最初は賃貸も考えてたんだけど、この先、毎月十万円近いお家賃を払い続けていくっていうのもなんだかねぇ。ここなら築年数も浅いし。あたしにもしものことがあったときは売るなり、賃貸に出すなりできるかなぁと思って。そのかわり貯金はかなり減ったから、残りの人生は年金十五万円でやりくり。プチプラ生活を愉しんでいるわ」

お互い境遇が似ていることを知っているので、玲子さんも嫌な顔ひとつせず質問に答えてくれた。

「プチプラ生活か。いいわね。安物って言うともの哀しいイメージだけど、プチプラって言うと軽やかに聞こえるわ」

ゆき先生は微笑んだ。

「ええ、ええ。セール品のサバ缶を使ってレシピをいろいろ考えてみたり。持っていた服や着物をリメイクしたり。そうそう、このクロスもね、古い服をほどいて作ったんです」

そう言って玲子さんはテーブルクロスを撫でた。

「プチプラ生活はあたしも大賛成なんですけどね。何もわざわざマンションまで買わなくても……。一緒に住もうよって言ってるのに母は言うこと聞かないんです」

志穂さんがテーブルに茶菓子を置きながら話した。

「夫は埼玉出身で三男なんですよ。自分の親の面倒は他のきょうだいがみてくれるから、母と同居するのは全然ＯＫって。なのに、意地っぱりなんだから」

母親の隣に腰かけながら、その横顔を見る。

「いやよ、あんたのことだから、甘い言葉で一緒に住まわせておいて、いざとなったら孫の面倒を押しつけてくるつもりでしょ」

「また、そんなぁ」

志穂さんは呆れたようにため息をついた。

「冗談はさておき。あたしは姑《しゅうとめ》の介護で大変だったしね。間違っても娘にそんな思いはさせたくない。動けるうちは、ひとりで気楽に暮らしていくつもりです。あら、お茶。冷めないうちにどうぞ」

「美味しい。これは高山烏龍茶？　ほのかに金木犀の香りがする」

「桂香包種茶《けいかほうしゅ》です。あたしハーブティーの次に台湾茶に凝ってて」

ゆき先生は台湾茶をひと口飲んで、シノワズリのカップに描かれた金魚のような鯉のような魚を目を細めて眺めながら言った。

「カップも素敵。これ、ヘレンドの……たしかポアッソンだったかしら」

ゆき先生の言葉に玲子さんは嬉しそうにうなずいた。

「ええ。昔、主人とハンガリーに行ったとき買ったものなんです。前の家にいたときはお客様用だったけど、今はふだん使いしてるわ。節約はしても心は贅沢ってね。あ、この鳳梨酥《パイナップルケーキ》、娘の差し入れだけど、お茶とよくあうの。召しあがってください」

勧められるままにフォークを入れ口に運んだ。台湾茶の花のような香りがパイナップルの甘酸っぱさを引き立てる。

「ほんと、美味しい」

思わず口に出した。

「でしょう。よかったらおかわりしてね」

玲子さんはそう言って半分ほど皿に残った鳳梨酥をまるごと口に入れた。

「もうお母さんったら、また大口で。どうして、そう早食いなの？　血糖値があがるし、誤嚥《ごえん》でもしたら、どうすんのよ」

志穂さんは隣の母親を肘で突いた。

「あー、うるさい。だから、この人とは暮らしたくないのよ」

玲子さんが笑ってバンドエイドを貼った手を横に振る。

一緒に住もうと言ってくれ、健康を気遣ってくれる。家から追い出したうえに、小遣いをせびる以外は連絡も寄こさない、うちの草太とは大違いだ。こんな娘が欲しかった。笑顔が消えないように仲良し母娘を見つめるのが精一杯だった。

❖ ❖ ❖

二、三十分ほど雑談をしてゆき先生と一緒に玲子さんの家を出た。来た道を戻って、車が行きかう小さな通りに出る。寒空などものともせず二羽の鳶《とび》が輪を描いて飛んでいる。
「あの、このあと少しお時間ありますか」

颯爽と歩くゆき先生はこちらを見て微笑んだ。

「ええ、時間ならおつりがくるほどあるわ」

「よかったら、コーヒーを飲んで行きませんか？　すぐそこにシェアハウスの仲間のあゆみさんが勤めている店があるんです」

昔から人を誘うのが苦手だった。断られたとき、自分を否定されたような惨めな気分になるから。

でも、きょうはこのまま家に帰りたくなかった。玲子さん母娘の仲のよさを目の当《ま》たりにして、心がざわざわしている。顔に赤紫のアザまで作った玲子さんの容態より、その環境に嫉妬している自分が嫌だった。願わくばゆき先生とお喋りでもして気持ちを整えてから家に戻りたい。

「あゆみさん？　ああ、よく倉林さんや千恵子さんの話に出てくる美人さんね。そのお店ってたしか香良さんの叔父さんがやってるんでしょ」

「ええ、あたしは月に一回顔を出す程度ですけど、とっても美味しくて。おうちカフェで香良さんが淹れてくれるコーヒーもそこで焙煎した豆を使っているんですよ」

入居した当初はコーヒーが苦手だった。苦いばかりで少しもその美味しさがわからなかった。アカの他人との共同生活に疲れを感じ始めた春のある日、香良に「口に含んでゆっくり味わってみては」とハチミツ入りコーヒーを勧められた。最初はあまりピンとこなかった。でも、日を重ねていくうちに苦みの奥に花や果物の風味が潜んでいることに気がつき、ブラックで飲むようになった。同じ豆でも挽き方や温度でその味わいは変わってくるとわかった頃には、一杯のコーヒーは何よりの愉しみになっていた。

「それは期待できるわね。おうちカフェでいただいたコーヒーも絶品だったもの」

海を背にワンブロックほど歩いて、脇道を入っていくと、見慣れた青い看板が見えてきた。入り口に置いてある鉢植えのミモザの蕾はまだ小さく青々としている。花のかわりに鮮やかな黄色い自転車が止まっていた。

木枠のガラスに〈DANS LE VENT〉と書かれた扉を開ける。ドアベルのカランという心地よい音とともに焙煎したての豆の香ばしい香りに包まれる。一枚板のカウンターの中にいたあゆみがこちらを見た。

「あら、千恵子さん。いらっしゃい」

大きな瞳が笑った。

「ごめんなさい、突然に。近くまで来たものだから」

カウンターには先客がひとり。赤茶けた髪の中年女だ。白いジーンズに包まれた贅肉のない脚をくみ、ふんぞり返るように座っている。あまり関わりたくないので窓辺のテーブル席に腰をおろした。ほどなくして伽羅色《きゃらいろ》のエプロンをかけたあゆみがカウンターに置いてあったメニューを持ってきてくれた。

「あら、わざわざすみませんね」

「いえいえ、千恵子さんは特別です」

「そう言ってもらえると嬉しいわ。こちらは――」

あゆみは花のように笑った。

「――ゆき先生ですよね。お初にお目にかかります。道永あゆみです。いつも千恵子さんから魔女の庭のお話はうかがっています」

「そうなの？　あたしもあなたのお話をうかがっているから、初対面じゃないみたい。このメニュー、あなたが書いたの？」

「ええ、子供みたいな字でお恥ずかしいかぎりです。上の三つは定番のもの。真ん中が季節のコーヒー。いちばん下が本日のブレンドになっています」

エプロンと同じ伽羅色のメニューには、それぞれのコーヒーの味の説明が三、四行、ほどよい大きさで書かれている。

「ううん。味があって素敵な字。コーヒーの説明もすごく美味しそうで、そそられるわ。ゆっくり選ばせてもらいますね」

「そのメニュー書き、あゆみちゃんの朝のルーティンなんです。定番コーヒーも毎日少しずつ文言が変わっている。僕が焙煎しているでしょ。その脇でものすごく真剣な顔して書いてるんですよ」

カウンターの奥から店長の忠人《ただひと》が話に割り込んできた。定期的におうちカフェに豆を配達してくれるので、住人たちとは顔馴染みだ。

「彼女が休みの日はメニューがいまいちってお客さんに怒られちゃうんだから」

そう言って笑う目もとはどこか香良と似ている。グレーのニットに茄子紺《なすこん》のエプロンが似合っている。

「そんなことよりさぁ、たぁくん――」

忠人はまだ何か言いたげだったが、カウンターの女が遮るように話しかけてきたので、そちらに向き直った。

「素敵な方だから人気者なのね」

ゆき先生が小声で囁くと、あゆみは肩を小さくあげカウンターに戻っていった。こちらはバッグから老眼鏡を取り出したが、ゆき先生はいつものように姿勢よく、裸眼でメニューを見た。

「ここは、どのコーヒーも魅力的に説明されていて、悩んじゃうわ。う〜ん。でも、やっぱりこれかしら。『雪の中でも咲く黄色い〝梅〟、蠟梅。その透明感と香り高さ。早春の息吹を感じられる』——このコロンビアのエルパライソがいいわ」

そう言って季節のブレンド〈黄色い梅—Winter sweet〉を指さした。そうきたか。自分はメニュー選びひとつ取っても冒険ができない性質《たち》で、前にここで飲んだコスタリカにしようかと思っていた。それでもゆき先生が飲むと聞いて〈黄色い梅〉に一気に気持ちが傾いた。

「あの、あたしも同じものでもいいでしょうか」

「ええ、もちろんよ」

「すみません、あたし、こういうとき必ず相手と同じものを選んじゃうんです。あとでそっちがよかったなって後悔したくないから」

「千恵子さんったらいつも謝ってばかり。『すみません』を『ありがとう』に置き換えてみたら？」

「え、でも、今の会話だとやっぱり『すみません』のほうがしっくりきませんかしら？」

ゆき先生はふふっと笑った。

「生真面目なのね、千恵子さんは」

よく言えば真面目だが、見方を変えれば陰気で融通がきかない性質なのだ。そういえば、夫が『『すみません、すみません』と謝りすぎなんだよ。プライドが高いおまえがそう謝ってばかりいると、かえって慇懃《いんぎん》無礼に見えるぞ』と言っていた。同じアドバイスでも、ゆき先生のように優しく言ってくれればこっちも素直になれたのに。

「黄色い梅をふたつお願いします」

カウンターに向かって言った。忠人は軽くうなずく。波模様のマグカップをふたつあゆみに手渡してから、目の前に座っている女に話しかけた。

「お客さまも、コーヒーおかわり、いかがどすか？」

「あ、出たよ～。たぁくんの、ぶぶ漬けがわりの〝おかわり〟攻撃」

しゃがれ声で拗《す》ねたように言うと、女は頰を膨らませた。

「さすがにもういいだろ。コーヒー一杯で一時間半は粘りすぎだぞ」

「わかったわよ。ったく、たぁくんは常連客に冷たいんだから」

そう言って青いトートバッグを肩にかけスツールからおりた。

「また明日も来て粘ってやる。じゃあね」

憎まれ口を叩いて、出口に向かう途中、女がなにげなくこちらを見た。

「あれ」

そう言って立ち止まると、ゆき先生をまじまじと見た。

「あの、もしかして――。碧《あおい》くんのママ？」

あおいくん？　ママ？　思わず、ゆき先生と女の顔を交互に見た。ゆき先生は顎に手をあて、記憶を辿るように瞳をめぐらせた。

「ああ、あなた。……ミズエさんだったかしら」

「うわぁ～」

静かな店内にしゃがれ声が響く。

「やっぱりぃ。何十年ぶりかしら。あいかわらず素敵でいらしてびっくりです。うちのママなんてもうボロボロですよ。あの、元気ですか、碧くんは」

「え、ええ」

女の勢いにさすがのゆき先生も気圧《けお》されたようにうなずいた。

「今、ロンドンの大学で研究員として働いているわ」

「そうなんですかぁ。碧くん、秀才でしたからねぇ、昔から。ちなみに何の研究してるんですか」

「森林科学。あたしには難しくてよくわからないんだけどね、森の再生みたいなことを研究してるみたい」

「へえぇ。さすが。流行りのSDGsですね。ちなみに碧くんの奥さまは外国人？」

「いいえ、あの人は今でも独り身よ」

「うわぁ、あたしもバリバリの独身です。あの、もし帰ってくることがあったら、ミズエがよろしく言ってたとお伝えください」

「はいはい。しかと伝えます」

「ほんとお目にかかれてよかったです。じゃ、たぁくん、またねぇ」

ミズエと名乗る女はひらひらと手を振って出ていった。荒々しくドアを閉めたせいで、ドアベルがじゃりんと濁った音を立てた。

「やれやれ。やっと静かになったわね」

ゆき先生は片手で頬づえをついた。

「ええ」

そう答えてみたが、少し心がざわついていた。考えてみれば、ゆき先生は八十を過ぎているのだ。中年の息子がいてもおかしくはない。でも、なぜか勝手に生涯未婚だと思い込んでいた。いや、独り身であってほしかった。本当に自分勝手だと思うが、孤独という共通点を持ちたかったのかもしれない。

「お待たせしました」

あゆみがコーヒーを運んできた。

「千恵子さん、実はあたしもすぐ『すみません』って言っちゃうタイプなんです。さっきのおふたりの会話、つい聴こえちゃって」

ミズエから解放された忠人がカウンターであゆみの言葉をひきとった。

「そうなんですよ。だから、この鬼店長が徹底的に鍛えたんですよ。『ありがとう』を習慣化するのに三ヶ月」

あゆみは肩をあげて忠人を見た。

「ありがとうございます。すべて店長のおかげです」

「ほら、完璧でしょ」

忠人はにやりと笑った。

「そういえば三樹子さんって覚えてらっしゃいますか」

思い出したようにあゆみが言った。

「三樹子さん？　ああ、あのおうちカフェの帰り道、家の前ですれ違った人よね？　あとから千恵子さんにお名前うかがったの」

千恵子がうなずくと、ゆき先生は言葉をついだ。

「一瞬だったけど、とても元気そうな人でよく覚えているわ」

「その彼女が今、由比ガ浜でデイサービスのお手伝いをしているんです。ゆき先生がおうちカフェにいらした直後、その話をたまたま施設でしたら、先生のことを知っている方がいたって」

「そうなの？　誰かしら？　困ったわ、あたしの過去を知っている人がいるなんて。昔はずい分と不良娘だったから」

ゆき先生はあゆみを見上げ、おおらかに笑った。

「うわぁ、そのお話、詳しく聴きたいな。是非またおうちカフェにいらしてください」

「いいわねぇ、それ、実現したいわ」

ふたりの会話を聴いていて、ふと思い出すことがあった。

「そういえば、ゆき先生。あたし、初めてカラスミを作ったんです。十月に仕込んでそろそろ食べ頃で。ちょうどこの前、倉林さんのお嬢さんと『これでパスタを一緒に作ろうか』って話していたところなんですよ。ほんと是非近いうちにいらしてください」

「まぁ、それは愉しみね。そうね、年が明けてからでも、うかがおうかしら」

「うわぁ、よかった。みんな大歓迎です」

あゆみが笑ったそのときだった。カウンターのむこうから、どこか懐かしいギターの音色が聴こえてきた。
「あら、この曲。『Turn! Turn! Turn!』だ」
ゆき先生の顔が、光が射したように輝いた。
「ザ　バーズよ。千恵子さん、覚えてなぁい？」
バーズ？　洋楽といえば、ビートルズくらいしか知らない。ゆき先生はよほど好きな曲だったのだろう、軽く頭をゆすりながらサビの部分を一緒に口ずさんでいる。
To everything, turn, turn, turn（すべての物事にはターン、ターン、ターン）
There is a season, turn, turn, turn（季節がありターン、ターン、ターン）
And a time to every purpose under heaven（天の下、すべての目的に対してふさわしい時機がある）
A time to be born, a time to die（生まれるときがあれば死ぬときがあり）
A time to plant, a time to reap（植えるときがあれば収穫するときがある）
「どうして急にこの曲が？」
傍らを見上げると、あゆみは首を傾げた。
「さぁ。うちは五感でコーヒーを味わっていただくように、ふだんはＢＧＭはなしなんです。でも、ときどき店長の気まぐれで」
「気まぐれというか、直感かな。めぐる季節を感じながら〈黄色い梅〉を飲むのにはぴったりな曲かと思って」

カウンターのむこうで忠人は笑った。

「……なんですって。コーヒー冷めないうちにどうぞ」

そう言って、あゆみは忠人のもとに戻っていく。

「粋な計らい、ありがとうございます」

カウンターに向かって頭をさげた。

「このコーヒー、まさしく蠟梅の香りね。ウインタースイート、英名通り、きっぱりとして苦さの奥に甘さが潜んでいる感じがするわ」

ゆき先生は波模様のカップを両手で包みこむようにして傾けた。言わずもがなだが、「梅」と名につくけれども、蠟梅と梅は別種のもので香りも色も違う。同じタイミングでこちらも最初のひと口を飲んだ。ほのかな苦みのあとに春の息吹がぎゅっと詰まったような甘み、そのあとからすーっと爽やかな酸味が広がっていく。

「素晴らしく美味しいコーヒーね。ちなみに前回、同じくらい感動したのはおうちカフェで香良さんに淹れていただいたコーヒーよ」

ゆき先生は微笑んでカップに描かれた波模様を指でなぞりながら言った。

「ふたりとも僕の身内ですから。まぁ、だからなんだって話ですけど」

傍に来た忠人はいたずらっぽく笑った。

「じゃあ、ゆっくりしていってください。プラス百円でおかわりもできます。僕はちょっとばかし配達に行ってきますから」

忠人と入れ違いに二人連れの客がやってきてカウンターに座った。あゆみはその接客に追われている。ゆき先生は静かにコーヒーを味わっている。

「あの、ひとつ訊いてもいいですか」

ゆき先生のプライベートに首を突っ込むのはどうかと思うが、さっきから気になっていた。

「いいわよ。ミズエさんのことね？」

ゆき先生は澄んだ目でこちらを見て、話し始めた。

「さっきの会話がすべてよ。あの人は息子の元家庭教師というか、自称元ガールフレンド？　息子が中一の頃かしら。由比ガ浜で女子大生だった彼女にナンパされてね。その縁で二階堂の家によく来ていたの。勉強を教えるという口実でね」

「女子大生が中一の子をナンパ？　ですか」

「ええ、息子は背が高くって。当時ですでに一七五センチくらいはあったから。ミズエさんもまさか中一とは思わなかったんじゃない？」

そこまで言うと、ゆき先生はカップを傾けた。

「まぁ、ナンパはしてみたものの、フタを開けてみたら精神的に幼すぎて。弟みたいに可愛がってくれたわ。ミズエさんって当時からちょっと蓮っ葉な感じがしたけど、悪い人じゃなさそうだなと思って家庭教師をお願いしていたの。うちは母ひとり子ひとりだったから、息子も何かと淋しいんじゃないかなって思って」

ミズエの話よりも「母ひとり」という言葉が引っかかっていた。

「おひとりで子育てされたんですか」

「あら、話さなかった？　あたしたち親子は捨てられたの。まだ息子がヨチヨチ歩きの頃よ。夫だった人は、あたしより十も若い女のもとへ。むこうに子供ができちゃって、お定まりのコース。『どうするつもり？』って訊いたら、『きみは強いから僕がいなくても生きていけるよ』。呆れて言葉も出なくて、それっきり」

「あの、慰謝料とか貰わなかったんですか。あ、すみません。立ち入ったこと訊いちゃって」

「また『すみません』って言ってる」

笑顔で言ったあと、ゆき先生はこちらを見据えて言った。

「慰謝料はゼロよ。貰おうと思えば貰えたのかもしれない。でも、争うことで時間を無駄にしたくなかったから、縁の切れ目が金の切れ目でいいと思ったの。二階堂の実家に戻ってほどなくして両親が相次いで亡くなってね」

ゆき先生は問わず語りに続ける。

「パート感覚で手伝っていた家業の骨董屋を継いでね。好きだったヨーロッパのアンティーク家具や雑貨を細々と売りながら、なんとか息子を大学まで行かせたわ。その合間に少しずつハーブの勉強をして六十五歳で店を畳み、『魔女の庭』を始めたってわけ。まぁ、大変といえば大変だったけど、向かい風に挑んだあとのなんともいえない清々しさの味はそのとき覚えた。それはそれで大きな収穫ね」

そこでコーヒーをひと口飲むと、目を閉じた。苦さの中に潜んでいる甘みを味わっているのだろう。かすかに微笑んでいる。そうして目を開けると、澄んだまなざしでこちらを見た。

「人生は麻雀と似たようなものよ。間違った道は進んでないと思っても、思わぬところで理不尽な目にあう。でも、そこで落ちこんだり感情的になったりしても前には進めない。クールにやるべきことをやっていけば、道は開けるわ」

少し前に「自分は運がいいわけではない。運の飼いならし方がうまいのだ」とゆき先生は話していた。「国士無双がいちばん好きな役」だとも。あのときはわかったようでわからなかったが、今ようやく腑に落ちた。

ゆき先生はカップに残ったコーヒーをゆっくりと飲み干した。

「それにしても。このコーヒー、ほんとに黄色い梅だわ。ひと足先に蠟梅のお花見をしたみたいな気分。ね、そうだ。今度一緒にあたしのお気に入りの木を見にいかない？　うちの近くの覚園寺《かくおんじ》にいい木があるの。その蠟梅が本当にきれいで。ひとつひとつは小さな地味な花なんだけど、冬のかよわい陽射しの中でぽおっと黄金色に光って。目の前が真っ暗闇になったときに行く手を照らしてくれる星みたい」

そう言って宙を見上げた。まるで目の前で蠟梅が咲いているみたいに。

「いいですね。あのよかったら、そのあとおうちカフェにいらっしゃいませんか？」

大きな瞳がぱっと輝く。

「ええ。うかがいたいわ、是非。いつ頃ならいいかしら？」

ゆき先生は山葡萄のカゴバッグから〈備忘録〉と書かれた黄金色のノートを取り出した。こちらもフェルトのバッグから手帳を取り出す。

「年が明けて松の内が過ぎたあたりはいかがですか？　帰って美佐緒シェフの予定も訊いてみますが、一応仮決めということで」

「そうね、蠟梅もちょうどその頃が見頃だと思う」

ゆき先生は備忘録に予定を書き込みながら言った。

「この年になって先の愉しみが増えるっていいわね」

屈託なく笑う姿が鮮やかに胸に焼きついた。

❖　❖　❖

薄鈍色《うすにびいろ》というのだろうか。淡く青みを含んだ薄い雲が空を覆っている。「魔女の庭」とは逆方向、鎌倉宮の赤白の鳥居の前を通り過ぎ、薬師《やくし》堂《どう》ヶ《が》谷《やつ》の奥に向かってなだらかな坂道をのぼっていく。傍らの掘割を流れる水の音がかすかに聴こえる。

そういえば、去年の暮れにゆき先生が言っていた。

「覚園寺に向かう道の脇に掘割があるの。紅葉の時期になると、イチョウの葉で黄金色に染まってそれはそれはきれいなのよ。散歩するたびに千恵子さんを誘おうと思っていたのに、会うといつも他の話題で盛りあがってしまうから、つい言い忘れちゃって。来年こそは一緒に行きたいわ」

季節のかたみのように色褪せた一枚のイチョウの落ち葉がくるくると流れていく。

傍らを歩く、頭ふたつ背の高い男の横顔を見上げる。男の子は母親に似るという。中高《なかだか》の鼻から口もとにかけての稜線がゆき先生に生き写しだ。五十間近だと聞いていたが、薄墨色のニットに濃い茶のオイルドジャケットを羽織った姿は大学院生のように見える。和泉田碧。つい半月前にその存在を知ったばかりの男性とふたり、こうして覚園寺を訪れるなんて考えもしなかった。

「若く見えた母でしたが、年相応に物忘れは進んでいたようで、例の『備忘録』にいろんなことが書かれていました。母は千恵子さんとの約束をとても愉しみにしていたんでしょうね。最後のページをめくったら『千恵子さんと覚園寺🌸🌸🌸そしておうちカフェ』とイラストつきの大きな文字が飛び込んできました」

碧は薄く笑った。少し外股で背筋を伸ばし歩く姿も哀しいほど母親に似ている。鎌倉アルプスから北風が吹き下りてくる。めくれあがった菫色のストールを巻きなおした。「この冷たさが好きなのよ」とついこの間、傍らを歩いていたゆき先生はもういない。いまだにその事実を受け入れられない自分がいる。

新年四日の朝のことだった。イギリスから帰省中の碧がなかなか起きてこない母親を心配し寝室をのぞきに行った。何度ノックしても返事はない。ドアを開けると、ゆき先生はベッドに横たわっていた。穏やかに眠っているように見えたが息をしていなかった。すぐに救急車を呼んだが、蘇生することはなかった。心筋梗塞だった。

「新年最初の回は、初麻雀のかわりに放課後組で新年会をしましょう」。昨年末のレッスンのあと、そう言って手を振って別れたのがゆき先生との最後になってしまった。

坂をのぼりきると、常磐色《ときわいろ》の樹木に覆われた山門が見えてきた。

「撮影や写生を禁止している寺なの。厳かで、静かで、境内を歩いていると、おのずと澄んだ気持ちになれる」

耳の奥に残るゆき先生の言葉を思い出しながら階段をのぼり、山門をくぐる。ところどころに広がる老緑《おいみどり》の苔に三分咲きの紅梅、ツバキ、水仙が色を添えている。受付で拝観料を払い、境内に入った。空に向かって伸びる古木に見護られながら道なりに進んでいると深い森の中にいるように錯覚する。生い茂る木々の先に朱色の地蔵堂が見えてきた。脇に並ぶ六地蔵たちもまた苔の衣をまとっている。

「この地蔵堂には子供を護るといわれる地蔵菩薩が安置されているんです。たったひとりで子育てしてきた母は何か思うところがあったんじゃないかな、よくここに来て佇んでいました」

朱色のお堂の前に母の面影を見ているのだろう。碧は遠い目をして言った。夫に去られ、幼い子を自分の力だけで育てあげなければいけなかったゆき先生は、どんな面持ちで地蔵菩薩に祈りを捧げていたのだろう。

「毎回お供させられていた僕にとって地蔵や仏像は退屈な存在でした。でも、ここの自然には夢中になった。春、夏、秋、冬……いや、同じ季節でもふたつと同じ日はない。来るたびに違う表情があって、それが面白くてひとりで走りまわっていました。母は『自然と仲良くなりなさい。自然はあなたにいろんなことを教えてくれる』と僕の気がすむまで遊ばせてくれた。あの頃の経験があったから僕は植物学の道に進んだんでしょうね」

碧は道を隔てた先にある藁ぶき屋根の小さなお堂を指さした。

「あれが千体堂です。毎年八月十日には黒地蔵の縁日があって、あのお堂に安置されている千体の地蔵が公開されます。亡き人のために一心に供養すると千体地蔵のうちの一体がその面影になって現れるそうです。よければご一緒しましょう」

「ええ」

うなずきながらも違和感をぬぐえない。「亡き人」とゆき先生を結びつけたくはない。

「実はむこうでの研究もひと段落してたので、この春から日本に戻るんです。母も高齢になってきたし、いいタイミングだと思っていたら」

伏し目がちに話していた碧は、そこで口をつぐんだ。返す言葉もなく、裏山やぐらの前を通りかかった。平地の少ない鎌倉では山を切り拓いて穴を掘り死者を祀った。当時の姿をそのままに残す洞穴の壁面はシダや苔、名も知らぬ地衣類《ちいるい》で覆われている。悠久のときが作りあげた緑の聖域を見ていると、生と死の境目がおぼろになってくる。

「ご存じでしたか。三十億年もの間、海で暮らしていた生命体の中で初めて陸にあがったのはコケ類なんです。それから何億年もの間、厳しい環境の中、生き抜いてきた。誰がつけたか知らないけれど、苔の花言葉が『母性愛』なのもうなずけます。僕ら人間の遠い遠い祖先なのですから」

小径の脇を見れば、わずかな隙間や置石の上にも苔が生えている。こんもりと盛りあがった緑の群れを指さして碧は言った。

「あれはコツボゴケといいます。よく見ると透き通るように美しい。いつか機会があったら、断面を虫めがねでのぞいてみてください。その眺めは森の相似形です。中を這いまわるわずか数ミリのハエの幼虫たちは瑞々しい高木の間をそぞろ歩いているように見える。神は細部に宿るというけれど、自然という神は小さなものの中にもうひとつの精緻な世界を創りたもうた、そう思えます」

寄棟造《よせむねづくり》の建物の前まできた。入り口の木戸は開け放たれている。

「十八世紀、手広（鎌倉市郊外）にあった名主の家を移築したものです。母はなんとも落ち着くと言って、よくここから外を眺めていた。入ってみますか」

言われるままに足を踏み入れた。懐かしい暗闇に包まれる。はじめは何も見えない。だんだん目が慣れてくると闇の中にも濃淡が生まれた。足もとに広がる土間のむこうに板間と台所、さらに奥に畳敷きの部屋があるのが辛うじてわかる。時空を超えてどこかに戻っていくような不思議な感覚だった。墨色の中に身を沈めていると五感が冴えてくる。入り口から射し込む微かな光がこの上なくありがたい。木枠で切り取られた冬枯れの庭の情景もまた心に沁みこんでいく。

「あ」

我知らず声が漏れた。視界の端に輝くものがあった。傍らに碧がいるのも忘れて外へ駆け出した。これだ、これがゆき先生が言っていた「お気に入りの木」だ。淡くはかない薄日を受けて小さな花々が黄金色に輝いている。厳しい冬を耐え抜いてきたものだけに与えられるしなやかな発光。蠟梅の花はこれまで何度も目にしてきた。でも、この光の衣装をまとった花の神々しさに今さらのように気がついた。材木座の〈DANS LE VENT〉で〈黄色い梅〉と名付けられたコーヒーを飲んだ日のゆき先生の笑顔が蘇ってくる。目の前に蠟梅が咲いているかのように宙を見つめていた。

「冬のかよわい陽射しの中でぽおっと黄金色に光って。目の前が真っ暗闇になったときに行く手を照らしてくれる星みたい」

風が梢を通りすぎていく。菫色のストールの端がふわりと舞う。ローズマリーとスズランがブレンドされたような深い香りに包まれた。そうだ。この空気は「魔女の庭」と似ている。

「早春に咲く花は虫媒花といって虫たちに受粉を手伝ってもらうんです。そのために花たちは色と匂いで虫を引きつける。蠟梅がこうやって俯き加減に咲くのは寄ってくる虫たちを寒さから護るためなんですよ。黄色は春一番に活動する虫たちがもっとも好む色、強い香りは『ここだよ、ここにいるよ』という植物の言葉です」

いつの間にか、碧が傍らに来ていた。

「ここにいると『魔女の庭』と同じ匂いがします」

「そうですか。自分の家の匂いはなかなかわかりません。でも、言われてみれば蠟梅に含まれるシネオールという成分はハーブにも含まれるから、似てくるのかもしれない。母はここから見る蠟梅がとても好きでした。そんなに好きなら庭に植えれば？　と言ったんですが、『覚園寺で見る蠟梅は特別なの』って。母はここのじゃなきゃダメだったんです。この蠟梅は個ではなくこの寺全体の一部としてこんなにも輝いていることを知っていたんでしょうね」

「全体の……一部ですか？」

碧はうなずいた。

「ええ。すべてはつながっているんです。木は動けないでしょう。でも、その環境が辛いからといって逃げるわけにはいかない。だから、共生という道を選んだ。鳥や虫はもちろん、他の種類の違う木たちと助けあってなんとか生きている。たとえば、その蠟梅とあの木」

碧は岩山を背に生い茂る木々の中でもひときわ高い赤褐色の木を指さした。苔の絨毯が敷き詰められた林床から、メタセコイアが天に向かってまっすぐ、大きく枝を広げている。両手を広げても囲みきれないほどの幹には幾種類もの苔や地衣類が共生している。シミのように広がったもの、樹液が固まったようなものなどが、樹皮の上で命をわけあっている。

「このメタセコイアの老木と道ひとつ隔てたあの蠟梅とは見た目も大きさもまるで違う。でも、それぞれの根についた菌類を介して通じあっているんです」

「種類が別なのにですか？」

そう訊きながらも、ふたつの木に共通する何かはたしかに感じている。うまく言葉にできないが、人智を超えた大いなる力。

「そのネットワークは脳内のニューロンにも似て瞬時にコミュニケーションがとれる。ある木が害虫に襲われたとします。そうすると根を通して警報がゆっくりと森全体に広がり、他の木々はいざというときのために有害物質を準備する。そうやって次の世代まで生きる知恵が伝授されていく。相互扶助の関係が成り立っているんです。風も木も土も根も菌も、化学物質や電気信号などいろいろなもので情報を巡らせているんです」

リスが拾い忘れたのか、足もとにどんぐりが転がっていた。この実もまた次の命を育むのだろうか。夜の次に朝が来て、冬が去れば春が来る。去るものがあればまた……。そのたしかさが胸の中の空洞を優しく埋めてくれる。

「たとえばあの巨木が命尽きて倒れたとします。横たわる木は着生植物によって分解され、それを餌にする虫たちが集まり、それをまた鳥が食べ——そうやってひとつの生が終焉したあともたくさんの動植物の命を育み、それらがまた別の生きものに利用され、分解され、命のリレーは続いていく。僕らもこの自然が織りなす綾の一部です。母の命も姿を変え、どこかしらに息づいている。たとえば……」

碧は穏やかな笑みを浮かべて、メタセコイアの根もとを指さした。苔の絨毯の上で太い根が血管のように広くうねっている。その先に、陽だまりのような柿色の腹に紋つきの黒い羽、紫がかった灰色の帽子をかぶっている鳥がいた。ジョウビタキだ。こちらの存在に気づくと、ピンとした姿勢でピョンピョンと近づいてきて、頭をペコリとさげた。ゆき先生？　そう思った刹那に飛び立ち、蠟梅の木に止まる。ヒッ　ヒッ　ヒッと火打ち石のような音を立てて勝気な甲高い声で鳴く鳥だ。なのにきょうばかりはチィ　タン　タン　タン　チィ　タン　タン　タンと澄んだ声で歌っている。その声は生の鼓動のようにも聴こえる。

「今となっては最晩年の短いつきあいになってしまったけれど、母が千恵子さんと知りあえてよかったと僕は思っています。僕たち親子は、ずっと離れて暮らしてきたこともあって、その年の終わりに一年のいちばんの収穫を教えあうんです。母の去年のいちばんの収穫は間違いなく千恵子さんと知りあえたこと』だったそうです」

「あたしこそ、先生との出会いは人生でいちばんの収穫です」

知らぬ間に語尾が震えていた。

「今の言葉、きっと母にも伝わりました。母は言っていました。『千恵子さんったらいつも謝ってばかりで、昔の自分を見ているみたい。何より放っておけないし、懐かしくもあり愛おしくもある』と」

「ゆき先生とあたしが……ですか」

去年の暮れ、ゆき先生は「いつも謝ってばかりね」と諭してくれた。込みあげるものが抑えきれなくなってきた。

「僕が小さい頃、父が出奔《しゅっぽん》したんです。それを負い目に感じていた母は、父の日やら運動会やら何かあるたび僕を不憫に思ったのか『ごめんね、ごめんね』と謝ってばかりいた。僕はそれが嫌で。だって、母は何ひとつ悪くないのに。だから、あるとき、母に言ったんです。『僕もお母さんも全然可哀そうじゃない。僕は今の暮らしに満足している。でも、もっと愉しくするために、お母さん、謝らないで。ありがとうと言われるほうが何倍も嬉しいから』って。そこからですね。母がくるっと考え方を変えてくれたのは」

枝を離れたジョウビタキは、遺された者たちの頭上でくるりと円を描くと静かに飛び去った。

「母のお気に入りの箪笥の中に菫色の封筒に入った遺書がありました。内容は母らしくすごくシンプルなものでした。葬式戒名すべて不要ということ以外で書かれていたのは数行の歌詞。'To everything, turn, turn, turn. There is a season, turn, turn, turn. 最後はこう結ばれていました」

〈自分はいったん土に還るだけ。すぐに姿を変えて戻ってくるから、それまでのさようなら〉

碧は天を見上げて言った。雲間から筋状の光がすーっと伸びてきた。黄金色の花がきらめきを増す。ゆき先生の姿は目にはもう見えない。でも、有機体の一部となってたしかに今、ここにいる。空に風に花に木に土に。目を凝らし、耳を澄ませば、ゆき先生はそこかしこにメッセージを送ってくれる。だから……。

ゆき先生、淋しくなったら、これからあたしここに来ます。

第六章

答えは風の中に

あゆみ

パールホワイトの空の下、冷たい風がほつれ毛をもてあそぶ。道永あゆみはゆっくりと愛用の自転車、ブロンプトンのペダルをこいだ。オイルコーティングされたバブアーのジャケットの裾が風でまくれあがる。若宮大路を過ぎて小町通りを横切った。松の内を過ぎて観光客の姿もまばらだ。今小路の踏み切りを渡り、家路を急ぐ。きょうはバイト先の〈DANS LE VENT〉の店長、忠人の計らいで三十分ほど早く仕事を切りあげた。おうちカフェにゆき先生の息子がやって来るからだ。

半月ほど前、店に来て、愉しげに話していたゆき先生。その姿はもう見られない。

前方に見える家の生垣からのぞく木が黄色い花をつけている。あの日、ゆき先生は店長の特製ブレンド〈黄色い梅〉を飲んでいた。「また来ますね」と言って手を振って店を出たのが最後になってしまうなんて……。

おうちカフェへ通じる曲がり角にさしかかった。青い木戸をくぐり、自転車を定位置に止めた。

「ただいま」

庭を通ってテラスから家にあがろうとしたところで、息を飲んだ。リビングに通じる掃き出し窓の前にバブアーのジャケットを羽織った男が立っていた。

「あれ、お揃いですね」

ウォールナット色の瞳がこちらを見た。息が詰まりそうになった。吸い込まれそうな笑顔。頭ひとつ背が高い。ゆき先生に似ている。でも、もっと……。

「あなたが〈DANS LE VENT〉のあゆみさんですか。和泉田ゆきの息子の碧です」

穏やかな心地よい響き。声までもあの男に似ている。

「はじめまして。道永あゆみと申します」

動揺を悟られないように腹の底に力を入れて言った。この度はご愁傷さまでしたと続けるべきなのか、迷う間もなく背後から三樹子が割り込んできた。

「おかえりぃ、あゆみちゃん。碧さんと千恵子さんもさっき二階堂から戻ってきたばっかなんだよ。知ってた？　碧さんって植物の研究してるんだって。陽が暮れる前にお庭を見たいっておっしゃるから、サトちゃんも一緒に案内しようとしてたとこ」

「ミキティったら、ほんとはイケメンと一緒にいたいだけでしょ」

自室からダウンを持ってきたのだろう。里子がやってきた。うしろからツンもついてきている。

「いやいや、ただのおっさんですから」

「またまたぁ、おっさんなんて、これほど碧さんにふさわしくない言葉はありませんわよ」

三樹子がうっとりとした目で碧を見上げていると、千恵子がキッチンから顔をのぞかせた。

「あら、おかえりなさい、あゆみちゃん。あたしも年齢を聞いてびっくりしたんだけど、碧さん、今年の三月で五十になるんですって。若々しいのはゆき先生譲りなのね」

そう言ってどこか誇らしげに碧を見上げた。きょうは碧と覚園寺に蠟梅を見にいったはずだ。ふたりで長い時間をともにして気心も知れたのだろう。ゆき先生が亡くなって以来、魂が抜けたようになっていた表情に生気が戻っている。

「ゆき先生が愉しみにしていらした冬すみれが咲いていますよ。どうぞ、ごゆっくり見学してください」

そこまで言うのが精一杯だった。階段を駆けあがる。自室のドアをうしろ手で閉め、深呼吸した。机の上にあるスタンドミラーに映る頬は火照っている。胸の鼓動もおさまらない。バブアーを脱ぎハンガーにかけ、もう一度息をついた。五年も前のことだ。すっかり立ち直れたと思っていた。だけど……。

イギリスに遊学していた頃、ヘーゼルナッツ色の瞳の男に魅かれた。あたしは普通の恋愛は望めない。心は女でも生物学的には男。トランスジェンダーの自分は遠くから思い続けるしかないと耐えていた。あるとき、男に告白された。「好きだ、ずっと一緒にいたい」。その瞳を見ながら彼ならわかってくれる。彼こそ運命の人だと思えた。その瞬間、今まで抑えていた思いがほとばしった。自分がどんな人間であるか、何を隠して生きてきたか、すべてを包み隠さず話した。彼は最初こそ驚いた様子だったが、「それでもいい。きみを好きな気持ちは変わらない」と言ってくれた。でも、その場しのぎのウソだった。翌日、彼は踵を返すようにして去っていった。

もう恋なんてまっぴらだと思っていた。鎌倉に来て〈DANS LE VENT〉で店長の忠人と出会い、強く魅かれた。それでも、想いはひとりで抱えているほうがいい。これ以上、進む勇気はなかった。

なのに、なぜ今、こんなにも気持ちがざわつくのだろう。ひと目ぼれ？　ううん、まさか。碧の目があの男と酷似していて、初対面でお揃いのアウターを着ていたから。きっとその偶然に戸惑っただけだ。

THE ANSWER IS BLOWIN' IN THE WIND
かつてこの部屋に住んでいた忠人が机に彫った木肌色の文字を指でなぞった。

リビングに戻ると、香良が食器を並べていた。テーブルの真ん中に花が飾られている。

「あれ？　この蠟梅どうしたの？」

「倉林さんよ。ゆき先生の息子さんがいらっしゃるって言ったら、おうちの裏庭にあったのを切ってきてくれて」

半透明の小さな花が四、五輪咲き、蕾の先も黄色く染まっている。

「きれいね。こうやって見てみるとほんとに蠟細工みたい。あの、これ。店長から。コロンビアエルパライソ。この日のために焙煎してくれたんだって」

帰り際に忠人から託《ことづか》ったコーヒー豆を渡した。

〈黄色い梅― Winter sweet〉

香良はラベルに手書きされた文字を読みあげると、ふふっと笑った。

「すてきな名前。忠人さんって詩人ね」

あいかわらず叔父のことを「さん」づけで呼ぶ。でも、以前のどこか冷ややかな言い方ではない。

ここにきてふたりの距離は少しずつ縮まってきているような気がする。

「ゆき先生が店にいらしたとき飲んだんだよ。これを飲みながら、千恵子さんと覚園寺に行く約束をしたみたい」

「そうなんだ。せっかくだから、食後のコーヒーはあゆみちゃんに淹れてもらおうかな」

香良はテーブルに飾られた蠟梅とコーヒーのラベルを見ながら微笑んだ。

「でも、店にいらしたとき、ゆき先生が言ってたの。『香良さんの淹れてくれたコーヒーは本当に美味しい』って。碧さんもきっと香良さんのコーヒーが飲みたいんじゃない？」

「そうかなぁ。じゃあ、二杯目はあたしが淹れるってことで。あら、おかえりなさい」

香良の視線が掃き出し窓のほうへと移る。身体は正直だ。足が自然と碧のもとへ引き寄せられる。

「ジャケットをお預かりします」

「どうも。ありがとうございます」

碧はバブアーのジャケットを脱ぎ、こちらに渡してきた。チェックの裏地に縫いつけられたタグが目に入った。「40」とある。十センチ以上、背の高い男と同じサイズ。「女」にしては肩幅の広すぎる自分の身体が哀しく恥ずかしい……。玄関脇のコートかけの前に行った。ハンガーを取り、ジャケットをかけようとした手が止まった。いけないと思いつつも、碧の体温が残る上着に顔をうずめた。森の中にいるような匂いがした。ダメだ、何をやっているんだろう。呼吸を整えて、ダイニングに戻る。キッチンでパスタを作っている千恵子と美佐緒以外のメンバーは席についていた。空いている席は碧の目の前だった。

「――いい庭ですね」

碧は長方形のテーブルの短い辺に座る香良に話しかけているところだった。

「この家は大正時代に建ったもので、庭の木たちもそれなりの年齢です。父は自然と調和する庭が好きだったので、あたしもそれを引き継いで……なんて、手入れをさぼっている言い訳ですが」

香良はそう言って笑った。

「あまり構いすぎずにほどよく距離をとる。植物たちにとっては、それがいちばん心地いいはずですよ」

碧はハーブウォーターをひと口飲んで言った。

「これ美味しいですね。ミントと……ラベンダーかな」

「そうです。よくおわかりですね」

三樹子が香良の言葉をひきとった。

「さすが碧さん。利き酒ならぬ利きハーブまでできるんですね」

碧は手を横に振って笑う。

「この時期に採れる耐寒性のあるハーブは限られていますから。それにほら、さっき庭でチェックしましたし」

「いいね、いいね。そういう謙虚なところも気に入った」

「なんなのよ、ミキティは、なんで上から目線？　どこのおっさんだよ」

里子がたしなめると、三樹子は頭を掻いた。

「やだ、すみませ〜ん。碧さんたらあまりに若々しいから、なんだか自分が年上みたいに思えちゃって」

みんなで笑っていると、千恵子さんと美佐緒がキッチンからパスタを運んできた。

「お待たせしましたぁ」

テーブルの下に潜っていたツンが顔を出し、美佐緒を見上げて「ワン」と鳴いた。

「おお、待ってましたぁ。あ、千恵子さん、あたしが運びますぅ」

三樹子が立ちあがって千恵子からトレイを受け取ると、こちらに持ってきた。自分と碧、そしてあたしの前に青い皿を置きながら言った。

「はい、こちらが本日のパスタ、カラスミの――えっと美佐ちゃん、なんでしたっけ?」

「黄金色の祈り〜スパゲティ アッラ ボッタルガです」

パウダー状にすりおろしたカラスミが太めのパスタと絡みあっている。その上にカラスミの小さな塊がイタリアンパセリとともに散らしてある。まさに蠟梅。海の香りとアーリオオーリオの香ばしさが溶けあい、鼻孔をくすぐる。

「うわ、美味しそう。あの、碧さん、あたしグルメを自称してるくせに、カラスミパスタ食べるのは初めてなんですよ」

指で頭を掻きながら笑う里子を見ながら、千恵子が言った。

「塩加減がちょうどいいとよいんだけど」

そのあと、香良がつけ加えた。

「このカラスミ、ボラ子の血抜きに始まって、塩漬け、酒漬け、天日干し、そして寝かせて……仕上がるまで。丹精込めて千恵子さんが作ってくれたんです」

碧は皿に盛られたカラスミパスタを伏し目がちに見つめた。その長いまつ毛についい見惚れてしまう。

「こんな美味しそうなパスタを作っていただけるなんて。千恵子さん、美佐緒さん、ありがとうございます」

「天国のゆき先生と一緒に味わっていただきたくて。ゆき先生は蠟梅がお好きだと聞いたので、千恵子さんと相談してカラスミをちょっと蠟梅の花っぽく盛りつけてみました」

あたしの隣に腰をおろした美佐緒は眩しそうに碧を見つめた。こんな熱っぽい横顔を見るのは初めてだ。胸の奥でやけどを負ったような痛みが走る。

「碧さん、お礼を言うのはこちらのほうです」

そう千恵子は切り出した。

「二階堂に蠟梅を見に連れていってもらわなければ、きょうはお通夜みたいな食事になっていたと思うんです。今朝までのあたしは、先生がいなくなったことにただ茫然としていた。あまりのことで自分の魂もどっかに行っちゃったみたいで。でも、今は違います。覚園寺で蠟梅の花を見たり鳥の声を聴いていたら、そこかしこで姿を変えた〝先生〟を感じて。凜として明日の生き方を示してくれたゆき先生、その人が今もそばにいて見護ってくれているって。そういうふうに思えるようになったんです」

碧は包み込むように千恵子を見つめる。〈DANS LE VENT〉でコーヒーを飲んでいたゆき先生のまなざしと重なる。

「今のお話をうかがって母もさぞ喜んでいることでしょう。母は何よりも元気な千恵子さんが好きでしたから。本当にきょうは素敵な食事会に招いていただいてありがとうございます。この日のことをとても愉しみにしていた母にかわって、ご相伴に与ります」

「あのぅ……」

さっきからずっとフォークを握りしめていた三樹子がおうかがいを立てるように言った。

「そろそろいただき……ません？」

いつもは「早く食べよっせ」とせっつく三樹子だが、きょうばかりは千恵子と碧に気を遣っているように見える。

「そうね、パスタは熱いうちに食べるのがいちばんだもの」

千恵子が笑顔で言うと、三樹子は頭をさげた。

「ですよね。じゃあ、みなさん。そして、そばで見てくださっているゆき先生。蠟梅の香りを感じながら……」

「いただきます」

みんなで声を揃えて言った。

フォークにすばやくパスタを巻きつけ、ぱくりと口にした三樹子は親指を立てた。

「はぁ〜、うまっ、最高。初カラスミ！　超高級なかつお節みたい。あー、なんて贅沢なの」

「ほんと、すごく美味しい」

言葉に出さずにはいられない味だった。カラスミのコクが尾を引き、フォークにパスタを幾重にも巻きつけたくなる。

「このねっとり感がたまらない。ほんと贅沢だよね。美佐緒ちゃん、さっき聞いたけど、もう忘れちゃった。カラスミってイタリア語でなんて言うんだったっけ？」

里子の問いに美佐緒は笑顔で答えた。

「ボッタルガです」

「それだよ。そのボッタルガ、地中海とは違って日本は湿度が高いじゃない。だから、その分ねっとりコクが出て、もうたまんないね。まさに海のチーズ、五つ星だね。あ、いけない。星で評価するの、もうやめたんだった」

里子は目を閉じ、「海のチーズ」のコクを味わった。

「本当にうまい。そのひと言に尽きます。そういえば昔、母がカラスミバターもちを作ってくれました。正月の定番で。なんだかそれを思い出しました」

碧の言葉に美佐緒はさらに顔をほころばせた。

「気に入っていただけてよかったです。ボッタルガってサルデーニャ島の名産で、現地ではよく食べられているんですって。〝イタリア風カラスミ〟は、まさにマンマの味なんですよ」

「なるほど僕にとってもカラスミは〝呑み助〟の母の味ですね。ちなみにカラスミバターもちのおともは、母はワイン、僕は炭酸水でした」

「しかし、さすがゆき先生、おしゃれね。カラスミ＋バター＋餅×ワインかぁ」

そう言って里子はフォークにパスタを巻きつける。傍らではツンが恒例のエア食いをしている。

「あれ、あゆみちゃん、きょうはやけに大人しいのね」

三樹子がこちらを見て言った。

「そうかな。パスタがあまりに美味しいから食べるのに専念していただけ。あ、そういえば三樹子さん。〈ぐるりの杜〉の山下さんのお話……」

「あ〜、それそれ。実はね、碧さん」

例のごとく早食いの三樹子の皿の上のパスタは余すところ三分の一になっている。

碧は首を傾げてなめ前の三樹子を見た。

「あたし由比ガ浜の介護施設でバイトとして働いてるんですけど。去年、ゆき先生がここにいらしたときにね、あんまり若々しくておきれいなんで、施設で仲のいい山下さんっておじいちゃんにその話をしたんです。そしたら、なんとまぁ」

三樹子は山下さんという老人の声音を真似て言った。「『それ、きっと僕の初恋の相手、おゆきさんだよ』」

「あたしもずい分前にこの話を聞いたんだけど、せっかくだからゆき先生が次に遊びにいらしたときに三樹子さんから直接話してもらおうと思ってたんです」

千恵子がつけ加えた。

「へぇ。そうなんですか」

碧は感心したようにうなずく。

「本当に世間は狭いな。母は自称〝小生意気な不良娘〟だったそうですから。その山下さんって方にも失礼な態度を取ったんじゃないかと心配です」

三樹子は笑顔で首を横に振った。

「というか碧さん、山下さんの完全な片思いだったみたいですよ。なんてったって由比ガ浜のマドンナと言われていたそうだから。山下さん曰く『正真正銘の八頭身だよ。背がすらーっとしてて、「勝手にしやがれ」のジーン・セバーグみたいなショートカットがよく似合ってて』。あたし、ジーン・セバーグ知らなかったから、ググっちゃいました。そしたら、たしかに面影あるなと思って」

「背は高かったけど、ジーン・セバーグはいくらなんでも褒めすぎです」

碧はそう言って朗らかに笑うと、パスタをひと巻き口にした。

「ゆき先生すごいです。だって、山下さん、だいぶ物忘れが進んでるけど——てか、あれ？　サトちゃん、ほら、あの光る波のこと韓国語でなんて言うんだっけ？」

「ユンスルでしょ。波が太陽の光を浴びてきらきら木漏れ日みたいに光っているのを韓国語でユンスルって言うんです」

里子は笑いながら碧に説明した。

「それそれ。山下さんの中で、ゆき先生の思い出はユンスルみたいにきらきらしているのがすごくいいなぁって」

「わかるな。あたしも一度お店でお目にかかっただけだけど、その一挙手一投足が頭に焼きついているもの」

ゆき先生に会ったのは半月前の一度だけだ。でも、この先もずっとあの笑顔は鮮やかに蘇るような気がする。

「そうね。短いといえばとても短かった。でも、ステキな思い出だらけ。宝箱から取り出すみたいにそれをひとつひとつ胸の奥から引き出して見つめていけば、あたしの残りの人生も豊かに暮らしていけるような気がするわ」

千恵子は宝物の在り処《あか》をたしかめるように胸にそっと手を当てた。

「人のつきあいって長さじゃないですよね。あたしもフランスにいたとき、そういう出会いがあったから」

美佐緒が話すと、碧は首を傾げた。

「あれっ、美佐緒さんはイタリアにいらっしゃったんじゃないんですか」

「いいえ、フランスにお菓子作りの修業に行ったんです」

「そうか。僕の早とちりだったんですね。母から倉林さんのお嬢さんがヨーロッパで修業していたと聞いたので、イタリアでパスタかと勝手に思いこんでいた」

碧は軽く肩をあげて、パスタをもうひと口食べた。

「でも、このパスタの美味しさは本場で修業したとしか思えないな」

美佐緒は嬉しそうにうなずく。頬が紅く染まっている。

「ありがとうございます。たしかに紛らわしいですよね。ひょんなことから隣の国の人が作るパスタに興味を持っちゃって。で、またまたいろいろあって。志半ばで帰国しちゃいました」

きょうの美佐緒はいつにも増して饒舌だ。

「僕がいた研究室にもそういう仲間がいました。薬学部に入ったのに大学が所有する森を見てひと目惚れして、植物学を学ぶために大学に入り直したんです」

碧も美佐緒と気があっているようだ。

「あたしはそんなに向学心があるわけじゃないけど、でも、そういうお話聞くと、なんだか元気が出てきます」

美佐緒が何か言うたび、その横顔を盗み見してしまう自分が嫌になってきた。何よりそんな自分を碧に悟られたくなかった。

「あの、あたし、食後のコーヒーの準備をしてきますね」

空になった皿を持って腰をあげた。キッチンにいちばん近い席に座っている香良と目があった。不思議そうな顔でこちらを見る。動揺を悟られないように微笑む。外はいつの間にか暮れていた。

シンクの反対側に置かれた作業台で忠人がくれたコーヒーの袋を開け、キャニスターに移した。香味と酸味が溶けあった清々しい香りが立ちあがる。みんなの会話が聴こえてくる。里子がテーブルに飾られた蠟梅について話をしているようだ。

「これ、美佐緒ちゃんの家のなんでしょ。あたしの知っている蠟梅とちょっと違う」

「そう、うちの裏庭にあるやつ。言われてみれば、この真ん中のところが紅くて、なんかカラスミっぽいですね」

「それ、満月蠟梅っていうんですよ。花びらに丸みがあって満月みたいでしょ。学名は〈Chimonanthus praecox 'Mangetsu'〉です」

低く、でもまろみがある。碧の声だ。

「素敵な名前ですね。あたし、実家にいた頃は庭の花なんて何にも興味なくって。でも、名前を知るとなんだかもっとその花のことが知りたくなる。植物の名前を知っているっていいですねぇ。知れば知るほど豊かになれる」

美佐緒の声はひときわ華やいでいる。

「そういえば昔、憂鬱という字を漢字で書ける人が好きって女優さんがいたけど、植物の名前がさらっと出てくる人っていいよねぇ、しかも学名まで。ね、美佐ちゃん」

「やだ、三樹子さん、あたしはそんなつもりで言ったんじゃ――」

きっと今、美佐緒が紅くなっている。それを優しく見つめる碧……。はぁ。大きなため息とともに首を横に振っていた。

あたしは嫉妬している。美佐緒が「女」であることに。あんなに素直になんのためらいもなく碧への好意を表に出せることに。もしもあたしが心身ともに「女」だったら、あたしだってもっと素直になれるのに。ダメだ、落ち着け。キャニスターに入れた〈黄色い梅〉の匂いを吸い込む。もうこれ以上、みんなの会話は聴かない、聴きたくない。でも、碧の声だけは拾ってしまう。苦くてまろやかな、コーヒーみたいな笑い声がキッチンまで響く。

❖　❖　❖

風が軽やかな音で窓を叩く。ドアの外ではミモザの花が揺れている。挽きたての豆が入ったドリッパーにゆっくりと一投目の湯をそそぐ。今朝、焙煎したての豆は生き生きとしている。檜皮色の粒が息を吹き返したかのように膨らみ、湯気とともに香ばしい香りが立ちのぼる。

「いい香りだな。春のはじめの軽やかさを感じる。コスタリカとエチオピアのブレンドでこんな味に仕上げる店長ってすごいな」

空色のニットにバブアーを羽織った碧が言った。目の前のカウンター席に腰をおろしているので照れるほどに距離が近い。コーヒーを淹れるのに集中したいのに、どうしてもその笑顔に惹きつけられてしまう。午後三時前。忠人は配達でいない。きょうに限って客は碧だけだ。カウンター三席、テーブル席ひとつの広くはない空間でふたりきり。漂う豆の香りがいつにも増して濃く感じる。

「店長って焙煎の技もすごいけど、ネーミングのセンスも抜群なんです。このちょっと変わった茶目っ気のある香りを〈春風のいたずら〉って表現するなんて。あたしだったら考えつかない」

二投目の湯をそそぐ。手もとに碧のまっすぐな視線を感じる。嫌ではない。でも、これ以上、見つめないでほしい。湯より頰が熱くなってしまうから。

「たしかに。でも、僕はこの文言のセンスにも脱帽だな。『春風がキューピッド役をつとめたのはきび砂糖とラズベリー。爽やかでちょっと甘酸っぱいマリアージュ』」

低くまろやかな声がメニューの文言を読みあげた。

「こんな説明を読んだら飲まずにはいられない。母が言っていました。『〈DANS LE VENT〉に行ったら、伽羅色の紙に書かれたメニューに注目よ』って。これってあゆみさんが書いているんですよね」

碧の長い指がメニューの文字をなぞる。手は年齢を偽らないというが、こと碧に関しては例外だ。シミひとつない若々しい手。触れるとどんな感じなのだろう。もしもこの手で触れられたら……不埒なことばかり考えてしまう。

「読んでいると、イメージが膨らんできて、ぜんぶ飲んでみたくなります。実は、ここに来るたび毎回メニューを熟読しているんですよ。たとえば同じコロンビアの説明も日によって違う。同じ豆でもその日の天気や湿度、挽き方によって味が変わるからなんでしょうね。書き手のコーヒー愛が伝わってきます」

ヘーゼルナッツ色の瞳が笑った。一月に碧がおうちカフェに来たとき、この瞳を見て胸を衝かれた。イギリスであたしを捨てた男に酷似していたから。近づいてはいけない。そんな自制心とは裏腹にどうしようもなく魅かれた。それでも、この動揺は一時的なもの、時期がくれば碧は拠点のあるイギリスへ帰る、もう二度と会うことはないのだから……と自分を抑えた。だが、あれから一ヶ月半。碧は鎌倉に戻ってきた。この春から東京の大学に籍を移し、植物の研究を続けるのだという。ほどなくしてこの店に顔を出すようになった。三日連続で来たり、一日おきだったり。気がつけば、心待ちにしている自分がいる。

「碧さん、きょうはずい分とお喋りなんですね」

三投目の湯がサーバーに落ちるのを見守りながら言った。

「そうかもしれません。だって、ここはいつ来ても混んでいて、こうやって話ができる機会は少ないから。貴重なふたりの——」

クックー
背後にある鳩時計の巣の中から鳥が出てきて鳴いた。すぐに元に戻ってはまた出てくる。

クックー
クックー
一ヶ月ほど前の創業記念日に「この店の雰囲気にあうから」と倉林さんから贈られたものだ。

「この音を聴くとそれまでのことがリセットされちゃう感じ。いい意味でも悪い意味でも」

思わず口に出した。さっき碧は何を言おうとしていたのか。

「そういえば鳩時計って、どうして鳩じゃなくてカッコウの鳴き声なんでしょう」

「鳩時計ってもともとはドイツのシュヴァルツヴァルト（黒い森）が発祥の地なんだけど本場ではクックスウァ——カッコウ時計という名なんですよ。でも、日本に持ち込まれたとき、カッコウだとちょっと具合が悪かった。ほら、日本語だとカッコウって閑古鳥とも言うでしょう。〈閑古鳥が鳴く〉を連想させて縁起が悪いから、平和の象徴の鳩にしたんだとか」

碧はカッコウが巣に引っ込んだ木製の時計を見ながら言った。

「そうなんですね。知らなかった。碧さん、なんでもご存じなんですね。じゃあ、お店ではあえて〝鳩時計〟って呼ぶのが正解ですね」

「まさしく。閑古鳥が鳴くようになったら困りますからね。でも、個人的には今みたいな貸し切り状態がありがたいけどな」

どこまで本気で言っているのか。「ありがとうございます」と笑顔で言えばいいのか「またまたぁ」とおどければいいのか。わからない。黙ってサーバーに落ちる琥珀色の雫を眺めた。最後の一滴が落ちた。香良がいつもそうするようにサーバーを軽くゆすり、心の中で呪文を唱える。「美味しくなりますように」。そして、きょうはもうひと言つけ加える。「この時間が少しでも長く続きますように」。ひと呼吸おいて、波模様のマグカップにコーヒーをそそぐ。

「お待たせしました。季節のブレンド〈春風のいたずら〉です」

「ありがとう」

光の加減でヘーゼルナッツ色の瞳がシナモン色に見えた。そうだ。この人はあの男とは違う。碧はコーヒーを口に含むと目を閉じた。おかげで躊躇うことなくその長いまつ毛を見つめられる。なんて満ち足りた表情を浮かべるんだろう。好きな音楽でも聴くようにかすかに笑みをたたえながら、コーヒーに潜む風味を愉しんでいる。どんなに店が混んでいても、忙しく立ち働いていても、この瞬間の表情だけは見逃したくない。碧がぱちっと目を開けた。視線をそらそうとしたが間にあわなかった。

「うん、美味しい。たしかな春の風を感じる味です」

シンプルだが、いちばん嬉しい言葉だ。

「ありがとうございます」

「あゆみさんはいつもこの店では何杯コーヒーを飲むんですか」

「う〜ん、三杯くらいかな。朝、仕事が始まる前にその日の〝風ブレンド〟を飲むんです」

「なるほど、そのあとメニューを書くわけか」

「そうです。あとは店長が焙煎したばかりの豆で淹れたものを少しずつ。なんとなくそれで二杯分くらいになるので、もう一杯はランチのときかな」

「ランチ？」

「ええ。昼間に一時間ほど。裏の焙煎室で過ごすのがほとんどですけど、たまにひとりでコーヒー持って材木座海岸に行ったりもします」

碧の表情がぱっと輝いたような気がした。

「そうなんだ。じゃあ――」

カランとドアベルが鳴った。潮を含んだ生暖かい風が美佐緒と一緒に入ってきた。

「いらっしゃいませ」

微笑んだつもりだが、どうしても頬が強張る。母親から進呈された鳩時計に邪魔されたと思ったら、次は娘が登場してきてふたりの邪魔をする。いけない。美佐緒と張りあっても仕方ない……わかってはいるのに意識せずにはいられない。

「どうもぉ、あゆみちゃん。あ、碧さん、きょうもこちらにいらしていたんですね」

美佐緒は迷わず碧の隣に腰をおろす。

「ああ、ここのコーヒーに夢中だからね」

碧は優しく笑った。そう、あたしだけにではない。この人は誰にでも蕩《とろ》けるような笑顔を見せるのだ。

「美佐緒さん、きょうも魔女の庭に行ってたの？」

ふたりが話しているとつい割り込みたくなる。「魔女の庭」はゆき先生の遺志を継ぎ、みんなの集いの場として復活した。古参メンバーを中心に週二、三回活動をしているが、ここにきて美佐緒もしょっちゅう参加している。

「そう、きょうはフェンネルやミント、エルダーフラワーを使ったデトックスハーブティーを作ったんだよ。それとセージソースも。こっちはイタリアンでもよく使うからあたしの専門。で、千恵子さんや母は放課後組とかで」

美佐緒は麻雀牌をかきまわすような手つきをして笑った。最近になって知ったのだが、ハーブのレッスンのあと、麻雀をやるのが千恵子や倉林さんのもうひとつの愉しみなのだそうだ。

「そのまままっすぐ帰ってもよかったんだけど、あたしもコーヒーの香りが恋しくなって。ここのは、おうちカフェとはまた違った美味しさがあるから」

碧がここに来るようになってから、美佐緒も帰りにたびたび顔を出すようになった。二階堂から材木座までバスを使っても三十分以上かかる。お目当ては忠人やあたしが淹れるコーヒーではなく間違いなく碧なのだろう。

「美佐ちゃんは何を飲む？」

碧は優しく問いかける。

「う〜ん、あたしも碧さんと同じのをいただこうかな」

美佐緒はメニューも見ずに〈春風のいたずら〉を注文した。

「はい。少しお待ちくださいね」

ふたりに背を向けて豆を挽いた。数分前にドアベルが鳴る直前、碧は何を言おうとしたのだろう。もしかしてお昼に誘ってくれた？　もしもあのタイミングで美佐緒が来なければ……。いつもよりゆっくりとミルのレバーをまわす。立ちあがってくる芳しい香りが乱れた心を落ち着かせてくれるが、ふたりの会話を聴いていると、またざわついてくる。なんであたしはあゆみさんなのに美佐緒のことは美佐ちゃんと親しげに呼ぶの？　美佐緒も美佐緒だ。どうやったら碧にそんなに馴れ馴れしく接することができるのか？　ダメだ、もう考えないようにしよう。豆を挽くのに集中する。いつもならもっと軽やかなリズムを奏でられるのに、どうしてもうまくいかない。バリスタ失格だ。

カウンターのほうに向き直って湯をそそぎ始めた。碧はもうこちらを見ていない。

「――それにしても、お気になんですね。このお店が」

「うん。サードプレイスって言うのかな。ここは僕にとってそういう場所なんだ」

「サードプレイス？」

美佐緒が小首を傾げ碧の顔をのぞき込んだ。ふたりの距離が近い。近すぎる。

「ああ、文字通り『第三の場所』のことだよ。家や職場以外の、ストレスを解消できる空間。美味いコーヒーを飲みながら店長やあゆみさんや美佐ちゃんと会話していると、何者でもない自分にほっと還れた気分になる。いったん空っぽになって明日への英気を養えるっていうか。そういう場所を持っていると人生がぐっと豊かになる」

碧の話が一段落したところで美佐緒にコーヒーを出した。

「お待たせしました」

「ありがとうございまぁす」

美佐緒は波模様のカップをちらりと見ると、また視線を碧に戻す。

「サードプレイス。なるほどねぇ。わかるような気がします。このお店、初めて来たときにも、初めてじゃないような気がして。あたしはそういう不思議なデジャヴ感も気に入っています」

碧は愉しげに笑った。

「居心地いい、そう思えればそこがサードプレイス。僕にとっては、おうちカフェもそんな場所だったよ」

「わ〜、嬉しい。そうだ。もうすぐ鎌倉もしらす漁解禁でしょ。そしたらまたおうちカフェにいらしてください。春のしらすパスタ作りますから」

「いいね。是非。美味しいパスタと」

碧は白い歯を見せて笑うと、こちらを見た。

「食後のコーヒー、期待しています」

そうしてバブアーのジャケットのポケットから代金を出しテーブルに置いた。

「え、もう帰っちゃうんですか」

「ああ、放課後組の面々にも挨拶したいし。というか一ゲームつきあえって、みなさんにせっつかれているんで」

「じゃ、また」

美佐緒は碧のうしろ姿が消えてもまだドアの外を見つめている。

「美佐緒さん、コーヒー冷めないうちにどうぞ」

「あ、うん。そうだね」

ようやく波模様のカップを傾けた。

「美味しい」

言葉とは裏腹に美佐緒は深いため息をついた。

「碧さん、素敵だよねぇ」

なんと相づちを打てというのか。

「あゆみちゃん……」

次に続ける言葉を選びあぐねているのか、美佐緒は大きな黒目を左右に動かしながらカウンターの上を軽く叩いた。

「あのさ、もしかして碧さんに魅かれてたりする？」

穏やかに切り出されたぶん、胸に刺さった。

「あたしは……あゆみちゃんだから思い切って言っちゃうけど、碧さんのこと、すごくいいなぁと思う。あんな人が独身だなんて、それだけで奇跡っていうか。あ、もちろんね、つきあいたいだなんて思ってないよ。あたしにとって碧さんは、ショーケースの中のボタニカルケーキみたいなもんで。眺めているだけでじゅうぶん……ではあるんだけど、もしもあゆみちゃんみたいな人が彼のこと好きだったら、勝ち目がないっていうか、片思いでも辛いなぁと思って。まぁ、覚悟しておこうかなって」

「そんな……あたしなんて」

首を横に振っていた。

「どうして？　こんなにキレイで性格もいいんだもの。男だったら誰だってあゆみちゃんに魅かれるよ」

美佐緒は不思議そうな顔でこちらを見る。なんであたしにそんなこと言うの？　嫌味？　怒りが込みあげそうになった。

いやでも……。そうだ、去年の五月におうちカフェに入ってきた美佐緒は、あたしがトランスジェンダーであることを知らないのかもしれない。おうちカフェの仲間がひとりひとり頭に浮かんだ。あたしの秘密を耳打ちするような人はいない。何も知らされてないから「女同士」として、あたしが気になるっていうこと？　ますます混乱してきた。あたしは今、ここで本当のことを言うべきなのか。でも、言うと負けるような気がする。何に？　女である美佐緒に？

「ゆき先生にあたしは一度だけお会いしたことあるけど本当に素敵な人だった。碧さんはあの人に佇まいがそっくりだもの。そりゃあ素敵ですよね。でも、あたしにとっては、そうだな、華やかな香りがする紅茶みたいな感じ？　いいなと思うけどあたしはコーヒー一筋というか。ひとまわりも年上だし、碧さんとどうこうなんて考えたこともないです。それよりも……」

どうして本当の気持ちを言えないんだろう。

「美佐緒さん、あの……」

「なあに？」

「実はね、あたし。うーん、何から話せばいいかわからないんですけど……」

エプロンの前でくんでいた手をほどきもう一度くみ直すと、美佐緒の目は不安げに曇った。

「やっぱり碧さんを？」

「ううん、そうじゃなくて……」

「ただいま」

焙煎室につながるドアが開いた。

「おっ、美佐ちゃん、来てたの？」

配達に行っていた忠人が戻ってきた。美佐緒とふたりだけの張りつめた空気から解放され、ほっとした。

「こんにちは」

「タイミングいいねぇ。これ、冷蔵庫に入れようと思って持ってきたんだ。あゆみちゃんに託けようと思ってたんだけど、せっかくだから持って帰ってくれる？」

そう言って特大ケースに入った苺をふたつ掲げてみせた。

「こっちはお母さんに。先日の鳩時計のお礼。で、もうひとつは香良さんに」

「うわ、粒おっき。いいんですか。母は苺に目がないんです。ありがとうございます。おうちカフェのみんなも大好物だと思います」

甘酸っぱい香りが店に漂うコーヒーの香りに溶けあっていく。忠人は黙ってこちらに苺を渡した。

美佐緒が持ち帰りやすいように大きめの袋に二パックを並べるようにして入れた。

「じゃあこれ、どうぞ」

袋を渡すと、美佐緒は忠人とあたしの顔を交互に見た。

「店長とあゆみちゃん、なんかもう阿吽《あうん》の呼吸ね。そっか、話ってそういうことね」

ひとり合点したようにほくそ笑むと、コーヒーを飲んだ。

「どうした？　美佐ちゃん、なんでそんなにニヤニヤしてんの？」

忠人が首を傾げる。

「いえいえ。ただ……ふたりはお似合いだと思って。あ〜、春風のいたずら、本当に美味しい」

美佐緒は無邪気にもう一度笑った。

❖　❖　❖

今小路の踏み切りを渡り、住宅地へと入っていく。空には雲ひとつない。薄いヴェールがかかったようなこの季節だけの優しい水色。見上げながら歩いていると、メジロのデュエットが聴こえてきた。どこで鳴いているんだろう。目に入る花の木を丹念に探す。昼間にこうしてゆったり散策できるのは定休日ならではの贅沢だ。メジロはなかなか見つからない。そのかわりにミツマタ、サンシュユ、ハクモクレン、いろいろな花を観賞できた。季節はたしかに移り変わっている。

いつもの曲がり角まで来た。おうちカフェの高くはない塀の上でミモザの黄色い花が揺れている。すぐそばでグレーのゴルフキャップをかぶった初老の男が、背伸びして木々の間からおうちカフェをのぞいている。視線を感じたのか、男がこちらを見た。八の字眉毛がさらに困ったように下がった。美佐緒の父親だ。こちらに向かって会釈した。去年の五月に「尼寺に行け」と愛娘を勘当同然で追い出したと聞いている。美佐緒によると「たまに家に行ってもいまだに目もあわせてくれない」そうだが、その実、娘の様子が気になって仕方ないのだろう。「娘のことを頼みます」。そんな表情を残して、足早に去っていった。いくつになっても娘がかわいいんだな。トランスジェンダーと告げた途端、距離を取り始めたうちの母親とは大違いだ。

青い木戸を開ける。香良がひとりテラスにいた。小鳥のように小首を傾げ、スマートフォンを触っている。

「ただいま。黒キャベツ、ラスト一個残ってたよ」

レンバイ（鎌倉市農協連即売所）で買った野菜の入ったエコバッグを掲げてみせた。

「ありがとう。この時期の黒キャベツ、実がぐっと詰まって美味しいのよね。あたしはさっきお客さんが帰ったんで、カップを片づけて、ひと息ついてたところ」

隣に腰をおろすと香良の膝の上に置かれた空色のスマートフォンが目に入った。

「インスタをあげてたの？」

「うん。きょうはお天気もいいんでちょっと趣向を変えて」

照れたようにうなずくと、香良はスマートフォンの画面をこちらに見せた。ミモザをバックに若竹色のマグカップが写っている。

「今の季節っぽくっていいね」

「そうかな。いざ撮ってみると、バランスが……。なんだかミモザがモリモリ、大盛りみたいに見えない？　角度がいまひとつなのかなぁ。あたしが撮るとセンスがなくてダメね」

「そんなことないよ、大盛りミモザってかわいい」

「ありがとう」

香良は嬉しそうに笑った。少し垂れた目が優しい弧を描く。叔父の忠人と同じ目だ。

「そうだ、コーヒー淹れよっか」

「いいの？　じゃあ、お言葉に甘えてお願いしちゃおうかな」

「では、しばらくお待ちくださいね」

香良は笑顔でエコバッグを受け取ると腰をあげた。

さっき鳴いていたメジロたちが移動してきたのか、それともおうちカフェの常連か、チィチィチィというデュエットが聴こえてきた。うん？　今のは？　キリリコロコロと鈴のような鳴き声が交じっている。

ふと気配を感じ、視線を落とす。テラスのすぐ先で咲き始めた沈丁花の上を白い蝶が舞っている。花の蜜を吸っては舞い、また吸っては舞う。しばらくその優雅な羽ばたきを眺めていた。この前、碧がここに来たのは一月だった。あのときは冬すみれが盛りだった。今はハナニラやシャガが咲き誇っている。この春の庭を一緒に見られたら……。

「またおうちカフェにいらしてください。春のしらすパスタ作りますから」

数日前の〈DANS LE VENT〉での美佐緒の言葉が頭をかすめる。

碧は白い歯を見せて笑うと、こちらを見た。

「食後のコーヒー、期待しています」

もうすぐしらす漁の解禁だ。誠実な碧のことだ。きっとまたおうちカフェに来てくれる。そのときは美佐緒ともっと親しくなっているのだろうか。そんなの嫌だ、耐えられない。でも、勝ち目はない。心は女でも身体は男だ。その事実を告げた瞬間、何もかもが終わってしまうに決まっている。

「お待たせ」

香良がコーヒーを運んできた。

「ありがとう」

茜色のカップが目の前に置かれた。

「エチオピアモカよ。エチオピアってコーヒーの貴婦人って言うんですって。あゆみちゃんにぴったりかと思って。で、ついでに自分のまで淹れちゃった」

「いい香り。いただきます」

マグカップを軽く掲げて最初のひと口を飲んだ。アプリコットのようなフレッシュな酸味が広がる。華やかなコクとかすかな甘みの余韻がスッと切れる。〈DANS LE VENT〉のエチオピアが潮風ならば、こちらは谷戸を吹き抜ける風を感じる。

「春のはじめのきょうみたいな気候にぴったり。すごく軽やかな気分になれるコーヒーですね。なんだかあそこで羽ばたいている蝶々みたい。香良さんの淹れるコーヒーがあたしにはいちばん落ち着くな」

さっきまで一羽だった蝶々がいつの間にか二羽になっている。

「そう言ってくれるのがいちばん嬉しい」

香良は微笑むと自分の淹れたコーヒーを飲んだ。

「ねぇ、ひとつ訊いてもいいですか？」

白い蝶のカップルは奥のカタクリの花へと移っていった。カップ片手にその様子を見ていた香良がこちらを見た。

「いいけど、どうしたの？」

「ごめんなさい、唐突に。香良さんって自分の『これから』について考えたりすることある？」

「これから？」

「うん、たとえばだけどね、おうちカフェいつまで続けるのかなとか、年をとってひとりだったらどうしようとか」

「ああ、そういう『これから』か」

香良は合点がいったようにうなずいた。

「そうだな。今のあゆみちゃんの年齢ぐらいのときは、そればっかり考えて不安になっていたような。でも、いつ頃からかなあ。……多分、父が突然倒れて亡くなってから。いや、もう少しあとかな。だんだん変わってきた。これからひとりでどうやって生きていこうと思って、鳥や虫の声を聴きながら庭を眺めることが多くなって気がついたの。昨日、きょう、明日……ふたつと同じ風景はないって。形こそ違えど、みんなここで懸命に生きていて。なんていうのかな、あれこれ悩んだりせずひたすらに生きている。そういうのって素敵だなって。そんなことを考え始めた頃、離婚した三樹子が転がりこんできて……」

そこまで言うと、香良はこちらを見て手をあわせた。

「ごめんなさい。あたし、根が陰気だから、はじめはシェアハウスなんて全然気乗りしなかった。誰かのために心を砕いて暮らしていくなんてまっぴらだと思っていた。あの頃は明日が来るのが憂鬱だった。でも、住人がひとりまたひとりと増えてきて、人も自然も同じ。みんな違うってことを受け入れながら、ともに生きるって悪くはないなって。でね、あるとき、気がついたら、おうちカフェの明日を誰よりも楽しみにしている自分がいた」

「明日か……。香良さんにとっての『これから』は明日ってこと？」

「うん。短絡的というか近視眼的というか、あたしあんまり先のことを考えられない性分なのかもしれない」

肩をすくめて香良は笑った。

「あたしにとっては明日の連続が『これから』。だからとりあえず明日がきょうよりも健やかでいられるように、モヤモヤはため込まずすっきりしてから寝るようにしてる。そういえばね、うんとちっちゃい頃、誕生日に父がホタルを観に連れていってくれたの。踊る流れ星。それはそれはきれいで夢みたいな光景だった。今でもときどき、なんであんなにきれいだったのかなって考えるんだよね」

「理由はわかった？」

香良は笑顔で首を横に振った。

「うーん、わからない。でも、あのとき、ホタルを観てきれいだなぁと震えた感じ。ほら、昔、古文で習ったじゃない？　『いとあはれ』って言葉に似ていた。その『あはれ』の芯の部分と似たものをおうちカフェで感じるときがある。たとえば、みんなで笑いあっているとき、ふと思うの。あゆみちゃん、美佐緒ちゃん、千恵子さん、里子さん、三樹子……。縁あって巡りあったみんな。いつまでこの仲間で愉しく笑っていられるかわからない。でも、今このひとときがあれば、明日は明日って……あれ、何の話だっけ？　そうそう、『これから』の話ね。質問の答えに全然なっていない。こんなんだから三樹子に呆れられちゃう。『香良の話はあちこち飛んで、全然わからない』って」

香良は困ったように頭を掻いた。

「ううん、わからないでもない。あたしもおうちカフェのみんなでわいわいやっているとき、すごく愉しい。でも……。いつまでこんな満ち足りた時間が続くんだろうって。そのありがたさと儚《はかな》さが同時に混じりあうみたいな感じ。あたしは多分、香良さん以上に陰キャだから、儚さのほうが大きい。今だけじゃ不安なの」

「それでいいんじゃない？」

「え？　そうなの？」

香良は笑顔でうなずいた。

「だって物ごとの感じ方は人それぞれだもの。同じ屋根の下で暮らしているからって、みんなが一緒じゃなくていい。あたしたちみたいにイジイジしがちなのがいる一方で、三樹子みたいに前向きで陽気な人もいる。みんながそれぞれ自分の方法で『明日』を考えているから、一緒にいても愉しいんだと思うよ」

「そっか。言われてみればそうかもね」

ピィールーリー
香良の手もとから鳥の囀りの着信音が聴こえてきた。

「お話し中なのに、ちょっとごめんね」

スマートフォンに視線を落とした香良の顔がぱっと輝いた。

「何かいい知らせ？」

「うん。さっきの投稿にコメントをくれた人がいて……。やだ、そうだったんだ」

くすくすと笑う。

「どうしたの」

香良はスマートフォンをカフェテーブルの上に置いた。

「この大盛りミモザの中に鳥が隠れてるんですって。あゆみちゃん、見つけてみて」

「え、どこだろう。ミモザの中ですよね？」

目を凝らして、香良が指で拡大してくれた黄色い森を見る。

「あ、いた」

画面の右端の枝に止まっているオリーブ色の鳥を指さした。顔はミモザの中に隠れて見えないが、白い波模様の中に黄色いラインが入った羽が見えている。

「ほんとだ。さすがあゆみちゃん。見つけるのが早い」

香良がこちらを見て嬉しそうに笑う。

「たまたまです。これなんて鳥？」

「カワラヒワ。止まっていると地味だけど、羽を広げると内側の黄色がぱあっと目立ってきれいなんだよ」

「それってもしかしてキリリコロコロって鈴みたいに鳴く？」

「うん。繁殖期とかは『びーん』って鳴くんだけど、地鳴きはそんな感じ」

「そうなんだね。さっきコーヒーを待っているときにメジロの鳴き声に交じって鈴みたいな声が聴こえてきたの。いったいどこにいるんだろうと思ってたら、大盛りミモザの中にいたんだ。全然気づかなかった」

この小さな写真の中から小鳥を見つけ出してくれるなんて。コメントをくれた人は香良の投稿をじっくり大切に見てくれているのだろう。

「ねぇ、そのコメントくれた人が噂のコトリさん？」

三樹子が「コトリじゃないよコジマだよ」とよくからかっている小島守。香良がおうちカフェのインスタグラムを通して知りあった鳥好きのフォロワーだ。

「そう。相互フォローしているんだけど、この人の鳥の写真が本当に素敵なの。同じカワラヒワでもね、ふたつと同じカワラヒワはいない。みんな与えられた生を懸命に生きている。そう思わせてくれる写真を撮るの。この人、きっと鳥の一羽一羽にも〈鳥格〉を認めてるんだなって思う」

「人格じゃないのね」

「そう、人間の都合で擬人化しないの。それが素敵だなあって」

その人のこと、好きなの？　訊こうと思ったがやめた。訊かなくてもわかる。その横顔を見ていると。

あたしも碧のことを話すとき、きっと今の香良と同じ横顔をしている。

❖
❖
❖

夜風が波模様の窓をノックする。読みかけの『マザーツリー　森に隠された「知性」をめぐる冒険』を閉じた。先日、碧が店に来たときに薦めてくれた本だ。書かれていることは難しいのだが、著者の生い立ちとともに森の生態が書かれ、木や植物とのコミュニケーションの大切さが伝わってくる。ただ、きょうはあまり集中できない。スタンドがわりに置いたソイワックスキャンドルの炎をしばらく眺めた。モミと杉の葉がブレンドされた香りが森の中にいるような気分にさせてくれる。
THE ANSWER IS BLOWIN' IN THE WIND
視線を落とすと、かつてこの部屋に住んでいた忠人が彫った木肌色の歌詞が目に入ってきた。お世辞にも上手とはいえないバラつきのある文字をゆっくりとなぞる。この部屋に来て二年と少し。きょうに至るまでの想いが風のように駆け巡る。〈DANS LE VENT〉で働き始めた頃、あたしは忠人にたしかに魅かれていた。告白しようだなんて思いもしなかった。忠人が何よりも愛するコーヒーの香りの中で同じ時間を過ごせることがただ嬉しかった。それでじゅうぶんだったのに、いつからだろう。ときめきは安らぎに変わっていき、家族といるような心地よさを感じるようになっていた。碧に出会って、狂おしいほどの恋に落ちてしまったとき、その心移りを痛感した。誰かにこの思いを聞いてほしかった。真っ先に思い浮かんだのが忠人だった。「店長、好きな人ができたんです。でも、あたし、身体は男だから言えばきっと嫌われる。どうすればいいんですか」。自分のセクシャリティを話さなければならない。その大前提を考えると現実的ではなかったが、今でもふとその衝動にかられる。

キャンドルの炎に息を吹きかけた。表面が冷めるのを待つ。生温かくクリーム状になったソイワックスを手の甲に塗り込む。筋張った甲に関節の太い指。女らしさからは遠い手だが、せめてきめ細かさは保ちたい。目を閉じ、ほのかに立ちあがってくる森の香りを吸いこんだ。

時計の針は十時半をまわったところだ。階下から笑い声が聴こえてくる。おうちカフェに住むようになって笑い声にもそれぞれの音階があることを知った。今、リビングにいるのはおそらく三樹子と里子と美佐緒だ。『マザーツリー』の表紙に写った森を眺めた。この本をしばらく読んだら寝るつもりだった。でも……。

〈明日がきょうよりも健やかでいられるように、モヤモヤはため込まずすっきりしてから寝るようにしてる〉

昼間に香良が言っていた言葉が引っかかっていた。あたしの明日は……。健やかに過ごしたいけれど、割り切れない何かがずっと心の中で渦巻いている。ふと思い立つことがあった。ゆっくりと腰をあげ、部屋を出た。早寝の千恵子はもう休んでいるのだろう。音を立てないように階段をおり、リビングに通じるドアを開けた。

「おっ、あゆみちゃん、来たね」

出窓を背に座る里子がこちらを見て片手をあげた。隣に座る三樹子も笑顔でグラスを掲げた。

「あ、もしかしてあたしたち、うるさかった？」

首にタオルをかけた美佐緒がスッピンで振り返った。

「ううん。まだ眠る気分じゃないなぁと思っていたら、下からかすかな笑い声が聴こえてきたんで、あたしも仲間に入れてもらおうかと」

そう答えながら、美佐緒の隣に腰をおろした。

「それそれ。春の夜ってさ、なんか生暖かくてもやっとしてるからね。急に睡魔が襲ってくるか、延々眠れなくなるかのどっちかじゃない？　うちらは断然後者。ってことであゆみちゃんガンガン飲もっせ」

お団子頭にした三樹子も化粧を落とし、能面のような顔になっている。さっと立ちあがると、キッチンに行きグラスと小皿を持ってきてくれた。

「きょうのオススメはコーヒー焼酎でございますぅ。お湯割りと水割り、どちらになさいます？」

琥珀色の液体が入ったデキャンタ片手に小首を傾げ訊いてきた。色白の頰がだいぶ紅い。

「じゃあ、三樹子ママ、水割りを。氷はなしでお願いします」

「かしこまり〜。ここんとこサトちゃんがムヒョクの影響ですっかり焼酎にハマっちゃってさ。『焼酎はマストやからな』ってうるさくってさぁ。しかもコーヒー焼酎がいいっていうから大量に仕込んじゃった。あゆみちゃんや香良が作ってくれるのよりは味が落ちるけど」

手慣れた様子でマドラーをかきまわす三樹子を里子が睨む。

「ちょっとミキティ。あたしがハマっとるのは、コーヒー焼酎やで。ムヒョクとは一ミリも関係ないし」

里子が方言を喋っている。かなり酔いがまわっている証拠だ。

「はいはいはい。ハマっててもハマってなくても、とりあえず乾杯《コンベー》！」

三樹子はこちらにコーヒー焼酎を渡すとすばやく自分のグラスを持った。

「ミキティ、もうええ時間なんやって。声大きすぎやし。しかもなんで韓国語なん？」

三樹子を横目で睨みつつも里子もグラスを持ちあげた。

韓国ドラマとBTSが好きな美佐緒はこちらに掲げたグラスを近づけてくる。

「コンベー、あゆみちゃん、ようこそ」

カチンとふたつのグラスが重なりあう。くりくりとした瞳がこちらを見て屈託なく笑った。

「でな、あたしとミキティ、夜更かし組のふたりでチビチビやってたんや。ほら、いつもならここにあったストーブでミキティがおつまみを焼くんやけど、あれ、先週しまったばっかかやんか」

「それそれ」と三樹子はコーヒー焼酎を飲みながら里子の言葉を引き取った。

「あたしの大事なおつまみ製造機がないから、どうするぅ？　チーズでも摘まむ？　って話してたらお風呂あがりの美佐ちゃんが来てさ、冷蔵庫の中のもんでイケてるアテを作ってくれたとこ」

テーブルの上の青い皿には「く」の字に切り込みをいれた苺がまあるく並んでいる。中にはクリームチーズとアーモンドが入り、ハチミツと黒コショウ、彩りにイタリアンパセリが添えてある。

「そうなんだ。このおつまみ、彩りもきれいで春の夜飲みにぴったり。あたしももらっていい？」

「もちろん」

美佐緒が笑顔でうなずいたので、水玉の縁取りの小皿に苺をふた粒取った。コーヒー焼酎をひと口飲み、おつまみを摘まむ。苺とクリームチーズの柔らかさ、アーモンドの硬さが口の中で心地よいハーモニーを奏でる。甘酸っぱさのあとから香ばしさとかすかな辛みが花火のように広がっていく。

「これすっごく美味しい」

「よかったぁ。ブレンドコーヒーみたいにひと口でいろんな味を楽しめるといいかなって」

美佐緒がうなずきながら笑った。

「やだ、珍しく出遅れちゃったよ。あたしもいただきぃ。何これ？　うますぎ。すごいよね、ちゃちゃっと作れるなんて。しかもお酒にぴったり。美佐ちゃん、絶対いい奥さんになるよ」

そこまで言うと、三樹子は糸のように細い目でみんなの顔を見まわした。

「……って、今のあたしの発言、セクハラ……じゃないよね？」

「う〜ん、ギリセーフです。この後に、『いい相手はいないの？』なんて質問が続いたらアウトだけど」

グラスを持った美佐緒は丸い大きな目をくるくる動かしながら笑った。

「お～、よかった。こう見えてあたし、チキンハートだからね。美佐ちゃんのこと傷つけたんじゃないかってドキドキしちゃった」

大袈裟に胸をなでおろす三樹子を隣の里子が肘で突いた。

「どこが、チキンハートなんや。聞いて呆れるわ。ミキティ、あゆみちゃんにもしょっちゅうセクハラまがいのこと言うてるやん。なぁ、あゆみちゃん」

「ええ、これまで二百回、いや四百回ぐらいは言われました」

笑いながら答えると、三樹子は拝むようなポーズを取ってこちらを見た。

「え～、ごめ～ん。あゆみちゃん」

「冗談ですよ、冗談。全然、気にしてませんから。でも、三樹子さん、香良さんのことも『コトリじゃないよコジマだよ』とか言って、毎日のようにからかってるし」

三樹子はコーヒー焼酎をぐいっと飲むと軽く肩をあげた。

「だって香良だけにからかいたくなるじゃんよぉ」

思わず吹き出してしまった。

「三樹子さん、今どき店長だって言いませんよ、そんなダジャレ」

グラスを傾けながら、やけに肌艶がいい三樹子を見た。お節介で騒がしく押しも人一倍強い。なかなか癖の強い性格で時には疲れることもある。でも、これまでこの明るさにどれだけ救われてきたことか。

里子は片肘をついて三樹子の横顔を眺めながら言った。

「ミキティっておうちカフェでいちばんオヤジ度高いなぁ。しかも昭和がすぎる。昔、出版社で働いてたとき、ぎょうさんおったわ。ミキティみたいなこと言うおっさんが」

「ふん、おっさんで悪かったね」

三樹子はそう言ってグラスに残ったコーヒー焼酎を飲み干す。毎度のことだが、食べるのも飲むのも早い。

「でも、そのおじさんぽいとこがあるから、女ばかりのおうちカフェはうまくいくのかも。あたし小学校から大学まで女子校だったでしょ。不思議なもんで女子ばかりが集まると男子の役割をする人が出てくるんですよね。率先して荷物を運んだり、めちゃくちゃリーダーシップを取ったりと、やたらと決断が早かったり。そういう人がいるとみんな頼っちゃう。だから、いいんじゃないかな。三樹子さんみたいな感じ」

「それそれ」

コーヒー焼酎のおかわりを作っていた三樹子はマドラーを振った。

「美佐ちゃん、ナイスすぎるご指摘！　そうよ、あたしがいてこそ、このおうちカフェはうまくまわる」

「いやいやいや」

里子は三樹子の言葉を遮るようにして首を横に振った。

「そりゃミキティは、おうちカフェのことはいろいろやってくれてるよ。にしても、や。ちょっとオヤジがすぎるで。同時にオバサン度もハンパないからなぁ」

「好奇心旺盛なんですよ。うちの母と同じ。まあ、身内を褒めるのもなんですけど、母もなんやかんや言って頼りになるし。三樹子さんにはなおのこと、すっごく元気をもらえています」

「おお、またまたベストフォローありがとう」

三樹子は手を差し出して、美佐緒に握手を求めた。

「うわっ、その仕草がすでに昭和」

テーブル越しに美佐緒と握手しながら三樹子は里子を軽く睨む。

「いいじゃんか。サトちゃん忘れた？　おうちカフェの募集要項に『昭和生まれ』ってあったでしょうが。でも、なんでだろ。大昔、ＯＬやってたとき見たオヤジ仕草がインプットされちゃったのかな」

「ていうか、ＯＬって言葉自体がすでに死語やんか。そういうあたしも、ミキティに毒されてだいぶオヤジ化してきたかもなぁ。せや、ミキティ真似て、あたしもオヤジっぽい発言してもええか」

里子はテーブルにぐっと身を乗り出してこちらに顔を寄せてきた。

「な、なに？　どうしたんですか、里子さん」

思わず身構えてしまう。

「いやぁ、あたし。あゆみちゃんが酔っていく顔、好きなんよ。だんだんに桜色になって。しかもきょうはカラーコーディネイトしたみたいなワイン色の眼鏡かけとるし。眼鏡っ娘《こ》ってええなぁ。あたしのオヤジ心をくすぐる……ってこれもセクハラか？」

「全然オッケーですよ」

あたしのかわりに美佐緒が答えた。

「わかりますぅ。眼鏡姿で頬が桜色のあゆみちゃん、萌える。てか、羨ましい。あたしなんてお酒まわると、ゆでダコ状態になっちゃうし」

美佐緒は自分の頬に手を当てる。

「それそれ。四十の坂を越えると肌がくすむから？　気づくとゆでダコになってるよね。あたしも若かりし頃は桜色だったような気がするけど。ていうか、今さらだけど、サトちゃんは飲んでも全然変わんないよね」

「ミキティ、そうなんよ。やからあゆみちゃんみたいな桜色に憧れる。ていうか、桜色で思い出した。これ」

里子はパーカーのポケットから小瓶を出してテーブルの上に置いた。

「うわぁ、きれい」

美佐緒が身を乗り出して小瓶を見た。中には薄紅色の貝が三分の一ほど入っている。

「さくら貝や。ムヒョクと海岸を散歩してると、ときどき見つけるんや。波打ち際にこういうの落ちとると、海の花びらみたいでつい拾ってまう」

「おー、出た。ムヒョク」

三樹子は拍手した。

「あのイケメンと波打ち際を散歩なんて、もうそれだけで韓流ドラマじゃん」

「おやじミキティは黙っとれ」

里子は横目で三樹子を制しながら話を続ける。それでも「ムヒョク」に反応しているのか、酒を飲んでも顔色が変わらぬ里子の頬が紅く染まり始めている。

「ほんまはな、集めたさくら貝、あゆみちゃんの誕生日にあげよう思ってたんや。でも、よくよく考えてみたら、ビーチコーミングって自分で拾ってこそやろ。で、プレゼントは別に考えるとして。せっかく集めたし、なんなら、このあたりに飾るのもええかなって。たしか香良ちゃんのパパの誕生日、四月やし」

里子は振り返り、出窓の前にある写真立てを指さした。木枠の中では香良の父親がぎこちない笑みを浮かべている。黒ぶちの眼鏡をはずして無精ひげをはやせば、そのまま忠人の顔と重なる。

「お、サトちゃん、よく覚えてたね。パパの誕生日。さくら貝っていったら、鎌倉の海の贈り物だもんね。近くにあったら、パパも喜ぶよ、きっと」

三樹子は小瓶を取って、香良の父の写真の前で振ってみせた。

「ミキティってば、香良ちゃんのパパに見せるのはまだ早いんやって。もうひと手間かけてから、ここに飾れんかなぁと思って」

「あの、もしよければ、あたしの集めたさくら貝も少し加えたりします？」

〈DANS LE VENT〉から徒歩三分。材木座海岸で拾い集めたさくら貝はキャンドルが入っていた瓶に入れ自分の部屋に飾ってある。波模様の磨りガラスごしに光が射しこむと薄桃色の貝がにわかに色づいて見える。

「いいねぇ。ベッピンさんが拾った貝だとパパも喜ぶ。じゃあさ、瓶ももうちょっと大きくして他の貝も入れたりする？」

三樹子の提案に美佐緒は丸い目を大きく見開いた。

「だったらいっそハーバリウムにしちゃうっていうのはどうですか？」

「へ？　何それ」

三樹子は口を「O」の字にした。

「ミキティ、見たことないか？　ほら、雑貨屋とかにあるやんか。ドライフラワーとか木の実を専用オイルに浸したやつ」

里子は飲みかけのグラスを置き、スマートフォンでハーバリウムの画像を検索すると、隣の三樹子に見せた。

「あ〜、はいはいはい、これ、瓶に入った油にいろいろ浮かんでるやつね。いいじゃん、めっちゃオシャレ」

「ハーバリウム、魔女の庭のお手洗いにも飾ってあるんですよ。もともとは植物標本だったんだけど、いつからか、インテリア雑貨として広まった……って碧さんが言ってた」

他ならぬ美佐緒の口から「碧」という名前を聞くと、胸の奥が焦げるように痛くなる。グラスに三分の一ほど残っていたコーヒー焼酎を飲み干した。「おかわり作る？」。三樹子がこちらに手を差し出したが首を横に振り、自分でデキャンタに入ったコーヒー焼酎をグラスにそそぐ。

「碧さん、お母さんの影響か、ハーバリウムも詳しいんです。いろんな種類があるんだって。せっかくだったら『森』バージョンも作ってみません？　シダの葉とか苔とか、山アジサイのドライフラワーとか入れてもいいし」

「いいねいいね、海と森、ふたつ並べてみるのも、ね、パパは森も好きだったよね」

そう言って三樹子は写真立ての中の「パパ」に話しかけた。

「ちょうどよかった。来週の火曜日、碧さんがしらすを使ったパスタを食べにくるんです。碧さんに森のハーバリウム、どんな植物を入れたらいいか、相談してみません？」

美佐緒の弾んだ声が耳に障る。いつの間に？　たしかに店で美佐緒はしらすパスタの話を碧にしていた。でも、日にちまでは決まっていなかったはずだ。あのあと、ふたりは連絡を取りあっていたのか。ひどい、抜け駆けするなんて。

「おー、美佐緒ちゃん、やるぅ、碧さん、誘ってくれたんやね。ええね、ええね。またイケメンを拝めるなんて。なんかテンションあがるなぁ」

「ていうかさ」。三樹子がニヤニヤしながら里子の言葉を引き取った。

「ここは開き直って、お節介オバサンとして訊くけど、美佐ちゃん、どーなの？　碧さんとは。この前、家に来たときすっごくいい感じだったたし、魔女の庭にもちょくちょく行ってるみたいだし、でもってちゃっかり家に招待までしちゃってさ。気になる〜」

「え？　どうって」

美佐緒の声は華やいでいる。

「どうなのよぉ？」

三樹子が細い目をさらに細めて訊く。

「う〜ん、そうですねぇ」

美佐緒はこちらを見ながら答えようとした。その瞬間、胸の底から熱いものが込みあげてきた。もう限界だ。

「ちょっと待って。美佐緒さん。あたしも碧さんのこと大好きなんです。今まで黙っていたけど、この家で碧さんに初めて会ったときから、気になって気になって仕方がないの。もう気が変になりそうなくらい」

美佐緒は急に黙り込んでしまった。怒った？　いや、仕方ない。ずっと胸の底に沈めていたものがほとばしる。

「でも、あたしは普通の女じゃない。だから苦しいんです。今まで言う機会がなかったけど、あたしね、気持ちは女で、身体は男。トランスジェンダーなの」

「あの、あゆみちゃん、なにも——」

三樹子が割り込もうとしたが、構わず言葉を続ける。

「わかります？　心と身体が別々な人間は恋をするのも大変なの。いくつもの壁が立ちはだかる。だから、本気で好きにならないように自分を抑えてきた。それでもダメだった。どうしようもなく碧さんに魅きつけられてしまう。泣きたいほど好き……」

ようやく隣を見た。美佐緒は口を半開きにしたまま、グラスを握りしめている。

「この前、美佐緒さんは言ったよね、もしあたしが碧さんを好きなら、自分には勝ち目がないって。

全然違う。三十過ぎてから、こうして女として暮らすようになったけど、恋愛はいつも悲惨。うまくいきかけても、カミングアウトした途端、相手はあたしを化け物みたいに見て逃げ出すの。だから、美佐緒さんみたいに素直に気持ちをぶつけられるのがすごく羨ましかった。あたり前のように男を好きになれて、あたり前のように好意を表に出せるあなたが羨ましくて羨ましくて。そんな卑屈なことを考える自分はもっと嫌だった」

話しながら涙が出てきた。両手で目頭を押さえてもぽたぽたとテーブルに落ちる。小皿の苺が倒れ、アーモンドとクリームチーズがぽとりと離れた。もうぐちゃぐちゃ。みんな呆気にとられた顔であたしを見ている。最低だ。なんて嫌な女だろう。でも、この胸の内を聞いてもらいたかった。自分勝手だとわかっている。でも、そうでもしなければ、あたしは明日をうまく迎えられない。

「あゆみちゃん、もうじゅうぶんや」

里子がそっとティッシュボックスを差し出してくれた。

「ごめんなさい、あたしったら我慢できなくて……」

ティッシュを引き抜き涙をぬぐう。

「我慢することなんかない。今話してくれた辛さ、ずっとひとりで抱えてたんやね。ごめん、気づいてあげれんくて」

里子の低く穏やかな声が荒れ狂っていた心にすーっと沁みていく。

「ううん、謝るのはこっち。ごめんなさい……あたしったら我を忘れて、せっかくの愉しい夜飲みを……」

柱時計が十一時を告げた。

「そうだったんだね」

それまで黙っていた美佐緒が口を開いた。でも、こちらは見ない。両手でつかんだグラスに視線を落としたままだ。

「他にもっと言うべき言葉があるのかもしれないけど、正直言ってびっくりしすぎて、頭が真っ白っていうか」

「ごめんなさい、いろいろ」

「ううん、こちらこそごめんなさい。あゆみちゃんずっと思い悩んでいたのにあたし、ひとりで舞いあがっていた」

美佐緒はぺこりと頭をさげた。

「よくないよね、あたしの悪い癖。誰かを好きになると、余裕がなくなってすごく焦っちゃう。土足であゆみちゃんの心ン中に踏み込むようなことして恥ずかしいっていうか、どうかしてた。本当にごめんなさい」

「そりゃさ、どうかもするよ」

三樹子が口を開いた。

「だって、碧さん、そりゃあ素敵だもの。美佐ちゃんより四歳？　あゆみちゃんより十歳以上だっけ？　たまんないよね、年上の独身イケメン。ていうか、あたしこそごめん。あたしはてっきり、美佐ちゃんは碧さん、あゆみちゃんは忠人さんと思い込んでいたから。本当の気持ちも知らずに不適切な発言ばっかで」

拝むポーズをして頭をさげる三樹子を、里子が肘で突いた。

「もう、ほんまミキティは。ていうか、あたしもごめん。ミキティにセクハラ警報出すのがあたしの仕事やのに、自分も便乗していろいろ訊いちゃって」

「それそれ。あんた、この頃、ムヒョクに夢中すぎてたるんでる」

「やからぁ、ちゃうって。ていうか、懲りんなぁ、ミキティは。またセクハラや」

三樹子は肩をあげ「ははっ」と笑ってみせた。

「まぁ、なんであれ、人を好きになるっていいことよ。あたしなんて、元ダンナと片をつけた今、気になる男はゼロだからね。淋しいもんよ。誰かが気になりだしてドキドキしたり、悲しくなったり、嫉妬したり、心がいろんな方向に動く。真っ只中にいるときは大変だけど、あとから振り返ってみると、その経験って大事っていうか、特別な時間だよ」

里子が苺を摘まみながら三樹子を見た。

「どうしたん、ミキティ。きょうは、えらいええこと言うなぁ」

「でしょでしょ。あたしも伊達に長く生きてない……ていうか、ほんとは昔、香良が言ってたこと、ちょぃとパクってみた」

「なーんや。道理で」

里子の言葉にみんなが笑った。さっきまで強張っていた美佐緒の頬が少し緩んでいる。

形が崩れた苺を元に戻して口に運ぶ。甘くて酸っぱくてかすかに苦い。

◆ ◆ ◆

外は穏やかに晴れている。カウンターを拭いていると〈DANS LE VENT〉と書かれたガラス越しに黄色い自転車が走り抜けるのが見えた。忠人が配達から帰ってきたようだ。

クークックッ

背後にかかっている鳩時計の巣の中からカッコウが出てきて二時半を告げた。シンクに向かう。波模様のマグカップの底面にうっすら残ったコーヒーを捨てて水でゆすぐ。飲み口にオレンジ色の口紅の跡がある。ついさっきまで常連客のミズエが飲んでいたものだ。泡立てたスポンジを二つ折りにしてカップの縁をはさみ唇の形をこする。オイルとワックスと着色料が入り混じった跡はなかなか取れない。ミズエはきょうも昼過ぎにやってきた。延々と粘られたらどうしようとヒヤヒヤしたが、配達に行って戻ってこない忠人を待ちくたびれて少し前に帰っていった。

「よぉ」

忠人が焙煎室のドアを開けてこちらに来た。配達着のバブアーを脱ぎ、いつもの紺色のエプロンをつけている。

「あゆみちゃん、まだいたの？」

どこか不満げにこちらの顔をのぞき込む。

「いるに決まっているじゃないですか。お店を空けるわけにはいきませんから」

「そりゃまぁ、そうだな。きょうは配達も終わったし。閉店までは俺ひとりで大丈夫。早く行けよ。あいつは待ちきれないみたいだったぞ」

忠人は、あたしが洗い終えたカップを受け取ると、波模様の手ぬぐいでキュキュッと拭き、ニヤリと笑った。

「あいつ？」

「うん？」

忠人も首を傾げた。

「あいつって……香良さんですか？」

「何言ってんだよ。碧くんに決まってるだろ」

「えっ」

なぜ？　たしかに碧は今晩おうちカフェにパスタを食べに来る予定だが、まだ三時間以上ある。

「いやさー、さっき自転車で走ってたら碧くんに呼び止められたんだ。ここに迎えに来る約束だったけど、天気がいいんで材木座二号橋の下をくぐったあたりで海を見ているってさ」

動悸が激しくなってきた。碧があたしを待っている？　いったいどうなっているのか。あっ。今朝の美佐緒。あのいたずらっ子のような表情が頭をよぎった。丸い大きな瞳をくるくる動かしながら「帰りに新鮮な釜揚げしらすとワカメを買ってきてもらってもいい？」と頼んできた。あの笑顔の裏に隠されたたくらみが今、わかった。

「あの店長、まだだいぶ早いけど、あがってもいいですか。その分、明日も明後日も残業します」

「だから、さっきから言ってるじゃん。早く行けって」

笑いながら追い払うような仕草をした忠人は「いけね」と何かを思い出したような顔をした。

「ちょっと待っててな」

忠人は小走りで焙煎室に行き、すぐに戻ってきた。手に持った伽羅色の袋をこちらに差し出す。

「はい。今朝、あゆみちゃんが来る前に仕込んでおいたスペシャルブレンド。ケニアとコロンビアだから、美味いぞ。きょうみたいな日にぴったりだ。碧くんに淹れてあげなよ」

ラベルには〈風の中へ〉と手書きされている。

「ありがとうございます。これで食後のコーヒー淹れてみます」

忠人は満足そうにうなずいた。

「俺さ、毎日顔をあわせているうちに、いつの間にかあゆみちゃんの叔父さんみたいな気分になってきた。いや、娘を嫁に出す父親の気持ちっていうかさ。がんばれよ。碧くんの目を見ればわかる。あいつはあゆみちゃんのことを本気で好きだ。それに……オ、ー、プ、ン、マ、イ、ン、ドだ。だから行け」

少し垂れた目が優しく笑った。

「店長……」

あたたかいものが込みあげてきた。あたしがずっとこの人を見つめていたように、この人もまたあたしを見ていてくれた。おそらく忠人は気づいているのだろう。あたしがトランスジェンダーであることを。

「でも、いろいろ複雑なんです。自分のこともそうだけど、他にも碧さんのことを好きな……」

美佐緒の顔が頭をよぎる。

「う〜ん、それはそれさ。頭であれこれ考えすぎて物ごとを複雑にするなよ。風の中でそのときに心に湧いてきたことを伝えておいで。それがいちばん」

THE ANSWER IS BLOWIN' IN THE WIND〜　忠人はそう口ずさんで笑った。

「さ、早く。俺と碧くんとお揃いのバブアー羽織って、いざ！」

顎で焙煎室に通じるドアを指すと、背中を押してくれた。その手は大きくて思っていたよりゴツゴツしている。でも、心地よくあたたかい。

❖
❖
❖

ぴーひょろと頭上でとんびが鳴いた。混じりけのない水色の空でゆったりと輪をかいている。優雅だな。それに比べてあたしは。嬉しいのやら、恥ずかしいのやら、怖いのやら……。いろいろな感情がごったになったうえに気が急いている。

〈DANS LE VENT〉から海岸まで徒歩三分。一秒でも早く着きたくて小走りになっていた。潮風が髪を撫で、通りすぎていく。国道１３４号の下の材木座二号橋《カルバート》が見えてきた。その先で海が光っている。あそこで碧があたしを待っている。あの人を見つけたらなんと言おう。何をどう伝えればいいのだろう。

「頭であれこれ考えすぎて物ごとを複雑にするなよ」

少しかすれた忠人の声が耳の奥で蘇る。そうだ。今は何も考えない。風に吹かれながら、あの人に会いに行く。歩幅が大きくなっていた。なだらかな坂をくだっていく。潮の香りが濃くなってきた。材木座二号橋の下をくぐる。砂浜に出た途端、目前に海が広がる。水平線が春の陽射しに包まれ、きらめいている。

どこ?

息を整えながら材木座海岸を見まわす。漁師たちの船置き場のすぐ先にバブアーを羽織った背の高い男が立っていた。

「碧さん、お待たせしました」

「やぁ、来たね」

片手をあげた碧はこちらを見ると、目尻にシワを寄せた。

「あ、かぶっちゃいましたね」

「ほんとだ」

バブアーだけじゃない。中に着た生成色のスウェット、薄墨色のパンツまで。申しあわせたみたいに同じ色あわせだ。

「このバブアー、店長もたまたま同じのを持っていて。だったら店の配達用にするかってことになって。あたしも仕事に行くとき、いつもこれを着ているんです。それに……」

船置き場の脇にしつらえられた棚でとれたてのワカメが天日干しされている。濃厚な磯の香り。洗濯物のようになびくワカメは海松色《みるいろ》に輝いている。

「今気づいたけど、バブアーってワカメと同じ色なんですね」

「たしかに。ここにいると僕たち保護色になっちゃうね」

碧はまた笑う。不思議だ。ついさっきまで、あんなに焦っていたのに。この人の笑顔を見ていると、それだけで落ち着いてくる。

「新ワカメとしらすを買っておうちカフェに行けばいいんだよね」

碧は時計に目を落として言った。

「まだ少し時間はある。せっかくだから、ちょっとそこに座りませんか？　きみとふたりで海を見るのは初めてだよね」

「ええ」

どちらからともなく由比ガ浜の方へ向かって歩く。さくさくとした砂の感触が心地よい。碧が足を止め、ワカメの干場から少し離れたところに胡坐をかいた。どれくらい近づいていいのだろう。人がひとり入れるくらいの距離を置いて腰をおろす。きらめく波の中にウィンドサーファーが思い思いの鮮やかな帆を立てて進んでいる。江ノ島のむこうには青鼠色の富士山のシルエットがうっすらと見えている。

「たしかにきょうの海はとてもきれい。でも、あの……さっき店長から碧さんがここで待っているって聞いてやってきたんだけど、どうして、あたしが早番であがるって知っていたんですか？」

碧はこちらを見た。陽の下で見るへーゼルナッツ色の瞳はいつもより濃く、シナモン色だ。

「美佐ちゃんが昨日の夜、ＬＩＮＥで教えてくれたよ。あゆみさんは三時にあがるのでそれまでに

〈DANS LE VENT〉に迎えに行って一緒にしらすとワカメを買ってきてくださいって。最初は僕もそのつもりだった。だけど、この天気でしょ。きみと海が見たいと思って、それを伝えに行こうとしたら、ちょうど忠人さんが自転車で通りかかって」

やはり美佐緒だった。敵に塩を送ったつもり？　それとも母親譲りの優しいお節介？　訳がわからない。でも、ありがたい。

「何を笑ってるの？」

碧が顔をのぞきこんできた。

「別に。砂の上に座るのってひさしぶり。気持ちいいなぁって」

小さな貝殻や木の枝に交ざって海松やアカモクなどの海藻が打ちあげられている。きらきらと輝く砂を摑んで指の間から漂流物の上へ落とす。

碧の背後でワカメが揺れている。レースのカーテンみたいだ。そういえば似た光景を昔、千葉の海岸でよく見かけた。あれはいつだったか。学校をさぼって日がな一日、浜辺で風に揺られるワカメを眺めていた。

「どうかした？」

「あ、いえ。ワカメってほんとにキレイだなと思って。あたし、南房総の田舎で生まれ育ったんだけど、近くの海岸でも春になるとああやってワカメを洗濯物みたいに干していたんです。潮風でゆらゆら揺られるのを見ていると、なんだか落ち着くっていうか、いや羨ましいっていうか。……羨ましいっていうのも変だけど……。あたしはちょっとマセたガキだったから、当時から二十代が読むようなファッション誌を読んでいて。それに『狩猟本能がかきたてられるから男は揺れるものが好き』って書いてあったんだけど、あたしは逆。揺らしてみたかった。ポニーテール、イヤリング、スカートの裾……。学ランに坊主頭のあたしには、どれも叶わぬ夢だった」

あたしは何を話しているのだろう。こんなにも身構えずにカミングアウトしたのは初めてだった。自分でもどうしていいかわからない。でも、言葉が溢れてくる。

「碧さん、あたしの戸籍上の名前はあゆみではなくあゆむなんです。男として生まれたけど、両親が望んだように男としての人生は歩めなかった。物心ついたときから気持ちはずっと女。三十を過ぎてから、せめて見かけだけでもと思って女として暮らし始めて。ずっと憧れていたポニーテールにして、長いスカートもはいて裾を揺らしてもみた。でも、やっぱり本当の女にはなれない。気持ちは女で身体は男。そのはざまでいつも揺れている。あなたが初めておうちカフェに来たとき、どうしようもなく魅かれました。だけど、同時に自分にブレーキをかけていた。誰かを好きになるたびに思うんです。人とは違うあたしには、まともな恋愛ができないって」

「そうなんだね」

それ以上、碧は何も言わない。ふたりの間を波の音だけが行き来する。

「海って不思議ですね。こんな話をするつもりなんてなかったのに……。きょうのあたしはどうかしている。ごめんなさい」

しばらく潮風に吹かれていた。海はどこまでも青く、磨きたての鏡のように陽の光を映し出している。先のことはわからない。でも、きょう、この海をふたりで見ることができた。その思い出だけでもじゅうぶん、そう思える眺めだった。そのときさっと隣から手が伸びてきて、風で乱れた髪を撫でてくれた。

「あゆみさんのこと、好きだよ、僕も。だけど……」

やっぱり「だけど……」か。わかっていた。話せば、こういう反応が返ってくることくらい。次に続く言葉はきっと「ごめん、僕には無理だ」。

「少し時間が必要な気がする」

「時間って？」

思わず訊き返していた。

「きみが自分自身のセクシャリティを受け入れる時間さ」

「あたしが……ですか」

「あゆみさん、きみはセクシャリティの問題でずい分苦しんできたんだね。僕の場合、あえてカテゴライズするとすればバイセクシャルだ。人を好きになることとセクシャリティは別だと僕は思う。きみがきみ、道永あゆみだから好きになった。でも、きみは自分のセクシャリティが少数派だから恋愛はできないという考えにとらわれている。僕はきみに、自分に誇りをもって生きてほしいと思っている」

「あたしだってそうしたい。でも、現実は違うんです。本当のことを言えば、多くの人が怪物を見るような目であたしを見る。母は言ったわ。『あんたがどう生きようと勝手だけど、家に帰ってくるときは男の格好をしろ』って」

「きみの言う通り、険しい道なんだろう。でも、そもそも分類しなくちゃダメなんだろうか」

「何度も言わせないでください。あたしは――」

「植物学をやってると、分類は大事だよ」。波音のように穏やかな声がかぶさってくる。

「でも、それはあくまでも実務的な話。僕らが健やかに暮らしていく中で、分類するってそれほど重要なこと？　植物学者の牧野富太郎が『雑草という植物は存在しない』って言っているのは知ってる？　どんな草にも役割があり、意味がある。人間の都合で差別するようなことはあってはならない。性的マイノリティにも同じことが言えるんじゃないかな」

碧は傍らの砂をかきわけて、「ほらっ」と掘り出した貝をこちらに見せた。桜色の小さな貝は辛うじて二枚つながっているが、片方は端がえぐられたように欠けている。

「きれいだけど、片方は傷だらけ……」

思わず呟いた。碧はさくら貝についた砂粒をきれいに払い落としてもう一度こちらに見せた。

「でも、これがこの貝の個性だ。波にさらされ、岩にぶつかり、ここまで辿りついた。その奇跡に僕は胸を打たれる」

大きな掌にのった貝は蝶のようにも見える。欠けた右羽には淡いシマ模様が浮かびあがっている。

「あたし、海に行くとよくさくら貝を探すんだけど、完璧な形のものしか拾わないです。だから、苦しいのかな」

「どうかな」と碧は首を傾げ、さくら貝を陽に透かしながら言った。

「僕は完璧じゃないもののほうに魅かれるな。それに今まで目にも留めなかったものも角度を変えれば、見え方は変わってくる。ハルジオンって花を知ってます？」

「ええ。おうちカフェの庭にもあります」

「イギリスでガーデン巡りをしていると、よくハルジオンを見かける。本場のナチュラルガーデニングには欠かせない花なんだ。なのに、日本では雑草扱い。しかも、『貧乏草』なんて呼ぶ地域もある。家に植えると貧乏になるなんてとんでもないデマだ。『雑草』という色眼鏡で見なければ、この上なく可憐な花なのに……そんなもんなんだよ、世間なんて。もしも、きみのセクシャリティを否定する人がいたら、それは心の狭い人間の偏見でしかない。負けないでほしい」

大きなものに抱かれているような不思議な感覚だった。こんな言葉をかけてくれる人はこれまでいなかった。

「きみが謂《いわ》れのない偏見でこれまでどれだけ傷ついてきたか。想像はつく。だから、時間がかかるかもしれない。それでもこの貝みたいに美しくしなやかな鎧をまとって自分を護ってほしい。僕はきみを待っているから」

そう言って碧はさくら貝を差し出してきた。

「ありがとう」

海の色が少し薄くなった。青かった空はかすかに茜色を帯び始めている。

「そろそろ、行こうか」

先に腰をあげた碧がさしのべてきた手を握る。あたしより心持ち大きな手が握り返してくる。柔らかく包み込んでくれているのに力強い。初めて味わう確かな優しさに胸が詰まる。

おうちカフェに着いたのは四時半をまわった頃だった。碧は沈丁花の香りが漂うテラスで三樹子と里子につかまってお喋りをしている。あたしは先に家に入って自室に戻り、ダイニングに向かった。千恵子がちょうどテーブルセッティングをしているところだった。

「ただいま。あら、きれい」

テーブルの真ん中に飾られたローズマリーに目がいった。

「おかえりなさい。お花、気に入った？　きょうの料理にあわせてみたのよ」

小さな青色の花が雫のように見える。ラテン語の「ローズ（雫）」と「マリナス（海）」があわさって「ローズマリー」になったのだと以前、忠人に教えてもらった。

キッチンに入ると、香良がトレイにハーブウォーターとグラスを載せていた。

「おかえり。いいのあった？」

「うん、とびきり新鮮なのを買ってきたよ」

エコバッグを掲げてみせると、香良は笑顔でうなずいてダイニングへと行った。にんにくを刻んでいた美佐緒がこちらを見た。

「ちょうどいいタイミングで帰ってきたね。そろそろかなぁと思って、パスタ用のお湯を沸かし始めたところ」

調理台の上にしらすとワカメを取り出しながら、美佐緒の耳もとで囁いた。

「美佐緒さん、きょうはびっくりしちゃった。嬉しかったけど……」

ありがとうと礼を言うのも妙な気がして、頭だけさげた。

「いえいえ」

軽やかな包丁の音を響かせながら美佐緒は微笑む。

「あたし、ひとりで突っ走ってお店に押しかけては何度もふたりの時間を邪魔してしまったから。言ってみればそのお詫び。で、どうだった？」

「どうって」

ここで隠しごとをするのは美佐緒に対して不誠実な気がした。

「心地よい潮風に誘われて、うっかり気持ちを伝えちゃった。あたしがトランスジェンダーであることも」

「そしたら？」

「う〜ん、結果的に保留かな。碧さんは達観しているっていうか。あたしが自分自身を受け入れることが先決だから、時間をおこうって」

美佐緒はうなずいた。

「なんだか碧さんらしいね。それにしても、あゆみちゃんに大分リードされちゃったな。でも時間をおくってことは、あたしにもまだチャンスは残されているってことよね」

「もちろん」

「ライバルのこと『好敵手』っていうじゃない。あゆみちゃんは文字通り大好きな敵。だけど油断しないで。このしらすとワカメのスペシャルパスタで碧さんの胃袋をがっつりつかむから」

「わかりました。でも、あたしも食後にコーヒーを淹れるし。店長が焙煎してくれたスペシャルブレンドをね」

「え〜、ずるい」

ふたりで顔を見あわせて笑った。

「何を話してるの？」

香良がキッチンにやってきた。

「今ね、ふたりで休戦協定を結んでいたとこ」

「休戦？」

美佐緒の言葉に小首を傾げながら、香良はオーブンでグリルしている鎌倉野菜をのぞく。

「よくわからないけど、きょうはふたりともすごくすっきりした顔してる」

振り返ってあたしと美佐緒を見て笑った。

❖　❖　❖

「お待たせしましたぁ。しらすとワカメのリングイネ〜レガーロ デル マーレ（海からの贈り物）です」

美佐緒の声が食卓に響く。キッチンから香良とふたりでパスタを運んできてくれた。

「うぇーい」

鎌倉野菜のグリルをつまんでいた三樹子が箸をおいて拍手する。その左隣に座る千恵子が置かれた皿に心持ち顔を近づけた。

「磯の香りが満ちているわ」

浜辺にいるような香りが立ちのぼってくる。青い皿の中、黄金色のリングイネ、銀白色のしらす、海松色のワカメが美しく絡みあい輝いている。

「そういえばあたし、子供の頃、ワカメの絵を描くときは黒いクレヨンを使ってたんだ。でも、茹でたてのワカメってほんとはこんなにきれいな色なんだよね。なんだか翡翠みたい。しらすも白光りしてさ……」

感心したように皿を眺める里子を左隣に座る三樹子が肘で突いた。

「サトちゃん、彦摩呂みたいなコメントはあとでゆっくりね。熱いうちに食べよっせ。それではみなさん」

「いただきます」

いつものようにみんなで声を揃えた。

「あぁ、美味しすぎる」

三樹子が立てた親指を上下させる。ひと口食べた里子も目を閉じうなずいた。

「最高〜。美佐緒ちゃんの作るパスタってさ、食材の出会いをすごく大切にしてるよね。旬のエネルギーを蓄えたもの同士が出会ってざわめきを起こす。まさに海からの贈り物をいただく感じ」

あたしもフォークに巻きつけたパスタを口にした。美味しい。しらすとワカメ、心持ちアルデンテなリングイネの歯ごたえがハーモニーを奏でて噛みしめるごとに磯の風味が広がっていく。

「美佐緒さん、これうっとりするぐらい美味しい」

なるほど碧が胃袋を摑まれても仕方ないと思える出来ばえだった。

「碧さんとあゆみちゃんがいい食材を選んでくれたおかげよ。このしらす、ちょうど三センチくらいでしょ。このくらいがいちばん美味しいの。それ以上大きくなると苦みが勝るし、それ以下だと身が崩れやすくて歯ごたえが物足りなくなるんだよ」

「美佐ちゃんの言う通り、このしらすはベストの大きさだね。いやぁ、最高すぎる。しらすとワカメ、どっちもこの年になって初めて美味しさに気づいたっていうか。あたし、この鎌倉に来て海のものに目覚めたんだよねぇ」

そう言って三樹子はうっとりとした顔でパスタを咀嚼《そしやく》した。

「鎌倉の海のものがとりわけ美味しいのには理由があるんですよ。なんでだと思います？」

碧がみんなを見まわしながら言った。

「なんでだろ。遠浅の海だから？　波が穏やかだとか」

里子の言葉に碧はうなずいた。

「それも一理ある。でも、いちばんの大きな理由はこの鎌倉の地形なんです」

「あっ……もしかして山と海がつながっているからかしら」

香良が小首を傾げて訊いた。

「その通り。鎌倉は水源となる山から川、海へのつながりがそのまま残されているでしょう。森に降り注いだ雨はいったん落ち葉や腐葉土の中に蓄えられ、そこから地中を伝ってゆっくりと川へ流れ込む。つまり鎌倉の山々の豊かな森が美味しい魚や海藻を育てているんです」

フォークを手にしたまま碧の話に聞き入っていた美佐緒が言った。

「碧さんの言う通り、鎌倉の海ってほんと豊かだよね。海産物を料理しているといろんなものがくっついてくる。さっきもね、買ってきてくれたしらすの中にタツノオトシゴの稚魚を見つけちゃった。すっごくちっちゃいエビも。春だからか、ある意味、大漁？　ちりめんモンスターが誰かのお皿の中に入ってるはず」

「ちりめん……モンスター？　何それ？」

首を傾げる三樹子に里子が説明する。

「ちりめんじゃこやしらすの中に交じったカタクチイワシ以外の稚魚や幼生のこと。そういえば、あたしさっき、ワレカラ食べたよ。あのほっそいエビみたいなやつ。食べてて見つけると嬉しいよね。チリモンGET！　ってにんまりしちゃう」

「ポケモンみたいに言うな。てかサトちゃん、しれっとチリモン食べてないで、早くあたしに教えてよ」

三樹子はほぼ空になった皿をじっと見つめた。

「時すでに遅し。ていうか、ミキティは早食いすぎるからチリモンが交じってたとしても気づかないよ」

「ひどいっ、でも、まぁ事実だけど」

舌を出す三樹子を見ながら碧は笑う。

「皿の中も食卓も賑やかなのはいいですね。僕はずっとひとりで暮らしてきたし、友達と外食に行くっていうタイプでもないので、おうちカフェの食卓は新鮮です」

「あたしが言うのもなんですけど」

母親のような笑みを浮かべながら千恵子が言った。

「いつでもまた食べにきてくださいい。それにしても、カラスミにしらすとワカメ。碧さんが来るときはいつも海のものね」

「じゃあ、今度は森の番人風パスタにしましょう」

美佐緒が丸い目をくりくりと動かしながら話す。

「森の番人風パスタ？　イタリア料理っていつも名前が素敵ね。どんなパスタだろう」

パスタをアーリオオーリオソースに絡めながら香良は首を傾げる。

「森の番人風パスタは、イタリア語でボスカイオーラっていうの。ボスコ＝森からきてるんだよ。キノコをふんだんに入れるんだけど、ツナも必須。ツナを切株に見立ててるんだと思う」

美佐緒がフォークを持つ手を休めて言った。

「ツナ？　結局また海じゃん」

里子が言うと、碧が笑った。

「大丈夫、森と海はつながっていますから。僕はたまたま植物を研究しているけど、魚だって鳥だって獣だってみんな大事。ツナも尊敬していますよ」

「おお、さすが碧さん、いいことおっしゃる」

三樹子の言葉にみんなが笑った。ツンまでがワワンと嬉しそうに吠えた。

碧と目があった。ヘーゼルナッツ色の瞳がこちらを包み込むように笑う。これからあたしたちはどうなるのか。あたしも碧のように自由になれるのか、本当に自分を受け入れられる日が来るのか、その答えは風に訊くしかない。今わかるのは、この瞬間がとても愉しくありがたいということ。

窓を叩く風の音がひときわ強くなった気がした。

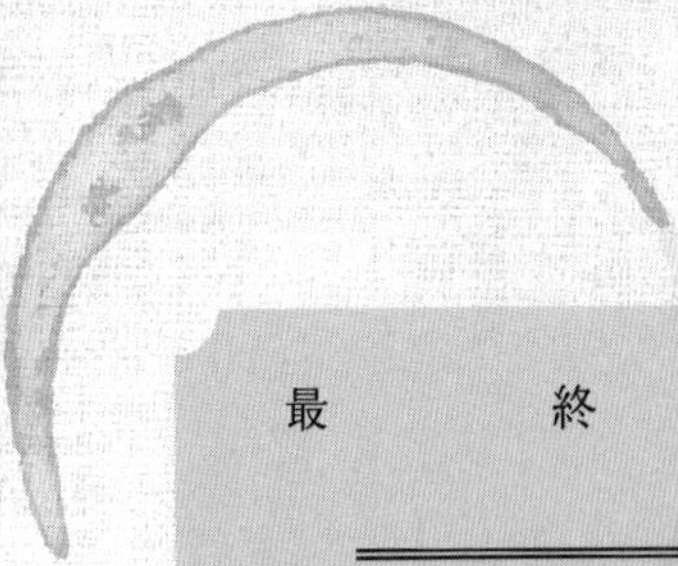

最終章

腐草為蛍

——くされたるくさほたるとなる

香良

六月になると、おうちカフェの庭は青い花が増える。カンパニュラ、サルビア、バーベナ、ツルニチニチソウ、ヘリオトロープ。テラス前に群れて咲く花々のむこうでアガパンサスが風に揺られている。そのさらに奥、木戸のまわりには紫陽花が咲き並ぶ。ちょうど若葉色から青へと染まり始めたところだ。

「お待たせぇ……って、作ったのは香良さんだけどね」

美佐緒が十時のおやつを運んできた。

「うわぁ、きょうのおやつ、ブルーガーデンとコーディネイトしたみたい。青い花の群れに咲く白い花？」

あゆみが茜色のカップを両手で包むように持ち、カフェテーブルに置かれた青い皿を眺めた。乳白色の花の形をしたババロアがのっている。

「この飾りの葉っぱ、カモミールだよね。ってことは、これもしかして味も……？」

里子が訊くと、ななめ前に腰をおろした美佐緒がうなずく。

「ソースはりんごとレモンで作ったんだって。カモミールの花芯と同じ色っていうのが、さすが香良さん」

里子の隣で三樹子が待ちきれないようにスプーンを握りしめた。

「っていうか、早く食べよっせ」

「だね。いっただきます。……うわっ、何この優しい甘さ、たまんない。テラスで食べるハーブのババロアって最高。あゆみちゃんが淹れてくれたイエメンモカのコーヒーによくあうわ」

そう言って里子は鈍色のカップを傾ける。

「カモミールの味って香良ちゃんみたい。控えめなのにちゃんと伝わってくる」

カナリア色のソースを絡めながら千恵子が言うと美佐緒が続けた。

「ハチミツとかの使い方が絶妙なんですよねぇ。香良さんのカレーもそうだけど、おやつも同じレシピで作っても真似できない感じ」

「美佐緒ちゃんのパスタも真似できないけどね。料理上手の人ってさ、見えないスパイスを持っているっていうか。まぁ、原材料は言ってみれば愛情？」

皿に残ったババロアを食べながら、三樹子は横目で里子を見た。

「見えない愛情スパイスね。サトちゃん、うまいこと言うね。しっかし、つくづく幸せ者だよね、香良は。フツー女が五人も集まれば欠席裁判てか、悪口大会になるのに香良は褒められっぱなし。そうだ、香良のいぬ間にそろそろ決めない？」

「そうだね。六月十三日、気がつけば来週だもんね。お誕生会どうしようか」

足もとにいるツンの背を撫でながら里子が言うと、三樹子が答えた。

「今年もここでガーデンパーティーでもいいんだけどさ、毎回同じってのも芸がないっていうか……」

「ホタルは？」

カップ片手にあゆみが言った。

「ホタル？」

隣に座る美佐緒が訊き返すと、あゆみは微笑んだ。

「ちょっと前にね、香良さんが話してくれたの。昔、お父さんが誕生日の夜にホタルを観に連れていってくれたのがすっごくきれいで、今でも時々思い出すんだって」

「誕生日の夜にホタル狩りかぁ。めちゃくちゃロマンチック！　いいね、それ。ホタルなんて、ずい分見てないな。このあたりだとどこで見られる？」

三樹子はスプーンをくわえながら首を傾げる。

「えーっとね、扇川や滑川あたりにちらほらいるって」

里子がスマートフォン片手に検索結果を見ながら答える。

「あ、鶴岡八幡宮でも『蛍放生祭《ほたるほうじょうさい》』やるけど、残念、香良ちゃんの誕生日の直前までだな」

「二階堂川はどうかしら？」

千恵子の言葉にスマートフォンとにらめっこしていた里子が顔をあげた。

「いいですね、二階堂」

千恵子は微笑みながら言葉を続ける。

「前にゆき先生とホタルの話をしたことがあるの。二階堂川の光のダンスがすごくきれいだから、いつか一緒に見に行きましょうって」

「そっか。二階堂にゆき先生とくれば、碧さんも呼ぼうっせ。ね、あゆみちゃん、美佐ちゃん」

三樹子の言葉にあゆみと美佐緒は顔を見あわせた。

「あの」

美佐緒が言いかけた。

「ついで……って言ったらなんだけど、うちの父も呼んでいい？」

「もちろんよ。みんな呼んでこその誕生日パーティーだもん」

里子が言うと、美佐緒は安心したように微笑んだ。

「よかった。さっき、香良さんが小さい頃、お父さんとホタル観たって聞いて、そういえばあたしも昔、父と観たなぁって。子供ながらにすっごく感動したの。あのとき父は『♪エブリ　シャララ　ウォウォ～』って口ずさんでたの。あたしがカーペンターズを好きなのは、あれがきっかけだったのかなぁって。父とはもう一年以上まともに会話してないんだけど、急に話したくなっちゃったんだよ」

「そっか。そういうことなら是非、倉林パパも呼ぼうよ。てことで、みんなが来るっていうのは香良には内緒ね」

そう言って三樹子は人さし指を唇に当てた。

「みんな愉しそう。何か悪だくみ？」

リビングから香良が出てきた。

「とんでもございません。悪だくみどころか、褒めてたんだよ、カモミールババロア最高って。美味しすぎるよ、これ。ていうか、香良、どうした？　きょうはまた一段とおめかししちゃって」

香良は瑠璃色のワンピースに白いカーディガンを羽織り、柿色のコットンバッグを肩にかけている。

「うわぁ、香良さん、きれい」

あゆみの言葉に香良は頰に手を当てた。

「え、そんな、どうしよう」

すかさず三樹子が割り込んできた。

「どうしようもこうしようも、いいよ、すっごく似合ってる。あ、ちょっと待って。当ててみる。えーとね、それルリビタキコーデでしょう」

千恵子が感心したようにうなずいた。

「あら、ほんと。三樹子ちゃんの言う通り、ルリビタキみたい」

香良は顔の前で手を左右に振る。

「別に意識したわけじゃないんです。ただ初めて会う人だから、爽やかな感じがいいかなって」

「いいって、いいって。きょうはコトリさんと念願の初デートだもんね」

「もう、三樹子、やめてよ。デートじゃないってば、たまたまこっち方面に用事があるっていうから挨拶がてら会うだけよ。それにコトリじゃなくてコジマさん。ご本人を前に間違えたら、三樹子のせいだからね」

香良は三樹子を軽く睨む。

「デートかどうかはさておき、びっくりだよね。あの香良ちゃんがインスタで知りあった顔も知らない人と会うなんて。こっちまでドキドキしてくる」

里子が胸をおさえると、千恵子は微笑んだ。

「今の若い人はそんな出会い方もあるのねぇ。香良ちゃん、素敵なご縁を大切にね。いってらっしゃい」

「愉しんできてね〜」

千恵子さんの言葉にあゆみが続く。

手を振る香良にツンがワンと吠えた。

「こうやってみんなで香良を見送るのって初めてだね。なんだか新鮮」

青い木戸を押し開ける香良のうしろ姿を見ながら三樹子が言った。

◆◆◆

ガタガタと音を立てながら、バスは揺れる。通りすぎていく道のあちこちに紫陽花が青を添えている。

「初デートが夫婦池なんて！　めちゃくちゃロマンチックじゃんか。コトリさん、やるなぁ」

「三樹子ったらもう。デートじゃないってば。何度も言ってるでしょ。小島さんは横浜に来る予定があったの。そのついでに前に一度来た夫婦池をもう一度訪ねてみたいから一緒にどうですかって誘われただけ」

「だからぁ、そういうのをデートって言うんだって。こっちこそ何度も言わせないでよ。コトリさんも香良に興味なければわざわざ公園に誘わないってば」

数日前の三樹子との会話が思い出される。まったく。デートなんて、そんなんじゃないのに。三樹子が変なこと言ってからかうから、こっちまで意識してしまう。なんだか胸のあたりがふわふわして落ち着かない。バッグからスマートフォンを取り出し、インスタグラムの保存ページを開いた。

一年ほど前、たまたま目に入った一連の写真。金木犀の木の枝の間に作られた鳥の巣が写っている。一枚目は巣を遠くからとらえたもの、二枚目は枯草を口いっぱいにくわえ製作中の巣に戻ってきたメジロ、三枚目は完成した巣の中であたりをうかがっている親鳥。四枚目ではヒナが孵《かえ》り、親鳥が餌を与えている。

クモの糸や苔、枯草、綿毛
ありあわせのものを使って
ふかふかの半円球のベッドを作る親鳥
その鮮やかな技は誰に習った?

初めてこの投稿を見たとき、写真と文章がすーっと心に沁みた。過去の投稿を遡ってみると、身近な鳥の日常が切り取られている。おだんご状になって昼寝をしている七羽のエナガ、シジュウカラと一緒に水浴びをするジョウビタキ、一本の枝の上で獲ってきた餌をメスにプレゼントするオスのヤマガラ。鳥の暮らしを優しく見護るその姿勢に魅かれ、思わずコメントをした。それがきっかけでやりとりが始まった。

「次は見晴《みはらし》、見晴でございます……」

天井にあるスピーカーから次の停留所を告げるアナウンスが流れる。バスは鎌倉山の坂をあがっていく。

小島守。実際に会える日がくるなんて思ってもみなかった。名古屋に住んでいて鳥がとても好き。それ以外には何のデータもない。年齢は自分と同じか、いやもう少し上か。オオルリが羽ばたくプロフィール写真からはその風貌は想像がつかないが、澄んだ目をしている。そんな気がする。ダイレクトメッセージで「青いワンピースに白いスニーカーを履いています」と伝えたら、「こちらは首から双眼鏡をかけています」とだけ返信があった。

「まもなく停車いたします」

どうしよう。動悸がにわかに激しくなる。頬に手を当てた。熱い。顔まで紅くなっているかもしれない。バスが止まった。ひと呼吸して腰をあげた。プシューとエアブレーキの音がしてドアが開く。白いピケ帽をかぶり白シャツを着た女性に続き、バスのステップを踏む。降りた瞬間、柔らかな風が吹いてきてワンピースの裾が膨らんだ。

青地に赤いラインが入ったバスが動き出した。小島守らしき人はいない。時計を見ると待ちあわせの時間までまだ五分ある。もしかしたら大船からモノレールで来てここまで歩いてくるのかもしれない。いや、もう着いてこのあたりを散歩しているのかも……。

　このところ梅雨入り前で不安定な天気が続いていたが、きょうはよく晴れている。遠くで相模湾が碧く光っている。バス通りの両脇には桜並木が続く。花は散って久しいが青々とした若葉が陽射しを受けて輝いている。「桜の花より葉桜が好きなんだ。散る花よりも芽吹く緑に明日を感じるからね」。ふと父の言葉を思い出した。「お父さんったら、また天邪鬼なことを言って」と笑って聞き流したが、今はその気持ちがなんとなくわかる気がする。

　ホーホケキョ　ケキョケキョ　ケキョケキョケキョ
　ウグイスの声が鎌倉山に響き渡る。

「あの、すみません」

　光射す葉桜を見上げていると白シャツを着た女が声をかけてきた。たしかバスから降りるとき前にいた。三十になるかならないくらいか。頭ひとつあたしより背が高い。

「尾内さん……ですか」

　すぐに言葉が出てこなかった。

「あ、はい」

　唇がうまく動かない。女の胸もとに目がいく。小さな双眼鏡が揺れている。

「はじめまして。小島です」

「どうも。……はじめまして、尾内です」

微笑もうとしたが、頰が強張る。

小動物を想わす面立ちの女は少し戸惑ったような顔でこちらを見ている。どうしていいかわからないのはこっちだ。これが小島守？　女だったなんて。ひどい。インスタグラムのアカウントだ。女性が男性の名をかたったとしてもなんの問題もない。でも、がっかりしている自分がいる。いや、それどころか、裏切られたという気すらしている。

「じゃあ行きましょうか」

小島守は薄く笑った。

「ええ」

そっけない返事だとはわかっているが、笑顔で答えるなんて無理だ。デート……口では否定していたけれど、あたしもどこかで、きょうという日に期待していた。会って小島守を知れば、もっと満ち足りた気持ちで明日が迎えられるような気がしていた。なのに……。

「鎌倉山記」と書かれた大きな石碑を横目に夫婦池公園に入り、階段をおりていく。小島守は少し前を行く。俯き加減に歩くほっそりとしたうしろ姿に、心弾んだ様子はない。それどころかどこか淋しげだ。いったい何のためにこの人はあたしを誘ったのだろう。何が愉しくてはるばる鎌倉山まで来たのだろう。

瑞々しい緑の中は鳥の囀りで満ちていた。樫やクヌギの間に名も知らぬ雑木が立ち並び、太い幹には蔦やツルが絡みついている。しっとりとした空気がヴェールのように肌を覆う。そっと森の空気を吸った。階段の両脇ではクマノミズキや卯の花がシダに交ざって白い花を咲かせている。白いピケ帽とシャツとスニーカー、カーキ色のパンツを穿いている小島守は森に溶け込み始めている。ホトトギスが頭の上で鳴いた。気持ちの整理はまだつかない。それでも、葉を揺らす風や鳥の声を聴いているとだんだんに落ち着いてくる。

階段をおりしばらく行く。ハンノキに覆われた湿地に差しかかった。観察テラスと名づけられたウッドデッキを取り囲むようにハンゲショウの花が咲いていた。木漏れ日を受け、きらめいている。

「うわぁ」

小島守が声をあげた。この夫婦池公園に来て初めて心が動いた、そんな歓声だった。はじかれるようにデッキの真ん中あたりまで行き、こちらを振り返った。

「すごいっ。『半』分、お『化粧』したみたいに葉っぱが白くなるから『ハンゲショウ』って聞いたけど、本当にきっちり半分白くなるんですね」

小島守は緑と白の背景に佇む。

「あたしも昔……小学生の頃だったかな。この季節に父に連れられてここに来たんです。あのときハンゲショウを見て息を飲んだのを覚えています。なんだかとっても神秘的な感じがして。父は森が大好きで。鎌倉のいろんなところに連れていってくれて、鳥や草花のことを教えてくれました」

「素敵なお父さんですね」

小島守はこちらを見て微笑んだ。

「ええ。もう亡くなりましたけど」

元気なときはただのウンチクだと思っていた。でも、今になってわかる。自然とともに生きることを父は教えてくれた。

「ハンゲショウって虫媒花なんです。だけど、この花、細長くて痩せた白いトカゲみたいでしょ。全然目立たないから、虫を呼び込み花粉を運んでもらうため葉っぱが白くなるんですって。それもこの時期だけ。役目が終わると、元の緑に戻る。その話を父に聞いて、自然の理《ことわり》ってすごいなぁと思った」

「あたしもずっと前にここに来たときは父と一緒でした。ハンゲショウの記憶がないから、そのときはまだ緑一色だったんでしょうね。ちょうどあそこのフジが盛りで、そのまわりにヒメジョオンがたくさん咲いてきれいだった」

そう言って夫婦池の先の谷戸にあるフジ棚を指さした。どこかでホトトギスが鳴いた。

「あ、今、トッキョキョカキョクって鳴きましたね」

「え？　あたしはテッペンカケタって聴こえましたけど」

そう答えると、小島守は顔をくしゃっとさせた。笑うと童女のようになる。

「『特許許可局』とか『てっぺん欠けた』とか鳥の囀りを人間の言葉に置き換えることを聞きなしって呼ぶそうですね。父にそれを聞いてから、意識して耳を傾けるようになったら、いつの間にか鳥が大好きになっていました」

頭の上でまたホトトギスの声がした。

「そういえば、ホトトギスの名前自体が聞きなしっていう説もあるんです。今聴くと、やっぱり『てっぺん欠けた』だけど、昔の人にはこれが『ホトトギス』って聴こえたのかと思うと不思議」

「同じ鳴き声でも、聴く人によって違う。それに少なくとも昔は『特許許可局』なんて言葉はなかったからなぁ、今よりもっとバリエーションも豊富だったかも。聞きなしって空耳アワーの玉手箱って感じですね」

ふたりで初めて笑いあったあと、しばらくハンゲショウの花を眺めていた。桜やフジの花が終わったせいか、公園を歩く人はあたしたちの他にほとんどいない。

気がつくと小島守と並んで歩いていた。パークセンターの先に池が見えてきた。江戸時代に手前に見える「上池」が、その後に奥の「下池」が灌漑《かんがい》用に掘られたという。仲良く上下一対だから「夫婦池」。青い空と木々の緑を鏡のように映し出す水面をオシドリが滑るように泳いでいる。

「一羽なのが淋しいですね。メスも一緒だと夫婦池にぴったりなのに。だってオシドリ夫婦っていったら……あらっ」

小島守は足もとのシャガの葉をそっと指さした。杏色の透ける羽に玉虫色の腹部。カワトンボが止まっている。そよ風が葉を揺らす。トンボはひらひらと池のほうへ飛んでいった。

上池と下池の間の遊歩道にさしかかった。その先には三畳ほどの観察テラスがあった。

「ここで少し鳥を見ませんか」

促されるようにしてテラスの欄干まで行った。ここから見える下池も鏡のように風景を映し出している。小島守が首からかけた双眼鏡を手にしようとしたときだった。「チィー」と細く鋭い鳴き声が聴こえ、翡翠色に輝く物体が水面の際を横切っていった。

「今の、カワセミでしたね。何度見ても、本当に飛ぶ宝石。でも、あまりに速くて全然間にあわなかった」

小島守は双眼鏡片手に肩をあげて笑うと、「でも、あそこ」と小声で言って左岸にある葦の茂みを指さした。

「青サギが。すごい、置物みたいに全然動かない」

山フジの真下に青サギが立っていた。冬場に見慣れた黄色いくちばしと細長い脚は繁殖期を迎え、珊瑚色に変化している。

「あ、ほんとだ。あたし、青サギを見るとラッキーって思っちゃうんです」

「どうして？」

小首を傾げてこちらを見る。

「青サギって古代エジプトで聖なる鳥として崇められていたベヌウのモデルなんですって。太陽とともに朝生まれ、夕暮れとともに死に、翌朝また生まれる。死と再生の象徴として壁画にも描かれていたんだとか」

「……死と再生か。だからあたし、むしょうにここに来たかったのかな」

独りごとのように呟いて、こちらに向き直った。「香良さん」。初めて名前を呼ばれた。

「実は、この三月に父が天国に旅立ったんです」

「……そうだったんですね」

他になんと言葉をかけてよいかわからなかった。

「八十二歳でした。ずっと元気だったんだけど、春先にひいた風邪をこじらせてしまって。最後はもう食べものさえ受けつけなくなりました。身体にいろいろチューブを通せば、もう少しは生きられたんでしょうけど、父はそれを望まなかった。さっき森を歩いているときに倒木を見かけたけど、なぜか亡くなる前の父の姿と重なって。老衰が進んでもう起きあがれなくなってきていた。仕方ないな、これが天寿なんだなって」

——あの世に行って、ひとつ楽しみがあるとすれば、あなたをいつも見守れることです。あたしという身体は消えても、大事な人を想う気持ちは死んだくらいじゃ消えないわ。雨になったり、風になったり、日差しとなったり、もっと自由にそばにいける——

二年ほど前、忠人から託された亡き母の手紙が思い出された。

「お父さんの魂は羽ばたいて鳥になったんですね」

「ええ。ずっとふたりで暮らしてきたから、父がいない生活なんて考えられなかったけど、今は不思議と、もっと身近に父を感じるようになったんです」

山フジの下で身じろぎもしない青サギを見つめながら小島守が言った。

「香良さん、あたし養女なんです。うんと小さい頃に、施設に預けられて、実の親の顔も知らない。だから、父とは血はつながってないんです。六歳で引き取られたとき、父はもう還暦近くて。正直、こんなお爺ちゃん嫌だなって思っていた。だけど、気がついたら本当の親子以上に深くつながっていました」

そこまで言うとまっすぐにこちらを見た。

「ここは父とあたしの思い出の場所。前にこの観察テラスに来たとき、しきりにカッコウが鳴いていたんです。あたしはそれが嫌で。『カッコウって自分の卵を捨てるから嫌い。あたしのお母さんみたい。あの声を聴くとイライラする』って言ったら、大きな手があたしの頭を撫でてくれました。『〝カッコウ〟と鳴くのはオスだよ。メスは悲しげに〝ピピピ〟と鳴く。カッコウは体温調整がうまくできなくて卵を温められないんだ。カッコウにはカッコウの理由がある。カッコウなりにヒナが安全に育つ場所を探しているんだよ』って。そういう父でした」

ずい分前に見た小島守のインスタグラムの動画が頭をよぎった。木の枝に止まるカッコウのオスがカッコウ、カッコウと声を響かせるまにまにピピピ、ピピピと遠くから合いの手のように声が聴こえる。

託卵でネグレクト
世間では悪者扱いだが
カッコウにはカッコウの言い分がある
どういう神の采配なのか
卵を抱くには体温が低すぎるのだ
本能でそれを知るカッコウは危険を冒し
モズやホオジロの巣に卵を産みつける
自分の子供が生き残れるように
バレないように卵の柄まで似せて

「ピピピ」と鳴くメスの声はなぜか哀しい

そんな文章が動画とともに投稿されていた。

「あの……お父さんの名前って？」

思い切って訊くと、女はうなずいた。

「小島守です。今はあたしが二代目小島守。去年の暮れに父から言われたんです。『この年になってお父さんは自由に羽ばたける翼を貰ったような気がする。鳥を通して何千もの人とつながれる、インスタグラムはお父さんの宝物だ。この先、きっとお前の日々の歓びにもなるはず。少しずつでいいから引き継いでくれないか』って。最初は見習いも兼ねて一緒に写真を撮りに行って投稿していました。でも、今年になってからは、あたしひとりで。ごめんなさい。いつ言い出せばいいか、わからなくて。申し遅れましたが、あたしの名前は樹《いつき》といいます」

そう言って樹は頭をさげた。

「そんな。顔をあげてください。さっき聞いた托卵の話。同じような内容を小島さんのインスタグラムで見たから、もしかしてそうかなと思ったんです。……あたしも小さい頃、母に捨てられたと思っていました。母の托卵先は父と祖母で、あたしが五歳のときに家を出たまま、ずっと音信不通でした。でも一昨年に亡くなり、親戚に託されていた手紙を読んで、母がそうした理由がわかったんです。だからって、母を心底許せたわけではないし、それが正しかったとも思えない。ただ、追い詰められた中での精一杯の選択だったんだと思うと少しだけほっとできた。そんな頃にお父さんのカッコウの投稿を見て。なんだか泣いちゃったんです」

「そうだったんですね。あたしも父のあの投稿には泣いちゃいました」

樹はこちらを見て薄く笑った。

「そうだ。これ」

ふと思い出したようにリュックから小さな箱を取り出すと、こちらに渡した。

「もうすぐお誕生日ですよね。六月になったら香良さんに渡すようにと父から託ったものです」

「あたしに？　嬉しい。あの、開けてもいいですか」

「もちろんです。父も元気だったらきっとこの場所で開けて欲しかったと思います」

掌に載せた翡翠色の箱を開けた。

胸に込みあげてくるものがあった。

「これって、あの？」

中には小さな鳥の巣が入っていた。

「ええ。家《うち》の金木犀の木にメジロが作った巣です。たしかこの巣の投稿がきっかけで父とやりとりするようになったんですよね。父はあたたかくてふわふわして香良さんのおうちカフェにぴったりだって言ってました」

直径七センチほどの鉢状の巣はどこまでも精巧で、シュロの小枝に苔やクモの糸、綿毛が織り込まれていた。小さなくちばしと足でこれだけの家を作るのにどれだけの日数を要したのか。

血がつながっていようがいまいが、家族を作っていくのは大変だ。でも、だからこそ、その過程はかけがえがなく愛おしい。

「ありがとうございます」

目の前にいる小島守、そしてそこかしこに漂うもうひとりの小島守の気配に感謝の気持ちを伝えた。

じっとしていた青サギが大きく羽ばたいた。

ピーリ　ピッ　ピュルリ　ピッ　ピュルリ
庭のどこかでキビタキが鳴いている。芥子色のカップに注いだコーヒーとおやつをトレイに載せ、テラスに向かった。空色のシャツを羽織った三樹子のうしろ姿の先に紫陽花が咲いている。この数日で青さが増したような気がする。

「お待たせ～」

「おお、待ってました」

三樹子が座ったまま振り返って自分のカップとおやつを受け取り、カフェテーブルの上に置く。

「あれ何、この春巻きみたいなおやつは？」

「カンノーリ、シチリア地方の伝統菓子だよ。この前、美佐緒ちゃんと『ゴッドファーザー』に出てくるミートボールパスタの話をしていて急に思い出したの。このお菓子も映画の中に出てくるんだよ。『銃は置いていけ。カンノーリは持ってきてくれ』って。暴力は過去、カンノーリは優しい未来を象徴する……」

「銃？　また物騒な。でも、これ美味しそう〜」

おやつに目がない三樹子はこちらの話も終わらぬうちから筒状のお菓子にかぶりついた。

「うまっ。甘いけど、くどくない。なんだろ、懐かしい味がするね。てか、なんできょうまでこれ作ってくれなかったの」

「だってあたしも作ったのは初めてなんだもん。筒の中はね、リコッタチーズのクリーム」

「なるへそ。くどくならない甘さはチーズの酸味のおかげね」

そう言って三樹子は芥子色のカップを傾けた。

「このコーヒーともすごくあう。サトちゃん風に言うなら、チーズの酸味とコーヒーのフレッシュ感のペアリングは梅雨の晴れ間にぴったり」

声音まで里子にそっくりで思わず笑ってしまった。

「晴れているけど、ちょっと湿度を感じるこんな日は優しい酸味があるコロンビアがいいかなぁって思ったんだ。カンノーリの酸味ともぴったりだし」

「ふーん。やっぱり似たもの同士って相性がいいのかな」

三樹子は二本目のカンノーリを齧りながら、こちらを見た。

「そうとも言えない。たとえば、もう少し甘さが強いお菓子だと、深煎りのマンデリンとかブラジルとか、正反対のコクと苦みで受け止めるほうがより美味しさが際立ったりするし」

「そういうもんか。ちなみに二代目コトリさんはどうだった？　香良と似たタイプ、それとも正反対？」

「うん、慣れるまでちょっと時間がかかったけど、どっちかっていうと似たもの同士かな。人見知りで、明るいか暗いかって言ったら後者だし。何よりお父さん子だし」

「へぇ〜。あたしも会いたかったな、二代目コトリさん。今度鎌倉に来るときはおうちカフェに招待しようよ」

「そうそう。あたしも別れるときにその話をしたの。この巣がおうちカフェに馴染んでいる様子も見せたいし」

　カフェテーブルの真ん中に置いてある翡翠色の箱をそっと引き寄せた。中にはメジロの巣が入っている。小島守が遺してくれたこの小さな家。迷いに迷って昼はテラスに、夜はダイニングに飾ることにした。

「しかし。すごいね、メジロって。あんな小さなくちばしと足でここまで精巧な巣を作るなんて。自慢じゃないけど、あたしシュロの枝でこんな半球体作れない。それどころか、編みものもロクにできないし。息子が幼稚園のときにさぁ、お手製バッグを作らなきゃいけなかったんだけど、挫折して。当時のママ友にお願いして作ってもらったの。今、思い出しても落ち込むよ」

　三樹子は身を屈めると、テーブルの上の小さな巣に顔をよせた。糸のように細い目が輝いている。

「でも、今、巣を見ている三樹子は優しいお母さんそのものだよ。不思議だよね、鳥の巣って。見ていると、みんな優しい顔になる」

「それそれ。あのお喋りな倉林さんでさえ『あらまぁ』って聖母マリアみたいな顔してしばらく静かに見つめていたもんね。メジロの巣、恐るべし。しかし、こんなプレゼントくれるなんてつくづく粋な人だね、コトリさんは」

「うん、本当に素敵な人。出会えてよかった」

「でも、八十二歳だったなんてびっくりだね」

キビタキが気持ちよさそうに鳴いている。

「うん、びっくりはしたけど……」

青磁色のカップを傾けた。コーヒーの甘酸っぱさが広がっていく。

「それよりもバス停で二代目小島さんに声をかけられたときのショックのほうが大きかったかな。悲しいというか悔しいというか、とにかく混乱しちゃった。自分では認めたくなかったけど、三樹子の言う通り、好きだったんだよね、小島さんのこと。なのに女性で、恋愛の対象にならないと知った途端に『こんなはずじゃなかった』と思っている自分がなんだかなぁ……。ただね、二代目さんと一緒に森の中を歩いていろいろ話をしているうちに、すごくいい時間を過ごせているような気がしてきて。小島さんが亡くなったって聞いても、いい意味で実感がないっていうか。それどころか、より身近に感じたっていうか」

「ふーん、そういうもんか。そういえば、ゆき先生が亡くなったときも千恵子さん、今の香良と同じようなこと言ってたね」

「あたしもあのときの千恵子さんの言葉がよくわかる。今でもインスタグラムを開けば小島さんは生きている。二代目さんによって更新される内容も小島守さんそのもののような気がして。それに……」

目の前のメジロの巣をそっと掌に載せた。

「この小さなおうちの中にも小島守さんが潜んでいるような気がしてならないんだよね」

❖ ❖ ❖

バスは岐《わか》れ路《みち》の交差点を左に入った。鎌倉駅で乗ったとき、席はほぼ埋まっていたのに、今はあたしたちを含めて数人しか残っていない。窓の外の空はいつの間にか炭色へと変わっている。通りのあちこちに青を添えていた紫陽花が街灯に照らされ影絵のようになってきた。こんな変化を見るのは何年ぶりだろう。大学を出てから二十年間、横浜に本社がある眼鏡屋で働いていた。横浜駅西口から十分あまり。ビルの谷間を抜けた商店街の一角に通っていたが、四十二歳で辞めた。それからというもの、この時間帯にバスに乗ることはめっきり少なくなった。

「香良ったらさっきからなんで黄昏《たそが》れてんの？」

隣に座る三樹子がこちらを見た。

「黄昏れてはないよ。むしろ窓の外の景色を愉しんでいる。昔、通勤バスでもきょうみたいに一番うしろの席が定位置だったなぁって」

「そっか。ならよかった。おうちカフェにいると、居心地よすぎて外食なんてほとんどしないからね。たまには一緒に出かけるのもいいかなぁって思ってさ」

そう言って三樹子は笑う。

二階堂行きが決まったのはゆうべのことだ。「明日は香良の誕生日だね。心友のあたしが二階堂でとびきりスペシャルな夜を贈ってあげるよ」。そう一方的に告げられた。正直言って、日没すぎの外出は「なんでわざわざ？」と気が重かったが、いざ連れ出されてみると少しわくわくしている自分がいる。

「次は終点、大塔宮《だいとうのみや》、大塔宮でございます」

バスが止まった。ひと呼吸して腰をあげる。プシューとエアブレーキの音がしてドアが開く。前の乗客に続いて最後にバスを降りた。あたりはすっかり暗くなっている。鎌倉宮へと続くお宮通りの店もみなシャッターをおろしている。しっとりと湿り気を含んだ空気が街灯の明かりを白くぼやかしている。

「どっちに行けばいい？」

何度か歩いたことがある道なのに暗がりだと初めて来たような気分になる。

「こっちこっち」

三樹子に続いた。木々の匂いが強くなってきた。少し欠けた月が雲に隠れ、鎌倉宮の背後の山のシルエットも闇の中に沈んでいる。

「このあたりって今も夜になるとちゃんと暗いのね」

「そこがいいんだよねぇ、天気もちょうどいい具合だし」

三樹子は空を見上げた。

「天気？」

「ううん、なんでもない。天も祝ってくれてる。さすが香良の誕生日って話。それより、ほら、あそこに」

三樹子は立ち止まって、白く浮かび上がる大鳥居の前を指さした。人影があった。サークルか何かの集まりか。七、八人……いやもっといるだろうか。あれ？　思わず目を凝らした。

「なんで？」

三樹子が答える前にツンが「ワワン」と吠えた。大鳥居の前にはおうちカフェのみんなが立っていた。こちらの姿を認めると、いっせいに手を振った。すばやく背後にまわった三樹子があたしの肩を揉みながら言った。

「ハッピーバースデイ、香良」

「お誕生日おめでとう、香良ちゃん」

倉林さんが駆け寄ってきた。

「あ、ええ。ありがとうございます。でも、どうして？」

暗がりに目が慣れてきた。倉林さんのご主人、ムヒョク、碧までいる。

「今宵は『魔女の庭』で香良ちゃんの誕生日パーティーをしようってことになって、おうちカフェファミリーが勢揃いしたの。でも、その前に……」

そう言って微笑む千恵子の言葉を美佐緒が引き取った。

「そうそう、お愉しみはこれから」

誰からともなく瑞泉寺方面へと歩き出した。住宅地へさしかかり闇が一段濃くなったところで三樹子が突然、あたしの腕を摑んだ。

「どうしたのよ、三樹子」

三樹子は何も答えず早足であたしを引っ張っていく。川のせせらぎが近づいてきた。

「ほらっ。まずはひとりで愉しんで」

二階堂川にかかる橋の前で三樹子の手があたしの背をそっと押す。

どういうこと？

訊き返す間もなく、目の前の光景に吸い込まれた。

ホタルが
光の糸のように
解きつほぐれつしながら漂っていた
言葉より思いが溢れ、胸がいっぱいになった。
しばらくその場に立ち尽くしていた。

草木には星座のように

川面には流れ星のように
数えきれないほどの光が瞬いている

「きれいだねぇ。まさにホタル日和。きょうみたいに雨が降りそうで降らない感じがホタルのダンスにはベストなんだって。ほら、ツンも見惚れてるよ」

里子の言葉で我に返った。傍らではムヒョクがしゃがみ、ツンと同じ目線で欄干の間から碧く瞬く光の行方を見守っている。

「でも、どうしてだろう。こんなにきれいなのに、ホタルって見ているとなんだかいじらしくなってきちゃう」

あゆみの言葉に美佐緒がうなずいた。

「ホントだね。すごく儚くて、でもだからこそ愛しいっていうか」

「一所懸命に光っているからじゃないかな」

碧が橋の欄干に手をかけて点滅する光を見ながら言った。

「土の中でさなぎになるホタルは、地上に出て成虫になると、口が退化して何も食べられなくなるんです。だから草花についた水滴で辛うじて命をつなぎながら相手を探す。寿命はわずか一週間。ひたすら相手を探し、出会えたら産卵して一生を終える。この川辺の光のダンスは次世代につなぐための大事な行為なんですよ」

「だからなのね」

千恵子が草陰で光るホタルをのぞきこむようにして言った。

「今はちょうど七十二候の『腐れたる草　蛍となる』なのよ」

倉林さんがこちらに向き直った。

「あらっ。香良ちゃんの生まれたのは『草が蛍になる』時期だったのねぇ。素晴らしい季節に生まれたわねぇ」

「そうねぇ。香良ちゃんの誕生日にあやかって、あたしもこの風景を見ることができて幸せだわ。今まで『腐れたる草　蛍となる』って成虫になったホタルが湿った草から飛び立つ様子をそのまま表しているのかと思ったけど、碧さんの話を聞いていていて気づいたの。昔の人は命を終えた草それ自体がホタルに生まれ変わると信じていたのよね。草だけじゃない。あたしにはこの淡い光に乗ってすべての生きものの魂が飛び交っているようにも見える。ゆき先生も香良ちゃんのご両親も小島さんも、みんなみんな……」

千恵子が静かに微笑んだ。

「ホタルって悲しくもあり儚くもある。でも、明日へつながる光なのかもしれない」

我知らずそう呟いていた。小さい頃はうまく言葉にできなかった。でも、かつて父と星のダンスを見たときも同じことを感じた。そしてまたいつかきっと、誰かとともにあたしはこの風景を見るのだろう。

川辺の草陰からホタルが一匹、飛び立った。おぼろげな光の帯は細く長く伸びていく。

P. 33
RAINY DAYS AND MONDAYS
Words & Music by ROGER NICHOLS and PAUL WILLIAMS
© ALMO MUSIC CORPORATION
All Rights Reserved.
Print rights for Japan administered by Yamaha Music Entertainment Holdings, Inc.

P. 180
BALLA BALLA
LIPPOK HORST/LIPPOK KLAUS
© Copyright 1965 by EMI SONGS MUSIKVERLAG GMBH
Permission granted by FUJIPACIFIC MUSIC INC.
Authorized for sale in Japan only.

P. 199, 212
TURN! TURN! TURN! (TO EVERYTHING THERE IS A SEASON)
Words: Book of Ecclesiastes
Adaptation and Music by Pete Seeger
TRO - © Copyright 1962 by MELODY TRAILS, INC., New York, N.Y., U.S.A.
Rights for Japan controlled by TRO Essex Japan Ltd., Tokyo
Authorized for sale in Japan only

P. 219, 251, 270
BLOWIN' IN THE WIND
Bob Dylan
© 1962 by Special Rider Music
The rights for Japan licensed to Sony Music Publishing (Japan) Inc.

P. 291
YESTERDAY ONCE MORE
Words & Music by JOHN BETTIS and RICHARD CARPENTER
© HAMMER AND NAILS MUSIC
All Rights Reserved.
Print rights for Japan administered by Yamaha Music Entertainment Holdings, Inc.

JASRAC 出 2407717-401

おうちカフェ

パスタレシピ

―― 材料はすべて1人分 ――

走りがき― 越智 月子

SPECIAL THANKS ― あゆみちゃん & たかぎぃ

甘酸っぱい思い出の味♡

リガトーニ アル ポモドーロ

Rigatoni al pomodoro

スーゴ（トマトソース）は20分以上煮込んでトマトの旨みを召しあがれ♡

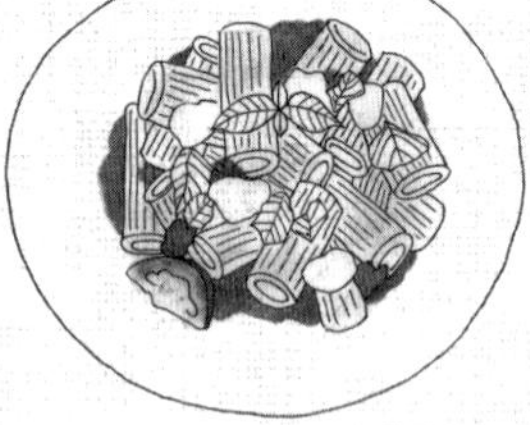

〈材 料〉

トマト缶 ……	1/2缶
（トマト）	中玉2〜3個
たまねぎ ……	1/8個
にんにく ……	1/2かけ
モッツァレラチーズ ……	適量
塩 ……	少々
オリーブオイル ……	大さじ1
バジル（生） ……	適量
パスタ リガトーニ ……	60〜70g

〈作り方〉

1 フライパンに オリーブオイル、にんにくを入れて火にかけ、香りがしてきたら みじん切りしたたまねぎを 加え 弱火で じっくりと炒める。

2 1に カットしたトマトを加えて中火でじっくりと20分以上煮込む。（時々かき混ぜ こげつかないようにする） ほどよく煮つまったら 塩を加える。

3 リガトーニを塩入りのお湯でゆであげる。

4 リガトーニがゆであがったら水気をよく切り、2と角切りにしたモッツァレラチーズ、ちぎったバジルを加えてからめる。

食後のコーヒー

トマトパスタと相性がよいのは ケニア。やわらかく奥行きのある酸味がトマトのさわやかなあと味を 優しく包みこんでくれる。

幸せのおうちカフェパスタ

オレキエッテ アッラ ファミッリア フェリーチェ

Orecchiette alla famiglia felice

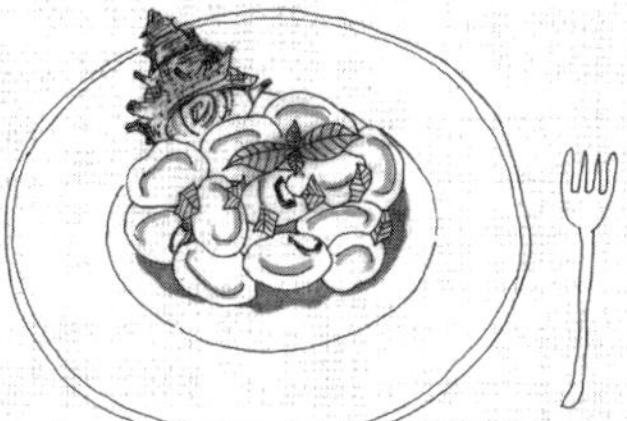

〈材 料〉

サザエ ------	1個
アサリだし ------	200ml
バジルペースト ------	70g
バジルの葉 ------	適量
いんげん ------	3本
塩 ------	適量
コラトゥーラ ------	適量
└ イタリアの魚醤	
オレキエッテ ------	60〜70g

〈作り方〉

1 鍋にサザエとひたひたの水を入れフタをして加熱する。火が通ったら殻から身と肝をとりだす。煮汁もとっておく。

2 サザエの身と肝を同じ大きさに切る。

3 フライパンに煮汁とアサリだし、サザエの身を入れる。

4 ゆであがったパスタとゆでたいんげん、バジルペーストを加え、好みのかたさまで煮る。

5 塩で味をととのえて皿に盛る。

食後のコーヒー

サザエのほろ苦さのあとにおすすめなのが深煎のマンデリン。スモーキーでどっしりとしたアーシー感が海とのマリアージュを奏でる。

月のきれいな夜に 

ブカティーニ コン サムギョプ
Bucatini con Samgyeop

맛있는
mas-issneun

ツンもエア食いするおいしさ♪

コーヒー焼酎にもぴったり

〈材 料〉

- 豚バラ肉 …… 80g
- オリーブオイル …… 大さじ1
- にんにく …… 1かけ
- 青唐辛子 …… 1本
- 塩 …… 適量
- えごま …… 3枚
- 白ワイン …… 大さじ1/2
- 黒こしょう …… 少々
- サムジャン(コチジャンでも可) …… 適量
- ブカティーニ …… 70g
- レモンの皮 …… 少々

〈作り方〉

1 にんにくはスライス、えごまは細切り、豚バラは一口大に切り、適量の塩をなじませる。唐辛子はタネを抜いておく
2 フライパンにオリーブオイルとにんにく、唐辛子を入れ、香りがたつまで炒める。
3 2に豚バラを入れ弱火で炒める。
4 豚バラに火が通ったらえごまを半量、白ワインを入れソースを作る。
5 パスタを表示時間より短めにゆで 4のフライパンへ。ゆで汁お玉一杯分とサムジャンを入れ パスタにソースを吸わせる。
6 器にもり、炒めていないえごまの半量とレモンの皮を散らしてできあがり。

食後のコーヒー 

オイリーなパスタのあとは中浅煎のコロンビアがよくあう。
ロースト感とナッツ感がほどよくマイルドであと味もすっきり。

黄金色の祈り

スパゲットーニ アッラ ボッタルガ
Spaghettoni alla Bottarga

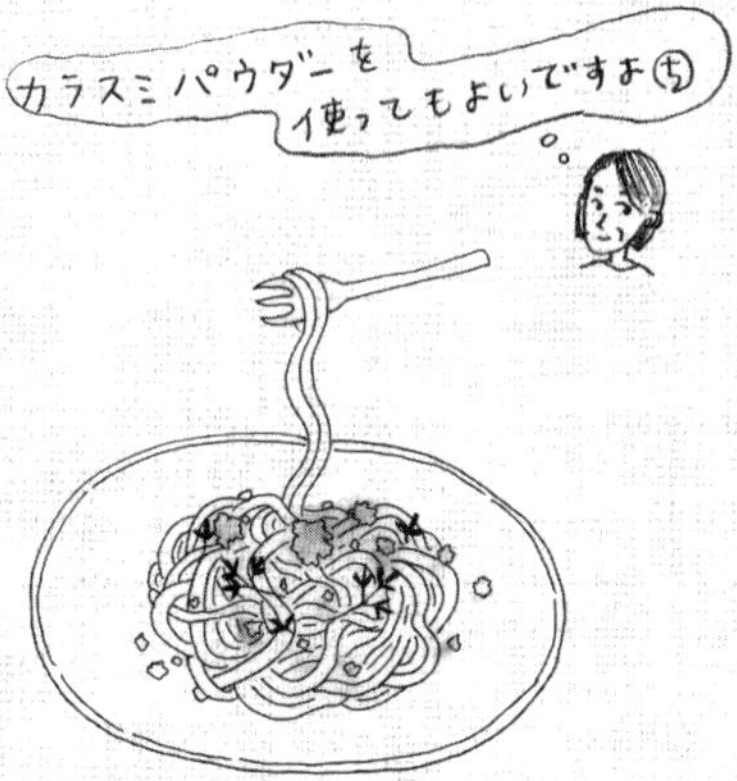

〈材料〉

カラスミ ------	10〜20g
にんにく ------	1かけ
オリーブオイル ------	適量
唐辛子 ------	1本
レモンの皮 ------	少々
イタリアンパセリ ------	少々
パスタ スパゲットーニ ------	70g

〈作り方〉

1 カラスミの一部を小さめの角切りにして残りをすりおろす。

2 フライパンにオリーブオイルを入れみじん切りにしたにんにくを加える。

3 2に唐辛子を砕いて入れ、パスタのゆで汁をお玉1杯分加えてひと煮立ちさせる。

4 火をとめて小さめの角切りにしたカラスミを2、3切れ入れる。

5 ゆであがったパスタを4に加える。
さらにカラスミのすりおろしを7割程度入れ全体になじませる。
皿に盛りつけレモンの皮、残りのカラスミ、イタリアンパセリを散らしてできあがり。

食後のコーヒー

カラスミのパスタと好相性なのはルワンダの浅煎り。
シナモンを想わすスパイシーさと果実感がカラスミの余韻をひきたてる。

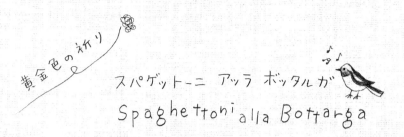

海からの風を聴け

リングイネ コン シラス & ワカメ
〜 海からの贈りもの
linguine con shirasu e wakame
〜regalo dal mare

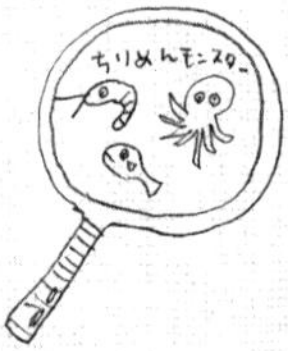

シラスの中をよく見ると
いろんな生きものの
子供たちがみつかるかも☆

〈材料〉

シラス ------	25g
ワカメ ------	15g
にんにく ------	1かけ
オリーブオイル ------	大さじ3
白ワインビネガー ------	適量
コラトゥーラ(魚醤) ------	少々
リングイネ ------	70g

〈作り方〉

1 ワカメは食べやすい大きさに切る。にんにくはスライスに切る。

2 リングイネは表示時間より1分早めにゆであげる。

3 リングイネがゆであがる2分前になったら、フライパンにオリーブオイルとにんにくを入れ弱火にかける。

4 香りが立ったら火をとめる。ゆであがったリングイネはゆで汁を切らずに取りだし残ったゆで汁カップ1/4を加える。

5 中火にかけ手早く混ぜてよくからめる。1のワカメ、シラスを加えさらに混ぜ、ワインビネガー、コラトゥーラ、塩こしょうで味をととのえる。

食後のコーヒー

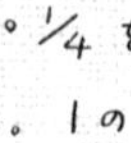

おすすめはケニアとコロンビアのブレンド。さわやかさ×ボディ感のかろやかな飲み味は早春の海風を感じる。

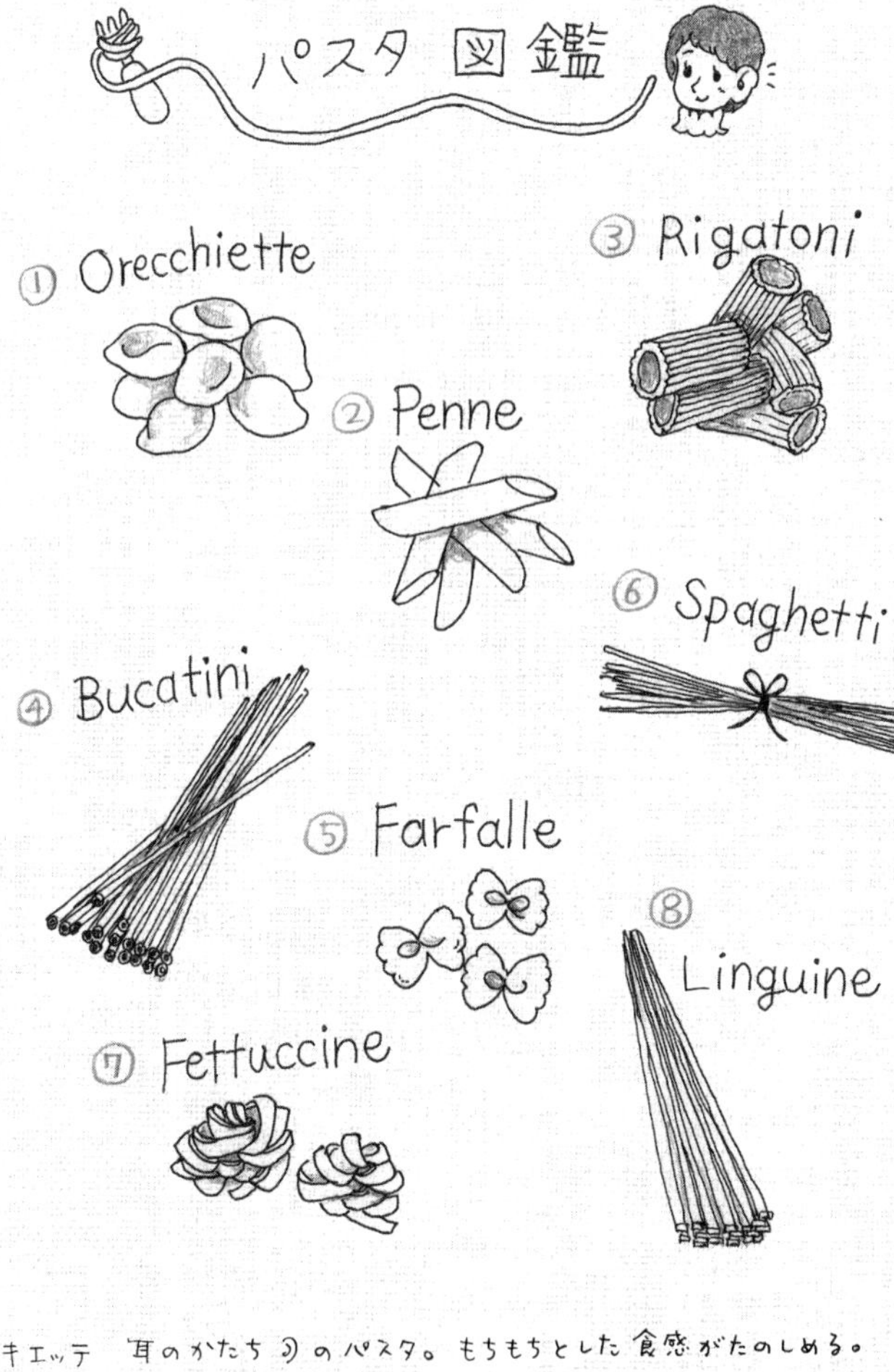

① オレキエッテ　耳のかたちのパスタ。もちもちとした食感がたのしめる。
② ペンネ　円形状のパスタ。筒のような形状ゆえソースがからみやすい。
③ リガトーニ　ペンネの断面が楕円なのに対しこちらは円。筋状の模様が特徴。
④ ブカティーニ　直径3〜6mm　穴があいたストローのような形状。
⑤ ファルファッレ　イタリア語fanfalla（蝶々）が由来。直訳は蝶々たち
⑥ スパゲッティ　2mm前後のロングパスタ。2mmより太いパスタはスパゲットーニ。
⑦ フィットチーネ　平打ちのパスタ。ソースがからみやすく濃厚な味つけによくあう。
⑧ リングイネ　1mm×3mmの楕円形のロングパスタ。

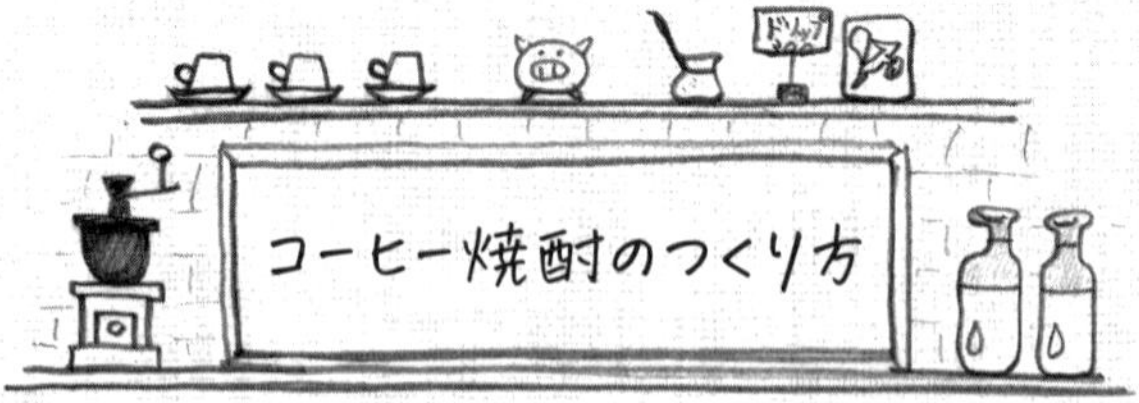

〈用意するもの〉3人分

・焼酎…………300ml

・コーヒー豆……30g

※焼酎とコーヒー豆は100mlに対して10gがおススメの分量です。

・ふたつきのビン

〈つくり方〉

1. 好みの焙煎度で豆を炒る。
2. 消毒したビンに焼酎と1の炒った豆をつけ込み、冷蔵庫で保管する。
3. 最低でも3日間、あとはお好みに応じて7日間ほど保管する。1日に1回は軽くビンを振るとなお良し。
4. 飲む。

おうちカフェ
の
お隣さん
COFFEE
倉林家
(グラディスさん
＝クラバヤシさん)
の 3人
キュルン
PASTA
※オレキエッテ
んまっ♡
※耳の形に
似たパスタ
ミサオ父
普段は
温厚で
優しい…
ハの字
まゆ毛が
キュート
あーた
グラディスさん
→ミサオ母
お喋り
大好き!!
おとなりの
香良に差入れ
してくれる。
ツピッツピ…
(やってますな…)
ジュウカラ
ツピピ
(やってるな…)
ヤマガラ
尼寺へ行け
この一言でおうちカフェに…
カッチーン
エエエッ
ミサオ
娘
パティシエの夢を
挫折し、フランスから
帰国するも…
のほほん〜
…の 結果?!

章扉のステキなイラストを描いてくれたなつみさん
鳥の魅力について教えてくれた竹田護さん
韓国語を教えてくれた栞莉さん
コーヒーにまつわるあれこれを教えてくれた鎮波《しずなみ》あゆみさん、高木太貴さん
いろいろ相談にのってくれイラストも描いてくれた三守千尋さん
コーヒー焼酎の試作、イラストまでお世話になった大浦英朗さん
パスタのレシピのイラストを描いてくれたＬＡＤＹＢＩＲＤさん、上垣内《うえがいと》洋子さん
登場人物の名前をいただいた荒木美佐緒さん
素敵な差し入れで応援いただいた富田直子さん
近江弁指導してくれたさとうのりこさん
俳句を添削してくれた佐藤香珠《こうじゅ》さん
ニースの街を案内してくれたふみちゃん
介護施設について教えてくれた舩山亜希さん
パスタレシピのアドバイスをくれた小林悟さん
鎌倉の魅力を教えてくれた小林泰一郎さん
遅筆の私を優しく見守ってくれた君和田麻子さん

おうちカフェはみなさんのお力添えでますます住み心地がよくなりました。

万謝

越智月子

〈著者紹介〉
越智月子　1965年、福岡県生まれ。2006年に『きょうの私は、どうかしている』でデビュー。他の著書に『モンスターU子の嘘』『帰ってきたエンジェルス』『咲ク・ララ・ファミリア』『恐ろしくきれいな爆弾』『片をつける』『鎌倉駅徒歩8分、空室あり』など。

本書は書き下ろしです。

鎌倉駅徒歩8分、また明日
2024年11月20日　第1刷発行

著　者　越智月子
発行人　見城 徹
編集人　石原正康
編集者　君和田麻子

発行所　株式会社 幻冬舎
〒151-0051 東京都渋谷区千駄ヶ谷4-9-7
電話：03(5411)6211(編集)
03(5411)6222(営業)
公式HP：https://www.gentosha.co.jp/

印刷・製本所　TOPPANクロレ株式会社

検印廃止

万一、落丁乱丁のある場合は送料小社負担でお取替致します。小社宛にお送り下さい。本書の一部あるいは全部を無断で複写複製することは、法律で認められた場合を除き、著作権の侵害となります。定価はカバーに表示してあります。

©TSUKIKO OCHI, GENTOSHA 2024
Printed in Japan
ISBN978-4-344-04262-9 C0093

この本に関するご意見・ご感想は、
下記アンケートフォームからお寄せください。
https://www.gentosha.co.jp/e/